時代伝奇小説

忍法さだめうつし

荒山　徹

祥伝社文庫

目次

以《イ》蒙《モン》攻《コン》倭《ウエ》

一

大元《だいげん》帝国皇帝クビライ・カーンの派遣した使節団三十人が長門《ながと》の室津《むろつ》に上陸したのは建治《けんじ》元年（一二七五）四月十五日のことである。

長門警固番《けいごばん》役の武士たちは滾《たぎ》る憎悪に殺気立ち、蒙古《もうこ》使斬《き》るべしの声が烈々と巻き起こった。対馬《つしま》、壱岐《いき》、博多《はかた》に未曾有《みぞう》の災厄を齎《もたら》した元《げん》・高麗《こうらい》連合軍の大襲来（文永《ぶんえい》の役《えき》）から僅《わず》か半年しか経ておらず、その衝撃の余波が生々しく残っていたからである。逸《はや》る彼らを抑《おさ》えた長門守護《しゅご》職二階堂行忠《にかいどうゆきただ》は使節団の取り調べを冷静に遂行し、ただちに鎌倉《かまくら》へ注進の早馬を走らせた。元使一行はいったん筑前《ちくぜん》の太宰府《だざいふ》に護送され、鎮西《ちんぜい》軍の厳しい監視下に置かれた。そして七月になって幕府から届いた指示は、警護を厳重にして速《すみ》やかに鎌倉へ移送せよというものであった。

この処置を知らされるや、正使の杜世忠《とせいちゅう》は愁眉《しゅうび》を開き、期待に弾《はず》む声で副使の何《か》文著《ぶんちょ》に告げた。

「応《まさ》に果報なるべし。我らが務め、必ずや果たされん」

これまで数次にわたって元使が派遣されたが、いずれも対馬あるいは太宰府に留めおかれた。国書は黙殺され、使者は何らの回答を得る能《あた》わず追い返されるのが常だった。その結果が、大規模な軍事作戦の発動につながったのである。今回の鎌倉移送命令は、幕府がようやく元使と直接交渉せんとする方針に転換したものであり、杜世忠らにとって歓迎すべき事態であった。時の〝日本国王〟北条時宗《ほうじょうときむね》に相見《まみ》え、皇帝陛下クビライ・カーンの真意を腹蔵なく伝えることができる。すなわち、武力の再行使は朕《ちん》が本意に非《あら》ず、好《よしみ》を結び、以《もっ》て相親睦せんことを冀《こいねが》うのみなり——と。

副使何文著も喜色を満面に弾《はじ》かせ頷《うなず》くと、傍《かたわ》らの徐賛《じょさん》をかえりみて言った。

「こたびの役儀、そなたの舌一つにかかっておる。重責、心すべし」

蒙古語と漢語、日本語を能《よ》くする者として高麗国王が同行せしめた初老の舌郎《ソルラン》——通訳官である。徐賛は表情を変えず、黙って頭を下げた。

杜世忠一行が鎌倉に到着したのは、残暑厳しい八月の最中だった。宿舎には建長《けんちょう》寺《じ》の僧坊があてられ、接待は丁重《ていちょう》を極《きわ》めた。それを北条時宗の好意と解した一行は、いやがうえにも交渉成就《じょうじゅ》への期待を高めずにはいられなかった。爽《さわ》やかな風の吹きわたる夏のモンゴル高原とは較《くら》ぶべくもない不快な暑さに耐えつつ、彼らはひたすら引見の日を待った。

八月下旬、杜世忠らは北条時宗に拝謁《はいえつ》した。場所は建長寺の法堂である。境内《けいだい》には萩《はぎ》が満開に咲き誇り、うだるが如《ごと》き残暑をその涼やかな白い花が和《やわ》らげるかのようであった。

このとき、時宗は二十五歳。縹色《はなだいろ》の直垂《ひたたれ》に侍烏帽子《さむらいえぼし》をかぶり、金覆輪《きんぷくりん》の太刀《たち》を帯び、凜冽《りんれつ》たる気迫をにじませながらも、若さに似ぬ沈着な双眸《そうぼう》を元使一行に静かに向けて奥座に着いた。つづいて連署《れんしょ》の極楽寺義政《ごくらくじよしまさ》、時宗の弟、宗政《むねまさ》、宗頼《むねより》、時宗の外戚安達泰盛《あだちやすもり》、内管領長崎頼綱《うちかんれいながさきよりつな》、ならびに柳営《りゅうえい》の最高機関たる評定衆《ひょうじょうしゅう》の有力御家人《ごけにん》たちが着座する。建長寺の開山として南宋《なんそう》より招かれた禅僧蘭渓道隆《らんけいどうりゅう》の姿もあった。

辮髪胡服《べんぱつこふく》の元使の出で立《い》ちは、質実な禅寺にはいかにも不似合いだった。殺意にも似た緊張がみなぎる中、威儀《いぎ》を正した杜世忠は皇帝クビライ・カーンの国書を差し出し、対等な国交の樹立を臆することなく訴えた。その蒙古語は高麗人通訳官徐賛によって淀みなく日本語に翻訳される。杜世忠の熱弁は次第に時宗たちの心を動かしはじめた。彼らにしても内心では、八年前に初めて齎《もたら》された蒙古国書に過剰反応し、友好の要求を一方的に踏みにじりつづけてきた結果、空前の外寇《がいこう》を招いてしまった拙劣な対応に対し、為政者として忸怩《じくじ》たる思いを抱いていたのである。

「――されば今をおいて時はなかるべし。乞《こ》わん、大元帝国に使節を遣《つか》わされんことを」

演説は遂《つい》に佳境を迎えた。時宗よりクビライ・カーンへ使者の派遣を求める杜世忠渾身《こんしん》の訴えであった。しかしそれは日本語に翻訳されなかった。もし訳出されていれば、二度目の襲来はあったかどうか——。

ともかくも、彼の蒙古語が発せられた後、夏の終わりを告げる蟬時雨《せみしぐれ》の大合唱が、法堂内の沈黙をひときわ深くしたばかりである。

——なぜ訳《なじ》さぬ?

徐賛を詰るように振り返った杜世忠の顔に、呆気《あっけ》にとられた表情が浮かんだ。通訳官は天井を見上げるが如くして顔を真上に向けていたのである。そして、高麗人通辞の口元を注視していた時宗以下すべての者が、次の瞬間、アッと驚きの声をあげた。徐賛の腹部が大きく波打ち、ポンッと鼓《つづみ》を鳴らすような空気音とともに、彼の口から黒色の円筒状の物体が飛び出したのだ。徐賛は右手でそれを摑《つか》むと、残りの部分をスルスルと引き出した。堂宇《どうう》内に射《さ》し込む晩夏の陽光が、一条の細長い銀光を照り輝かす——白刃であった。

「しゃっ」

徐賛は豹《ひょう》のように跳躍し、時宗に向かって突進した。高麗人通訳の構える太刀は一直線に時宗の胸を目指している。信じがたい出来事に、居並ぶ幕閣、護衛衆の対応は遅れた。ただ一人、素早く太刀を鞘《さや》走らせて立ち上がり、迎撃の態勢をとったのは、若き執権《しっけん》北条時宗その人である。時宗の目は、徐賛の口腔から円筒が現われるや、それが太刀の柄《つか》であることを瞬時に看破《かんぱ》したのだ。

備前長船光忠《びぜんおさふねみつただ》の一刀を襲撃者に向ける時宗の構えは鉄壁だった。その瞬間、奇襲の目論見《もくろみ》は敗れた。時宗との間に透明な防禦壁《ぼうぎょへき》でも出現したかのように徐賛は足を止めた。

警固の侍たちが一斉に抜刀して高麗人通訳官に殺到したのは方《まさ》にこのときである。時宗は護衛衆に守られつつ本尊の千手観音《せんじゅかんのん》像まで後退した。

「已矣乎《やんぬるかな》」

徐賛は太刀を足下に投げ捨て、無念の声音《こわね》で叫んだ。

徒手となった高麗人を取り囲んだ十数本の白刃が、その身体を膾《なます》斬りにせんと振りかぶられたとき、時宗の裂帛《れっぱく》の声が法堂内に響きわたった。

「殺すな。生け捕りにいたせ」

徐賛は縄を打たれた。杜世忠、何文著、計議官の撒都魯丁《さっとろちょう》、書状官の果《か》ら四人も同様である。一時、堂内は騒然となったが、まもなく事態は沈静化し、ただちに厳しい詮議《せんぎ》が始まった。

「されば申し上げん。我ら一行は友好の使節に非《あら》ず。しこうしてその実体は、大元帝国皇帝クビライ・カーン陛下の密命を帯びし刺客《しかく》団なり」

徐賛は諦《あきら》めきった表情で淡々と自白した。すなわち、自分たちの真の狙いは北条時宗の暗殺にあり。かかればこそ腹中、剣を呑《の》み、使臣を装《よそお》って御前に推参した、と。

「徐賛、気が狂《ふ》れたるかッ。この狼籍《ろうぜき》は如何《いか》に！」

杜世忠は捕縛された全身を悶え、満面に朱を注《そそ》いで、高麗人通訳を声高《こわだか》に問責した。

「もはや事《こと》は敗れたり。正使閣下も潔《いさぎよ》くお諦めになるがよかろう」

徐賛は落ち着き払った口調で、まずもってそれを日本語で言い、ついで蒙古語にそっくり翻訳して聞かせた。日本語を解さぬ杜世忠ら四人にとって、事態急変の理由が腑《ふ》に落ちたのは、漸《ようや》くこのときになってであった。

「な、何の真似《まね》ぞ。我ら皇使をたばかるつもりなるや、卑《いや》しきソランガめ」

ソランガとは蒙古語で鼬《いたち》を意味する。高麗人に対する蔑称を剝《む》き出しにしてなされた憤怒の叫びは、しかし徐賛の笑殺するところとなり、彼らは取り調べの御家人たちに必死の形相《ぎょうそう》で訴えはじめた。

「我ら四人は刺客に非ず」

「この高麗人通辞の申すこと、悉《ことごと》く偽《いつわ》りなり。信ずる勿《なか》れ」

だが杜世忠は蒙古人、何文著は南宋人、撒都魯丁《トルコ》は回回人、果は回紇《ウイグル》人である。彼らの母国語が鎌倉武士に理解されようはずもなかった。唯一、建長寺開山の蘭渓道隆が何文著の漢語を聞き取ったものの、蒙古を祖国南宋の仇敵《きゅうてき》と憎むこの禅僧が、元の高官となりおおせた叛逆《はんぎゃく》者のため仲介の労をとるなど、それまた望むべくもないことであった。

「首、刎《は》ねよ」

時宗は即断して席を立った。一時は友好の使者と信じて裏切られた冷たい怒りが、彼をしてためらわせなかった。

斬首は九月七日、龍ノ口《たつのくち》刑場にて執行された。これを『北条九代記』は、窺覦《きゆ》を絶つと記している。窺《うかが》ヒ覦《ねら》フ——すなわち字面《じづら》の通り間諜《かんちょう》、刺客のことであり、後世言われるが如く外交使節を問答無用で殺生《せっしょう》した暴挙でもなければ政治的失策、汚点でもない。

処刑直前、蒼波が打ち寄せ、陽光きらめく七里《しちり》ケ浜《はま》の磯を眼下に望みながら、杜世忠は辞世の七言絶句を詠《よ》んだ。

門を出て妻子　寒衣を贈り
問ふ　我が西行《さいこう》　幾日にして帰る
来たる時　儻《かりそめ》にも黄金の印を佩《はい》し
蘇秦《そしん》を見て機に下らざること莫《なか》れと

何文著は偈《げ》を残した。

四大《しだい》　元《もと》主なく
五蘊《ごうん》　悉く皆空《くう》なり
両国　生霊《しょうりょう》の苦
今日秋風を斬る

刎首《ふんしゅ》は杜世忠、何文著、撒都魯丁、果の順で続いた。回回人と回紇人の二人は辞世の句を残さなかった。青く澄み渡った秋空に四つの首が鮮血を噴《ふ》きあげて胴体から転がり落ちた。最後の徐賛も七言絶句を作った。

朝廷の宰相　五更《ごこう》寒し
寒中に将軍　夜関《せき》を過ぐ
十六高僧　巾《きん》未だ起《た》たず
算《かぞ》へ来たれば名利《めいり》は閑《かん》に如《し》かず

「――名利は閑に如かず、か。ふうむ、我ながら上手《うま》いものだ。ともあれ、これで高麗人通辞徐賛は死んだ」

うっすらと笑い徐賛は立ち上がった。刑吏《けいり》たちは声を呑み、己《おの》が目を疑った。きつく縛《いまし》めたはずの捕縄《ほじょう》が短く切断されて徐賛の足下に舞い散ったのだ。

「役儀、ご苦労であったな」

杜世忠らの生首に一声かけるや、徐賛の身体は軽々と跳躍し、刑場の外に飛び出した。たちまちその姿は、後を追う刑吏たちの視界から消え去った。

杜世忠、何文著、撒都魯丁、果、そして徐賛の墓は、今の神奈川県藤沢《ふじさわ》市片瀬山《かたせやま》、常立寺《じょうりゅうじ》に在《あ》る。

二

海東青《かいとうせい》——。高麗語で鷹《たか》狩りに用《もち》いられる鷹を意味する。すでに半島では新羅《しらぎ》、百《くだ》済《ら》の時代から鷹狩りの行なわれていたことが『三国史記《さんごくしき》』などの文献を通して確認されるが、高麗時代に入ってますます隆盛を極め、中央官庁にそれを管掌《かんしょう》するための〝鷹坊〟なる機関が設置されたほどである。

しかし、高麗王および中枢院《ちゅうすういん》のごく限られた高官たちが声をひそめて「海東青」と口にする時、それは空を翔《かけ》る猛禽《もうきん》類の鳥ではなく、丹《たん》術を操《あやつ》り、極秘の王命を受けて情報収集から敵陣への潜入、破壊工作、果ては政敵の暗殺まで様々な特殊任務に従事する異能集団を指した。日本流にいうならば、国王直属の忍者軍団である。

抑《そもそも》、高麗の丹術（忍術）は、古《いにしえ》の奇子《きし》朝鮮王朝の頃、盧植《りょしょく》という方士が伏気《ふくき》、胎《たい》息《そく》、潜神《せんしん》、辟邪《へきじゃ》など四十種類の秘術を『丹書《タンソ》』という書物にまとめたのが起源とされる。これらの丹術は、あるいは幾度の改良を加えられ、あるいは廃《すた》れた後に再興されて、三国時代末期には数十の流派を生むに至った。

高麗王家に仕《つか》える海東青の丹術は、高句麗《こうくり》滅亡後、黒水靺鞨《こくすいまっかつ》族に継承された北方系丹術との類似が指摘されており、おそらくは靺鞨族の国である渤海《ぼっかい》が契丹《きったん》族の遼《りょう》によって滅ぼされた後、高麗に亡命した渤海丹術師の残党をもって海東青が組織された——と見るのが妥当であろう乎《か》。

高麗人通辞徐賛こと海東青の総帥《そうすい》、蓋婁星腰車《がいろうせいようしゃ》が任務を終えて高麗の王宮に戻り着いたのは、龍ノ口で杜世忠ら四人が斬首されてから一カ月と経《た》たぬ九月晦日《かいじつ》のことであった。玄界灘《げんかいなだ》を途中に挟んで鎌倉から開京《かいけい》までを、この高麗忍びの長《おさ》はわずかそれだけの日数で走破したのである。

この日、王妃である十七歳の元成公主《げんせいこうしゅ》が、離宮の沙坂宮《さはんきゅう》にて初めての子を出産した。それも男児である。嫡男の誕生に王都は慶《よろこ》びにわきかえっていた。王妃は大元帝国皇帝クビライ・カーンの実姫で、蒙古名をクトゥルク・ガイミシュという。偉大なるカーンの血を受け継いだ母の胎中より誕生し、いずれ高麗王となるべき蒙麗《もうらい》混血の王子は、この国にとって未来の安泰を約束してくれる確たる保証であった。

「——祝着《しゅうちゃく》至極《しごく》に存じまする」

夕刻、頭上からの低い声を耳にして、高麗王諶《しん》は正殿である会慶殿《かいけいでん》の執務室から重臣たちを下がらせた。王の前に一人残されたのは、門下《もんか》侍中《じちゅう》（宰相）にして高麗国軍を統《す》べる大将軍金方慶《きんほうけい》である。豚を思わせる赤ら顔、でっぷりと肥満した体軀。前年十月、高麗兵を率《ひき》いて元軍とともに日本征伐《せいばつ》に向かったのが、王の寵愛《ちょうあい》ひとかたならぬ六十四歳のこの謀臣であった。

天井から黒い影が舞い降りた。王と老宰相は蓋妻星腰車の語る報告に耳を傾けた。

「慶事が重なりましたな、上監媽媽《サンガムマーマー》」

金方慶は喜びを隠さぬ声で言った。上監媽媽とは臣下が国王を呼ぶときの尊称である。

「うむ、よくぞやりとげた、腰車。我が高麗国に海東青あり。その名を辱《はずか》しめぬ働き、流石《さすが》であるぞ」

王も満悦の体《てい》で忍びの総帥にねぎらいの言葉をかけたが、すぐに小心者の本性を露《あら》わにして金方慶を向いた。

「しかしながら、かかる策略で皇帝陛下は果たして――」

二人の腹心を前にした密談であっても、王は義父のクビライ・カーンを恭《うやうや》しく呼ぶのが常である。その声には、前年に崩御《ほうぎょ》した父王に対する以上の畏敬《いけい》が込められていた。

「ご心配召されますな。友好の外交使節を殺されて軍を発せぬ権力者が、古来いずれの史書にその名を見出《みいだ》せるでありましょう」

「──されど方慶、陛下はお心の読めぬお方。孤《こ》(わたし)は、それが不安でならぬのだ」

「上監媽媽は、郝経《かくけい》の故事をお忘れですかな」

宰相のその言《げん》を聞いて、王はようやく安堵《あんど》の表情を浮かべた。

今をさる十数年前、クビライ・カーンが南宋に使者を遣わした。それが郝経である。クビライが自分の即位を知らせ、併《あわ》せて停戦を協議するためだったが、南宋側は郝経を監禁して還《かえ》さなかった。クビライが南宋を完全に滅ぼす決意を固めたのは、実にこの措置に激怒したからといわれる。

「郝経にして斯《か》くの如くんば、況《いわん》や杜世忠においてをや。杜世忠一行殺害されし報が伝われば、陛下が倭国《わこく》再征の詔勅《しょうちょく》を発するは必定《ひつじょう》にございます。さすれば、今度こそ小臣金方慶、精強無比の我が高麗軍をもってして倭地を占領してご覧にいれましょう。あの無知蒙昧《もうまい》な倭人どもの国が、文明国高麗の統べる土地となる──倭人どもにとっても、以て瞑《めい》すべしかと」

金方慶はたっぷりと垂《た》れた頰の肉を揺すって笑い、王もまた満足の笑みを浮かべた。

「では、祝宴に行くとしよう」

王子の誕生を祝うべく、壽康宮《じゅこうきゅう》に盛大な宴席が設けられているのである。歩み出して王は、影のように控えたままの海東青をふっと振り返り、ことの序《つい》でにという口調で問いを発した。

「ときに腰車。北条時宗を見し者は、そなたのみ。いかなる男であった？」

「………………」

蓋妻星腰車が数瞬ためらったのは、甘言を好む王の歓心を買うべく「愚昧《ぐまい》なる倭酋《わしゅう》に過ぎざるなり」と答えるのが得策か、それとも妬《ねた》み深い王の気分を害してでも時宗の英明さを率直に告げるべきかと、心に迷いが生じたからである。

結局、建長寺法堂での彼の襲撃に対し電撃の如く反応した時宗の勇姿を想起し、腰車は答えを偽らぬほうを選んだ。

「臣、惟《おも》えらく。時宗、侮《あなど》るべからず――かと」

だが高麗王は、その時にはもう時宗への興味など失って、老宰相を促《うなが》し執務室を出ていくところであった。

杜世忠、斬首さる——の報は、それから四年後（一二七九年）の夏、クビライ・カーンのもとへ齎《もたら》された。長門に抑留されていた高麗人水夫《かこ》ら四人が逃げ還り、事の次第を告げたのである。

鎌倉幕府は国内の動揺を恐れ、時宗に異国の刺客団が送り込まれた事実、および刺客の一人に逃亡された失態を一切伏せていたから、水夫たちは建長寺法堂で何が起きたかを知らず、正使以下五人が刎首されたという仄聞《そくぶん》をのみ報告した。

三

憤激したクビライは再征を決意した。日本征服のための大本営ともいうべき『征《せい》収日本行中書省《しゅうにっぽんこうちゅうしょしょう》』を設置し、開戦準備を着々と進めた。二年後、遠征軍の出陣にあたり、クビライが諸将を前に垂れた訓辞中、次の一節が目を引く。

「彼、遂に我が使を留めて還さず。故《ゆえ》に卿《けい》が輩《はい》をしてこの行を為《な》さしめんとす」

日本は我が大元帝国の使者を還さなかった。だから朕《ちん》は、卿ら将帥に日本再征を命じたのだ——高麗王の謀略は見事に実を結んだのである。

かくて文永の役から七年の後、日本暦でいう弘安《こうあん》四年（一二八一）夏の頃、総兵力十四万二千人を数える第二次遠征軍が海を渡った。中国の慶元《けいげん》（寧波《ニンポー》）を発した『江《こう》南《なん》軍』十万と、高麗の合浦《がっぽ》（馬山《マサン》）から出撃した『東路《とうろ》軍』四万二千である。東路軍は、忻都《きんと》と洪茶丘《こうさきゅう》の両将が率いる元軍一万五千、金方慶の高麗国軍一万、水夫一万七千とで編成される。だが、水夫はすべて高麗人、洪茶丘も実は高麗出身の武将で、したがって彼の麾下《きか》の〝元軍〟も当然のことながら実体は高麗兵であった。忻都に率いられた純然たる蒙古兵を仮に半数の七千五百と見積もれば、残り三万四千五百はすべて高麗兵となる。すなわち、元兵は東路軍の四分の一を占めるにすぎないのだ。しかも対馬、壱岐に上陸して住民たちを虐殺し、放火、強姦、掠奪《りゃくだつ》——と悪鬼羅刹《らせつ》の如く非道の限りを尽くしたのは、前回の遠征同様またしても高麗兵だった。

「高麗兵船五百艘《そう》、壱岐対馬より上りて、見合ふ者を打ち殺す。人民堪《た》へ兼ね、妻子を引き具《ぐ》し深山に逃げ籠《こ》もるところ、赤子の泣き声を聞きつけて押し寄せ殺しける」

（八幡愚童訓《はちまんぐどうくん》）

七年前、博多から一時撤退を命じる忻都に対し太宰府猛攻を進言して万丈《ばんじょう》の気炎を吐いた金方慶は、今回も唯《ただ》一人、旺盛な戦意を示した。

鎌倉武士の勇戦によって東路軍は一カ月間に亘《わた》り大苦戦を強《し》いられ、ついに忻都と洪茶丘が撤収を口にするのだが、その軍議の席上、金方慶が断固たる反対の論陣を張ったことは史書に次のように記されている。

「忻都、洪茶丘ら、累戦《るいせん》の不利を以て回軍を議す。金方慶曰《いわ》く、皇帝の聖旨《せいし》を奉じて三カ月の軍糧を齎《も》ちきたれり。今なほ我らに一カ月の糧あり。江南軍の来たるを俟《ま》ちて合攻せば、必ず日本を滅ぼすべし。諸将、敢へて回軍を復《ま》た言はず」（高麗史・列伝十七）

江南軍十万は、一昨年に滅亡した南宋の軍人たちで編成されていた。しかし、その実体は武器の代わりに農機具を携《たずさ》えた移民団だった。東路軍が日本軍を撃破した後、鋤《すき》、鍬《くわ》を手に〝移住〟するのが目的である。征日本都元帥《とげんすい》金方慶は、その彼らを兵士として戦線に投入し、人海戦術による逆襲を企図《きと》したのである。

しかし周知の如く、十四万二千人、四千艘を超える史上空前の大艦隊は、全面的な再攻撃を目前に、九州北部を襲った颶風《ぐふう》により壊滅的な打撃を受けて敗退した。閏《うるう》七月一日、新暦八月二十三日のことである。金方慶、忻都、洪茶丘、江南軍を率いた范文虎《はんぶんこ》ら将帥は部下を見棄てて高麗に逃げ帰った。このとき、残軍の掃蕩《そうとう》にあたった日本兵は、捕虜にした東路軍の蒙古兵、高麗兵らをすべて殺し、江南軍の南宋人のみ命を助けたという。

「七日、日本人、来《きた》り戦い、尽《ことごと》く死し、余の二、三万は、そのために虜去《りょきょ》さる。九日、八角島《はっかくとう》（博多）に至り、尽く蒙古、高麗、漢人を殺し、新附《しんぷ》軍は唐人たりとい ひ、殺さずしてこれを奴とす」（元史・日本伝）

延着した江南軍は対馬、壱岐の島民虐殺には関与せず、日本軍と一戦も干戈《かんか》を交《まじ》えていないのだから、この処遇の差は至当である。また、日本兵をしてかくまでの憎悪を抱かしめたほど、蒙古、高麗の残虐ぶりが凄《すさ》まじかったことの証明ともなろう。

合浦まで出向き東路軍の出撃を親《みずか》ら見送った高麗王は、首都開京に戻らず、新羅の古都慶州《けいしゅう》に物見遊山の旅を楽しんでいた。彼は余裕で捷報《しょうほう》を待っていたのである。八月、安寧府《あんねいふ》の行宮《あんぐう》で接したのは、思わざる敗報だった。王は周章狼狽《しゅうしょうろうばい》した。北条時宗が報復の軍を発するのを必至とみて、国土防衛のため義父クビライに元軍の増強を奏請しなければならなかった。高麗の君主自らの嘆願によって蒙古兵が高麗の地に進駐する――一国の元首として醜態ここに極まれりの感がある。

とはいえ高麗王の危惧《きぐ》は的《まと》を射《い》ていた。北条時宗と鎌倉幕府は、敵軍の敗退から早くも一カ月後、九州の御家人に異国征伐を命じていたからである。日本より海を渡って高麗を逆撃、つまり先制攻撃を加え、第三次侵略の意図を挫《くじ》かんとする狙いだった。

高麗王がこれを知ったのは、二年後の至元《しげん》二十年（一二八三）末になってからだ。蓋妻星腰車が情報収集のため部下の海東青を密かに日本に潜入させておいた成果であった。

「おのれ、醜倭めが、この高麗に攻め入ると申すか」

雪の降り頻《しき》る夕刻、高麗王家の御霊を祀《まつ》る宗廟《そうびょう》の前で、蓋妻星腰車の報告に接した王の顔は雪以上に白くなった。

遠征の痛手から国力はまだ回復しておらず、元軍が引き続き駐留中とはいえ、その数は微弱。そこを衝《つ》かれ、島夷《とうい》の野蛮人に神聖な国土を蹂躙《じゅうりん》されるなど、思うだに身の毛もよだつ恐怖である。

「如何《いかが》すればよい」

直《ただ》ちに王は策を問うた。

「手立ては一つ。北条時宗の命を奪うのみ」

答えは即座に返った。海東青の総帥は拝殿の下に白い影となって拝跪《はいき》していた。

「暗殺か！」

「前回は、あくまで皇帝陛下に再征を仕向けるための偽装工作。こたびこそは正真正銘の時宗暗殺にございます」

「また倭国に行ってくれるのだな」

腰車は首を横に振った。

「この面《おもて》、時宗らに知られておりますれば。よって臣に代わり、配下の海東青を送り込みます。若鷹なれど、この蓋妻星腰車が手塩にかけ育て上げましたる丹術師なれば――」

「だが、そちでのうては、心許《こころもと》ない」

「一人ではありませぬ。五人」

「何ッ、五人。……うむ、それならば」

「摩震五部丹衆《ましんごぶたんしゅう》――」

蓋妻星腰車が空に向かって叫んだ。鷹を呼び寄せる鷹匠《たかじょう》の声、仕種《しぐさ》にも似ていた。

羽ばたきを連想させる音が頭上より聞こえた。そして王は見た、薄闇と降雪によって異境の如く閉ざされた灰色の視界の中に、五対《つい》の翼が次々と舞い降りるのを。それは翼をたたんで五個の人影となった。影は順に名乗った。

「木の海東青、邵羅太白《しょうらたいはく》」

「火の海東青、仇火寺珠鞭《きゅうかじしゅべん》」

「土の海東青、翼龍児《よくりゅうじ》」

「金の海東青、月転星浮斎《げってんせいうさい》」

「水の海東青、北溟《ほくめい》」

自信に満ちた若い声に、王は冷えきっていた全身が熱く昂《たかぶ》るのを覚えた。拝殿の階段を下りると、降り積もった雪の中に足首まで埋めて、五羽の海東青を前に親《みずか》ら勅命した。

「頼んだぞ。北条時宗が首、必ずや持ち帰るのだ」

四

年が改まり、至元二十一年（一二八四）の春三月を迎えた。

半島南部の軍港にして、両度の戦役で艦隊の出撃基地となった合浦は、名前こそ会《かい》原《げん》と改称されたが、三たび日本征討令のあるを予想し、兵営、造船所などの軍事施設は以前と変わらず機能していた。兵営の正式名称は「金州鎮辺萬戸府《きんしゅうちんへんばんこふ》」といい、その名の示すが如く日本からの襲来に備える戍衛《じゅえい》の役割を兼ねたものだ。八百人を数える守備兵の半数は、高麗王の懇願により皇帝クビライ・カーンが派遣した蒙古兵である。とはいえ、第三次遠征令下らずして已《すで》に二年余の歳月が空《むな》しく流れ、当初憂慮された日本軍逆襲の気配とて一向になく、このところ軍営の士気がとみに弛緩《しかん》しがちなのは宜《むべ》なる哉《かな》であった。

払暁《ふつぎよう》、湾を見下ろす戍楼《じゆろう》で、二人の当直兵がそろって眠りこけていた。やがて大きく欠伸《あくび》して、どちらからともなく眼を覚ましたのは、東の方から朝陽が昇ったからではなく、この時刻には聞くはずのない音を耳にしたためである。

「……櫓《ろ》の音だな」

「確かに。だが、何者であろうか」

船舶による海上警戒が夜間行なわれなくなって久しい。昼間でさえも戍楼からの見張りで済ますことが茶飯事《さはんじ》になっているのだ。漁民たちはといえば、倭寇《わこう》来襲の風評に怯《おび》え、陽が高く昇るのを待って出漁するのが常であった。

二人の高麗兵は不審げに顔を見合わせ、海に視線を向けた。そして息を呑んだ。四囲はすべて霧に閉ざされた乳白色の世界だった。陽光を照り返す海面はどこにも見えない。ただ、南の方角から規則的な櫓の音が聞こえ、次第に大きくなっていくのである。湾内が狭霧《さぎり》、朝靄《あさもや》に烟《けぶ》るのは間々あることだが、彼らはこれほどまでの霧を見たことがなかった。

佩刀《はいとう》を身に帯び、二人は戍楼の階段を下りた。砂浜を踏みしめ波打ち際まで歩く。

どこか奇妙な感覚が身体をひたひたと押し包んだ。霧の他には何も見えず、櫓音の他は何も聞こえず――すべてのものが死に絶えた幽冥《ゆうめい》の境を歩いているようだった。

「波音がせぬ」

一人が呻《うめ》くように言った。その瞬間、両者は金縛りにあったように立ち止まった。

櫓音はますます高くなり、やがて霧の彼方《かなた》に朧《おぼろ》げな影が現われた。小舟である。近づくにつれて、舟の上に二つの人影がうっすらと乍《なが》ら判別できた。一人は艫《とも》で櫓を操っている。だが、舳先《へさき》に仁王《におう》立ちになったもう一人は――いや、それを人といっていいのかどうか。なんとならば、その頭部には二本の巨大な角《つの》が生《は》えていたからである。

高麗兵は恐怖にかられ、目を見開いて硬直した。

砂をかむ鈍《にぶ》い振動音が響いた。舟が浜に乗り上げたのだ。厚い霧幕を貫き破るようにして、舳先が彼らの眼前に迫っていた。

金属と金属が擦《こす》れ合う音がし、舷《ふなばた》からゆらりと二つの人影が降りた。その時ようやく高麗兵は〝角〟の正体を知った。かつて二度の遠征に従軍した経験があるからこそ判ったことである。

――倭国の鎧《よろい》武者！

異形《いぎょう》と映じたその姿は、まさしく緋縅《ひおどし》の大鎧で身を固めた日本の武士であった。大袖《おおそで》は翼のように大きく、黒色の籠手《こて》、佩楯《はいだて》、臑当《すねあて》が霧に濡れて艶《つや》を帯びている。兜《かぶと》を眉深《まゆぶか》にかぶり、顔は定かでない。角と見えたのは、兜の眉庇《まびさし》の上に突き出た大鍬形《おおくわがた》だった。腰には金覆輪の太刀と黒漆《こくしつ》の太刀、弦巻《つるまき》を帯び、箙《えびら》を背負い、長弓を手挟《たばさ》んでいる。

頂点にまで高まった恐怖が、高麗兵の金縛りを解《と》いた。二人はそろって太刀を抜き放つと、鎧武者に切っ先を向けた。奇怪なのは、霧が濃いとはいえ、大鎧の細部の形状まで見極めのつく至近で相対しながら、武者の顔がいまだ判然としないことだった。

「倭人なりや」

高麗兵の一人が震える声で、訊《き》かずもがなの問いを発した。

鎧武者の眉庇がかすかに上下する。それで首肯《しゅこう》したものらしい。

——では、恐れていた倭軍の侵攻がとうとう始まったのか。この武者が先陣を切って乗り込んできたのか。

後続の気配がないことを、高麗兵は奇異に受けとめなかった。両役に参戦した二人は、その目で見て知っていたのである。倭兵が個人対個人の一騎討ちをもって戦場の作法とするのを。それは高麗軍の集団戦法にかかってはひとたまりもない、蛮人の愚かな習俗であった。しかも島夷、嗤《わら》うべし、戦いの前に必ず自らの出自《しゆつじ》や姓名を告げるに至っては。

「ややあ、遠からん者は音にも聞け。近からん者は目にも見よ――」

今、目の前の鎧武者もまた、作法通りに名乗りをあげた。

失笑しかけ、高麗兵は真っ青になった。かつて異国の戦場で聞いた大音声《だいおんじよう》ではなく、夜寺の読経《どきよう》を思わす陰々滅々たる声音であり、しかもそれが高麗語でなされたからである。

名乗りは続いた。

「――我こそは、北条宗家七代得宗《とくそう》にして幕府執権、相模《さがみ》太郎《たろう》、北条時宗なり」

二人の下級兵士は、時宗が誰であるかなど知らなかった。ただ、武者の尋常ならざる姿に名状しがたい戦慄《せんりつ》が走るのを覚え、一人が雄叫《おたけ》びをあげ斬りかかっていった。

次の瞬間、唐竹《からたけ》割りに身体を真っ二つに斬り裂かれ、乳白色の霧に濃《こま》やかな血煙をあげて浜辺に倒れたのは、高麗兵のほうだった。

北条時宗を名乗った鎧武者は、血の滴《したた》る金覆輪の太刀をもう一人の高麗兵に向けた。左手は長弓を手挟んだままだ。すなわち彼は隻腕《せきわん》をもって人体を一刀両断したのである。

「倭兵ぞ、倭兵が攻め寄せたるぞ！」

残った高麗兵は絶叫を迸《ほとばし》らせ逃げ出した。

戍楼に隣接した営舎から、何事ならんと十数人の兵士たちが飛び出してきた。いずれも寝衣のままで、かろうじて太刀、槍を手にしている。寝惚《ねぼ》け眼《まなこ》の彼らは、不敵な足取りで砂浜を進んでくる鎧武者を目にするや、信じかねるという表情になった。

「小癪《こしゃく》な、倭奴め」

「高麗の地は踏ませぬッ」

怒号が沸き、太刀が、槍が、一斉に武者を取り囲んだ。

その時、これまで大鎧の後ろに隠れがちに付き従っていた女が、武者を守るかのように前に進み出た。小柄な娘だった。粗末な衣《ころも》を身にまとい、張りつめた表情で武者を見上げる貌《かお》は、まだあどけない。つぶらな瞳、そばかすの散った目もと――少女と言ってよかった。小舟の艫で櫓を操っていたのが、この娘である。

鎧武者は少女の瞳に強い光を認めると、ゆるやかに首を横に振った。

「まだそなたの手を借りずとも済む、珊瑚《さんご》」

一転してやさしい口調になって言い、長弓を少女に委《ゆだ》ねるように渡し、指先で彼女の白い頬を愛しげに撫《な》でた。

「いざ、参る」

鎧武者は腰にもう一本帯びていた黒漆の太刀を抜き放ち、包囲の輪に突進していく。重い甲冑《かっちゅう》で武装しているとは思えぬ俊速の動作だった。

二本の太刀は縦横無尽に舞った。一閃《せん》、二閃するたびに、断末魔の絶叫と血飛沫《ちしぶき》が噴き、腕は飛び、首は転がり、内臓が雪崩《なだれ》落ちた。

数瞬後、血まみれの肉塊が山を築き、白砂には朱色の曼陀羅《まんだら》が描かれていた。

最後に残った兵士は腰を抜かして砂地に尻もちをつき、よだれを垂らしながら呆然《ぼうぜん》とした表情で武者を仰《あお》いだ。

「高麗王に伝えよ。日本より執権北条時宗が推参いたしたと」

武者は息一つ乱さず言い、二本の太刀を鞘におさめた。

危急を知って他の兵舎から守備兵たちが駆け参じた時、ようよう薄れゆく霧の中へ鎧武者と少女の姿は溶け込むように消えていくところだった。

五

「北条時宗だと⁉」

異変が王宮に伝わったのは、それから七日後のことである。金州鎮辺萬戸府の長官として現地を巡察中だった印侯《いんこう》が早馬を仕立て書状で速報した。

「これを信ぜよと申すか」

王は金方慶と蓋妻星腰車の前でその言葉を三度繰り返した。よもや、倭地を統べる執権北条時宗が単身、高麗に攻め込んでくるなど、彼の想像を絶していた。二人の腹心もまた、答えるすべを知らないように口を噤《つぐ》んでいたが、やがて金方慶が頭を振って言った。

「途方《とほう》もない話にございますな。今一度、萬戸府にご確認なされては？」

「それはもう指示した。印侯め、気でも狂《ふ》れたか。直ちに開京へ馳《は》せ戻り、孤の面前にて直接告げよ、そう命じてやったぞ」

王は吐き出すように言い、次いで鋭い視線を海東青の総帥へと向けた。

「かの五部丹衆たちからは、何も言ってはこぬのか」

「はっ、未《いま》だ——」

「そろそろ時宗の首、引っさげて現われてもよい時分ではないか」

「……………」

「逆に時宗のほうから乗り込んできおった。狙いはまず孤の首であろう乎」

「お待ちくださいませ、上監媽媽。おおかた、気が狂《ふ》れた倭寇が一人、北条時宗の名を騙《かた》っているに相違ございませぬ。されば、捕らえられるのは時間の問題かと」

「うむ」

王とて、この報告を頭から信じ、鎧武者が時宗本人だと思っているわけではない。時宗暗殺に向かったはずの海東青たちが成果をあげていない苛立《いらだ》ちをぶつけたまでである。この時点では、静観する以外、彼らになすべきことはなかった。

翌日、新たな報告が会原の北、密州《みっしゅう》(密陽《ミリャン》)より齎《もたら》された。同地の地方長官である知密城郡事《ちみつじょうぐんじ》の庁舎に「北条時宗」を名乗る緋縅の鎧武者が現われ、捕らえんとする警護の兵士たち数十人をさんざんに打ちのめし、悠然と去ったという。武者には、粗衣をまとった少女が従っていた、と付け加えられた。

その二日後、密州の北、興安都護府《こうあんとごふ》(星州《ソンヂュ》)から同内容の報告が届いた。日を経て興安都護府の北、尚州《しょうしゅう》の牧使《ぼくし》からほぼ同内容の急報が寄せられ、さらに尚州の北、国原京《こくげんけい》（忠州《チュンヂュ》）からも「鎧武者現わる」の報を告げる使者が開京の昇平門《しょうへいもん》をくぐった。武者と少女の出没地点を一点一点、地図上に記《しる》すまでもなかった。北上を続けているのだ。言わずと知れた、この王宮を目指して——。

王は眠れぬ幾夜を過ごし、たまりかねて言った。

「もう行け、腰車。——北条時宗の顔を知るのは、そなたのみ」

鎧武者は、おそらく南京《なんけい》（漢陽《ハニャン》）に達している頃であろう。南京から開京までは、臨津江《りんしんこう》を挟んで指呼《しこ》の間《かん》である。

「海東青の名にかけましても」

蓋妻星腰車は顔を引き緊《し》めてうなずいた。腰車は、鎧武者が時宗だとは寸毫《すんごう》も信じてはいなかった。とはいえ、事態がここまで拡大し、並の兵士たちが太刀打ちできぬとあれば、今こそ海東青の出番であった。

腰車が王前を去りかけた時、金州鎮辺萬戸府の長官印侯が、埃《ほこり》にまみれた旅装で現われた。彼は、出頭を命ずる王旨《おうし》が届く前に側近数騎を従え会原を出立したといい、一抱えもある木匣《きばこ》を持参していた。蓋《ふた》には「捧呈高麗国王」の六文字が墨書されている。

「後刻、改めて鎧武者の舟を仔細《しさい》に検分いたせしところ、舟底よりこれが——」

印侯は硬い表情で、その先の言葉は呑み、ゆっくりと木匣の蓋《ふた》を開けた。

王が悲鳴をあげて飛び退《の》いた。同席していた金方慶の目も恐怖に凍りついた。たちまち王と宰相は上体を折り曲げ、こらえきれずに嘔吐を始める。

だが、この場で驚愕の度合いの最も著《いちじる》しかったのは、蓋妻星腰車であったろう。彼の顔は蒼白になった。

王は口もとに付着した吐瀉物《としゃぶつ》を拭うことも忘れて絶叫した。

「腰車ッ、こ、こ、これは、なんたることだッ」

しかし蓋妻星腰車の姿はすでになかった。

王は羽ばたきの音を耳にし、ついで憤怒に強《こわ》ばった声を中空に聞いた。

「時宗の首、必ずや、この蓋妻星腰車が」

木匣の中身は、塩をまぶされた生首だった——その数、五つ。

六

厚い雲が陽光を閉ざし、天地は分かちがたく灰色に塗りつぶされていた。強い風が吹いている。川面《かわも》は波立ち、処々《ところどころ》で激しく渦を巻くのが見えた。

筵《むしろ》の帆を張った小舟が一艘、風に揉《も》まれるようにして北岸を目指している。帆を操るのは、そばかすを散らした少女だ。舳先には緋縅の鎧武者が座り、腕組みをして対岸を睨《にら》んでいる。

「この河を渡りきれば開京は咫尺《しせき》の間。高麗王め、さぞや怯えあがっておりましょう」

鎧武者の口から小気味よげな声があがった。日本語であった。

「うむ。異国征伐は、この時宗の夢であった。玄界灘を渡り、会原に舟を乗り付け、これまでの十数日間、かくまで楽しかったことはない。高麗王の手にかかって果てることに、もはや心残りはないぞ。謝す」

これを言ったのも鎧武者だ。同じ口から吐かれた声は重厚で、まったく違った声音に変わっている。

「お礼を申さねばならぬのは、わたくしのほうです。よくぞ願いをお聞き届けいただきました」

一人の鎧武者から二つの声が交互に流れ出ているのだ。その奇怪な会話を複雑な表情で聞いていた少女が、その時すっと片腕を伸ばして対岸を指し示した。

岸辺はもう目の前に迫っていた。低い葦原《あしはら》の中に、いつのまに出現したか、背の高い人影が立っているのである。方士を思わせる草色の道袍《どうほう》を身にまとい、ゆったりとした袖と裳裾《もすそ》が風を孕《はら》んで大きく翻《ひるがえ》っている。緇色《くろいろ》の進賢冠《しんけんかん》をかぶり、両手で笏《しゃく》を持っていた。

舟がさらに接近すると、方士の顔がはっきりした。

「おお、あの者には見覚えがある」

微《かす》かな驚きをにじませて時宗の声が言った。

つづいて同じ口から出たもう一人の声は、緊張を帯びていた。

「わたくしも知っております。海東青と呼ばれる高麗王の丹術師――名は、蓋妻星腰車」

鎧武者は艫の少女を振り向き、言った。

「頼んだぞ、珊瑚」

蓋妻星腰車は憤怒に燃える目で近づく小舟を見つめていた。乗っているのは緋色の甲冑で武装した倭国の武者と、粗末な衣をまとった娘――これまでの報告通りである。この距離からならば、二人を河に沈めてやるのは容易《たやす》いことであった。あるいは舟ごと燃やしてしまうことも。秘伝の丹術には事欠かなかった。可愛い五羽の若鷹たちの仇討《かたきう》ちだ。

だが、と腰車は自分を抑える。彼は鎧武者の正体を知らんと欲した。面頰《めんぼお》をあてているため顔は見えないが、時宗ではあるまい。それは凡《およ》そありえないことであった。おそらくは、時宗の送り込んできた倭国の丹術師——高麗側が刺客を放ったことへの対抗措置であろう。

舟が葦原に乗りあげた。倭国の甲冑独特の金属音をたてて、武者が舟を降りてくる。

「久しぶりである、徐賛」

武者の口から悠然と吐かれた言葉を耳にするや、腰車は弾かれたように驚愕した。しかも、その声は、九年前に建長寺法堂で聞いた北条時宗のものに間違いなかった。

「あ、ありえぬッ……きさま、何者だ」

「またしても、この時宗の命を狙うか。だが、そうはさせぬぞ」

「面頰をとれ、その顔見せよ」

「疑うか、徐賛。おまえの墓を建ててやったこの時宗を」

鎧武者は低い笑い声をもらした。鎧を鳴らして金覆輪の太刀——備前長船光忠を抜き放ち、切っ先を腰車に向けた。それもまた建長寺法堂での時宗の構えと寸分もたがわぬものであった。

腰車の額に汗がにじんだ。

「参るぞ」

武者が葦を踏んで一歩、前に出た。

「開京には行かせぬ」

腰車は笏を突き出した。笏が伸びた。獲物に襲いかかる毒蛇のように鎧武者に向かって伸び、太刀の切っ先から刃区《はまち》まで巻き付いた。

と、刀身は爐《ろ》から取り出されたばかりの砂鉄を思わせて真っ赤に発光し、蠟滴《ろうてき》がしたたるが如くにして融《と》け落ちた。武者の手には鍔《つば》と柄のみが残される。

笏は再び収縮して元通りの長さとなった。

「高麗丹法、逆《さか》しま蹈鞴《たたら》」

腰車は言った。体内で高めた気の力を熱量に変換し、瞬時にして刃金《はがね》の融点にまでもっていく。刀剣を作るためではなく、融かすために蹈鞴を踏むようなものであり、術名はそこに由来する。

武者は柄を投げ捨て、黒漆の太刀に手を伸ばしかけたが、一歩後退して叫んだ。

「珊瑚」

粗衣の娘が武者を庇《かば》うように前に出る。

しかし腰車はなお武者のみに注意を奪われていた。娘の可憐《かれん》な姿をみくびったからではなく、武者の口を出た叫びが、それまでの時宗の声とは明らかに異質だったからである。しかも遠い記憶の彼方、彼はその声を確かに聞いた覚えがあった……。

「何者なのだ——」

ハッと気がついたときには、娘の目が瑠璃《るり》色の強い輝きを帯びていた。同時に腰車は己が不覚を悟った。身体を動かすことができぬ。目を閉じることもできぬ。視界の中に瑠璃色の光があふれ、眼球を焼き、脳を燎《や》き、命を燬《や》いた。


「上監媽媽——」

しわがれた声を聞き、高麗王は目を覚ました。寝室の片隅に燭台が置かれてい、蠟《ろう》燭《そく》の炎が照らす小さな光輪の中に蓋妻星腰車の顔が浮いていた。

「戻ったか、腰車。して首尾は？」

王の声には満足の響きがあった。この海東青が帰還した以上、任務は果たされたことを意味する。じわりと全身に広がる心地よい安堵感を王は夜具の中でぬくぬく堪能した。

だが、答えが返ってこない。

「如何《いかが》した。時宗の首、見せてみよ」

ようやく不審の念を覚え、王は上体を起こした。

「申し訳ございませぬ。腰車、敵が手に敗れ、かかる姿と相成り果てました。しかも妖《あや》しの術をかけられ、時宗の使者に仕立てられしことこそ口惜《くちお》しけれ」

「な、何を申しておるのだ」

王は腰車の無表情の顔をまじまじと見つめ、眼窩《がんか》の暗い翳《かげ》りが光の具合によるものではないことを知った。瞬間、王は恐怖の悲鳴をあげた。眼球がなく、無気味な空洞を二つあけている已《のみ》――。

「その目はどうしたッ」

「北条時宗が言上、伝奏し奉《たてまつ》る。――明後日、未《ひつじ》の刻限、殿下に罷《まか》り越し、我が存念を陳《の》べんと欲す。王、宜《よろ》しく之《これ》を迎えよ」

「あ、明後日《あさって》とな……」

腰車の顔に表情が――慙悔《ざんかい》と憂悶《ゆうもん》の表情が噴き出るように表われた。術が解けたのだ。

「王よ、なりませぬぞ、時宗を……」

何かを伝え残さんとする言葉は途切れ、光輪の中から彼の顔は消えた。同時に、床を打つ重い音が寝室の夜気を震わせた。

「だ、誰ぞある」

王は寝台から出ることができず、大声で舎人《とねり》を呼んだ。

駆けつけてきた舎人のかざす蠟燭の炎が、床に転がった蓋妻星腰車の生首を照らし出した。首だけであった。どこを探しても胴体は見つからなかった。

七

四月四日——蓋妻星腰車の生首が予告した時宗推参の日、開京は異様な緊張に包まれていた。

北条時宗が高麗の地に乗り込んできたという噂は、王都の民にあまねく知れ渡っており、さまざまな風評、憶測を呼んでいた。極端なものに至っては、この国の南半分はすでに倭軍に占領され、高麗の軍兵が対馬、壱岐で犯した残虐行為の報復として無《む》辜《こ》の民が殺戮《さつりく》されている、等という者すらあり、彼らは都から逃げ出す準備を進めつつ、息を殺して王の動向を見守っているところであった。

外城の紫安《しあん》門、崇仁《すじん》門、光徳《こうとく》門を始めとする大小二十五の城門はすべて閉じられ、内城の広化《こうか》門、通陽《つうよう》門、玄武《げんぶ》門など全二十門も完全閉鎖された。さらに宮闕《きゅうけつ》を囲む城壁の二十七門にも高麗軍兵士がものものしい守備にあたった。王が執務する会慶殿はことのほか厳しく警固され、文字通り蟻《あり》の這《は》い出る隙間もないほどだった。

しかし王の姿は会慶殿になかった。厳重な警備は〝時宗〟を欺《あざむ》く偽装であり、すでに王は夜のうちに宮闕を脱出し、外城の北門に近い安和寺《あんわじ》へ避難していたのである。この策を建言したのは金方慶で、彼は本堂の内外に詰めた親衛隊百人の指揮を自らとり、王の傍らに侍《はべ》っていた。

この日、払暁より氷雨《ひさめ》が降り始め、空は雲が幾重《いくえ》にもたれこめて暗く、これが果して昼かと疑うばかりであった。数百の蠟燭が照らす本堂内のほうが、かえって明るいくらいである。

「ご安心くださいませ、上監媽媽。縦《よ》しんば鎧武者がこの寺を突きとめ得たといたしましても、これだけの手練《てだれ》の兵を相手に、かよわき娘と二人、何ができましょうぞ」

紙のような顔色となった王に、金方慶は幾度もそう繰り返している。だが、彼は自分の言葉に些《いささ》かも自信がもてなかった。蓋妻星腰車ほどの術者を仆《たお》したのみならず、その生首をして恥辱の使者たらしめるという恐るべき術の手並みを見れば、敵もまた妖術師にちがいない。いかにしてこれを防ぎうるのか。それと今一つ金方慶の頭を悩ませているのは、腰車が王に告げたという最期《さいご》の言葉であった。

――王よ、なりませぬぞ、時宗を……。

時宗をどうしてはならぬと警告しようとしたのか。さらには、腰車が鎧武者を時宗と断定しているのも奇怪といえば奇怪。奇怪千万である。

そのとき、外で兵士たちの叫び声が起こった。

「方慶――」

即座に老宰相の袖をつかんだ王の手は小刻みに震えていた。

堂内の空気が張りつめた。親衛兵たちは油断なく太刀の柄を握って身構える。

外の叫びは、しかし、はたと途絶《とだ》えた。耳を澄ましてみても、聞こえてくるのは地を打つ氷雨の音のみ。異変を注進に来るべきはずの者も一向現われぬ。

「見て参れ」

金方慶が命じた時だ。正面の観音開きの扉が静かに開き、そこに緋縅の鎧武者がうっそりと立っていた。武者の背後には、倒れ伏した兵士たちが点々と見える。

吹き込む風に蠟燭の炎が一斉に乱れた。親衛兵の影法師が堂内の壁、天井に無気味に揺らいだ。

「北条時宗、見参」

武者はまず日本語で言い、次いで高麗語で同じことを繰り返した。二つの言語はまったく別の声でなされたが、それを怪しむ者はいなかった。鎧武者の出現それ自体が、怪しんで余り有るものだったからである。

炎を甲冑に妖しく映して鎧武者は悠然と歩を進める。鎧の金属音、床を踏みしめる重々しい足音が、数瞬この場を支配した。親衛兵らは呪縛《じゅばく》にかかったように身体を硬直させているばかりだ。

「何をしている、斬れッ」

金方慶の叫びによって親衛兵たちは我に返った。そろって抜刀し、鎧武者に殺到した。

武者の後ろにいた小柄な少女が走り出たのはこの時である。少女は軽く息を吸い、呼吸を止めた。と、その円《つぶ》らな瞳が瑠璃色の輝きを帯び、兵士たちの目を射た。それは錯覚、幻覚の類ではなかった。瑠璃色の妖光は明らかに少女の両眼から二条の光の束となって照射され、兵士たちの視覚を直撃したのだ。刺激は視神経から脳に伝わり、脳から全身の神経を走ってあらゆる動きを麻痺《まひ》させた。

「わ、わ、わ……」

兵士たちが骨牌《こっぱい》の如く次々と倒れていく光景を、高麗王は恐怖に肝縮《きもちぢ》む思いで見つめた。王もまた瑠璃色の妖光を目にしたが、何ぞ知らん、彼のみはその奇怪な魔力から解き放たれているようだった。ついに金方慶までが、為す術《すべ》もなく、肥満した肉体を床に無様《ぶざま》に転倒させた。

かくて、本堂内に立っているのは三人だけとなった。王と、鎧武者と、少女――。

「誰ぞ、誰ぞ、孤を助けよ」

しかし、答える者はない。その自称通り、王は孤立無援であった。

鎧武者が黒漆の太刀を抜いた。

「ひッ」

刹那《せつな》、王は悲鳴をあげ失禁した。クビライ・カーンより賜《たまわ》った胡服の裾《すそ》に染《し》みをつくり、床を小水で濡らしつつ、腰をかがめて逃げ惑い、本尊仏の後ろに隠れようとした。蒙古風の辮髪が背中で哀れにも跳ね躍る。

武者は抜き放った太刀を濡れた床に突き立てた。

「聞説《きくなら》く、蒙古皇帝、日本を寇《おか》せしは、もと高麗王の意中より発すと。すなわち、蒙古襲来に非《あら》ずして、これ高麗襲来なるべしと。我、その是非《ぜひ》を尋ねんと欲し、来たれるなり」

この言葉もまた最初日本語でなされ、ついで高麗語に訳された。

「な、なぜそれを……」

恐怖で歪《ゆが》んだ王の顔に、さらに狂おしいまでの狼狽《ろうばい》が塗り込められる。

──蒙古を以て倭国を攻む。これぞ経国の秘策なり。

以蒙攻倭《イモンコンウエ》の策は、高麗の枢機《すうき》を預かる宰相、重臣たちのみ知る国家機密であり、この鎧武者が北条時宗であると否《いな》とを問わず、倭人の与《あずか》り知るはずのないものであった。

蒙古軍が高麗を初めて寇したのは、この時点より五十三年前の西紀一二三一年のことである。だが、蒙古対高麗という単純な二極構造では、文永、弘安の両役に至る史実を正確に把握することはできない。そのためには干支《えと》をさらにもう一巡遡《さかのぼ》る必要がある。

西紀一一七〇年──といえば、日本では嘉応《かおう》二年、太政大臣《だいじょうだいじん》平清盛《たいらのきよもり》が全盛期を迎えつつあった頃だ。この年、建国から百五十年余を経た高麗では未曾有の政変が起きた。宮廷の軍人たちが叛乱を起こし、それまで自分たちを虐《しいた》げてきた文臣を皆殺しにして政権を奪取したのである。

軍人らはその後四半世紀に亘って血で血を洗う権力闘争を繰り広げ、四人の将軍が実権を掌握しては次々と暗殺された。王権は有名無実と化し、軍人たちの恣《ほしいまま》に王は廃立された。一人の王が殺され、多くの廃王、廃王子が僻地《へきち》に流され死んだ。

最終的に権力を握ったのは崔忠献《さいちゆうけん》将軍である。各地で頻発する民衆の叛乱を弾圧することで頭角をあらわした彼は、政権掌握後、強力な独裁政治を敷いた。その権力維持の基盤となった私兵集団は、後に〝三別抄《さんべつしよう》〟の名で呼ばれる。

蒙古軍の侵入時、政権は崔忠献の息子である崔怡《い》の手に受け継がれていた。王は即位して十八年目の高宗《こうそう》であった。崔怡は高宗の反対を封じ、むしろ王を人質同然にして江華島《こうかとう》に遷都を断行した。江華島は本土から海峡の幅二百メートルを隔てて浮かぶ小島であり、蒙古軍が渡海の術に長《た》けていないことから、海を天然の城壁とし、ここに立てこもって長期抵抗戦を企図したのだ。

だが、それは――、

「抵抗というより因循姑息《いんじゆんこそく》な逃避にすぎなかったから、陸地はモンゴル軍にたえず蹂躙《じゆうりん》され、以後数十年にわたって人民はひじょうな苦しみをなめなければならなかった」（黒田俊雄『日本の歴史8・蒙古襲来』）

「江華島にあった王公貴族連中はどうしていたかというと、彼らは蒙古兵が海を渡ってはこられないのをいいことに、あいかわらず立派な宮殿や邸宅をつくって本土人民の苦闘をよそに豪奢《ごうしゃ》な生活をつづけ、ただ、することといえばひたすら『国難を払いたまえ』と仏に祈るばかりであった」（金達寿《キムタルス》『朝鮮』）

崔氏政権にとって蒙古侵入は渡りに船であった。軍事政権の存在理由は本来、外敵との戦争にあるからである。逆の言い方をすれば、講和を結べば自分たちの政権の存立は危《あや》うくなるのであり、彼らとしては人民に犠牲を強いても徹底抗戦の道を選ぶしかなかった。これはまさに軍人が政治の実権を握ったまま本土決戦に突入したに等しく、その意味で江華島は、件《くだん》の松代《まつしろ》大本営にこそ比すべきものなのである。国土は荒廃を極め、国力も衰退した三十年近くに及ぶ抗戦は、軍事独裁政権下で人民が戦いに駆り出された悲劇の典型であって、これを民族の独立を賭けた愛国的熱情の発露とみなすのは凡《およ》そ無理がある。

やがて高麗は対蒙戦争に疲弊《ひへい》し、独裁政権に対する不満が高まっていった。一二五八年、四代目崔竩《ぎ》が暗殺され、六十年に及ぶ崔氏政権は倒れた。次に実権を握ったのはやはり軍人たちだったが、その権力基盤は崔氏ほど強力なものたりえなかった。六十七歳の老王、高宗はこの機会を逃さなかった。祖父王の廃位にともない六歳の幼齢で地方に流された屈辱の過去を持つ王は、軍人に対する恨みが骨髄にまで達していた。今こそ王政を復古すべき好機――と彼は見た。

八

「朕、蒙古を味方につけんとす」

高宗は世子の倎《てん》と、世孫の諶《しん》を前に、練り上げた秘策を披露した。高麗王家の敵は自国の軍人たちであり、敵の敵たる蒙古こそ王家の味方となるが道理である、と。

高宗はさらに説いた。三韓《さんかん》の時代より我ら小国は、大国に事《つか》える〝以小事大〟をもって根本理念としてきた。新羅は唐《とう》に事え、高麗もまた初代王太祖《たいそ》が後唐《ごとう》から王に冊《さく》封《ほう》されて以来、後漢《ごかん》、後周《こしゅう》、宋、南宋に事え続けてきた。今、南宋は大国たるの地位より凋落《ちょうらく》し、蒙古がとって代わらんとする形勢にある。どうして蒙古に事えずにいられようか。

それは蒙古への降伏を意味したが、倎も諶も高宗の策に異存はなかった。王家にとって守るべきは、高麗の主権でもなければ、民族の独立でもない。王統、これ一事である。軍事政権に脅《おびや》かされ続けてきた王統が保障されるなら、降伏は恥辱ではなく慶事であった。

ややあって、倎が小さくため息をついて言った。

「されど、民《たみ》は屈託いたしましょうな」

三十年間近くも防衛戦争を強いられた挙句《あげく》、蒙古に降伏したとあっては、痼《しこり》が残るのも当然であった。民にことよせてはいたが、それは倎自身の屈託でもあったのである。

世子の反応を高宗は予期していた。

「その蟠《わだかま》りを晴らす術《すべ》あり。蒙古を唆《そそのか》し、倭国を攻めるの策、これなり」

古《いにしえ》より権力者が民の不満をそらすため用いるのは対外戦争と決まっている。しかも高宗は蒙古の征服戦争の性格を聞き知っていた。すなわち、征戦を行なった者がその利益を所有できるという。蒙古の凄まじい勢力拡大の秘密は、実にそこにあるのだ。

「蒙古の関心を倭国に向けさせ、我が高麗が先兵となって倭国を征伐する。さすれば倭国もまた蒙古の属国となるが、その権益は高麗がこれを独占するところとなるわけじゃ」

すでに、そのための手は打ってある、と高宗はたたみかけた。

「趙彝《ちょうい》ですと？　あの背叛者《はいはん》が？」

倎は驚きを隠せなかった。使者となって蒙古に派遣されながら、祖国を裏切り、蒙古に帰順した者ではないか。

「あれは、朕が命じたことじゃ。我が高麗の意を蒙古に通じさせるための、いわば間諜としてな」

翌一二五九年、太子倎は老齢の高宗に代わり蒙古に降伏すべく江華島を出た。弱体化した軍事政権はこれを止められなかった。抗蒙の意志を捨てたわけではなかったが、この時期、王権と軍事政権との間には、勢力の微妙な均衡が保たれていたのである。

蒙都に滞在中、倎はクビライに取り入ることに成功した。この間、江華島で高宗が死去し、倎はクビライに冊封されて高麗国王（元宗《げんそう》）となった。クビライは元宗に強力な護衛部隊をつけて帰国の途に就《つ》かしめた。江華島で軍事政権が別の王族を王に擁立しようとする不穏な動きを見せていたからである。元宗は無事、江華島に帰着し、謝辞を陳《の》べた。

――小臣よりひいて後孫に及ぶまで、死を以て報《むく》ゆるを為さん。

弟アリク・ブケとの四年間に及ぶ皇位継承戦争に勝利した皇帝クビライ・カーンが、日本へ使者を派遣するため高麗に嚮導《きょうどう》役を命じてきたのは一二六六年のことだ。

——今、爾《なんじ》が国人趙彝、来たりて告ぐらく、日本は爾が国と近隣を為す。典章《てんしょう》、政治、嘉《か》するに足るもの有り。漢、唐より下るも亦或《またある》いは使を中国に通ぜりと。故に黒的《こくてき》らを遣はして日本に往《ゆ》かしめ、ともに和を通ぜんと欲す。卿、それ去使《きょし》を道達し、以て彼《か》の疆域《きょういき》に徹《とう》らしめよ。風濤《ふうとう》の険阻《けんそ》なるを以て辞《じ》と為す勿《なか》れ。

先王高宗の深謀がいよいよ発動したのである。だが、クビライが日本に宛《あ》てた国書は修好を求める穏やかな文面だった。これに倭国が素直に応じては蒙倭戦争にはならない。戦争にならなければ、高麗の利益はないのだ。元宗の密命を拝した二人の高麗官吏は、黒的、殷弘《いんこう》の二人の蒙使を嚮導して巨済島《きょさいとう》に到り、わざと波浪の荒い日を選んで海の恐ろしさを見せつけた。二使は渡海を断念して引き返し、クビライ・カーンに復命した。

——巨済県に至り、遥《はる》かに対馬島を望むも、大洋万里風濤の天を蹴るを見、危険かくの如し、安《いず》くんぞ軽々しく進むべけんや。

予《あらかじ》め釘をさしておいたにも拘《かかわ》らず風濤険阻をもって渡海不能の理由としたのである。元宗の目論見どおりクビライは大激怒した。そして日本征服への欲望がかえってこれでかきたてられた。

倭国に対する工作も抜かりはなかった。国書を届ける使者に一介の舎人を充《あ》て、鎌倉幕府に事態の重大さを認識させず、さらには対馬で島民二人を拉致《らち》した。これにより幕府の対蒙姿勢は一挙に強硬なものとなり、かくて蒙古と日本は武力衝突をせざるを得ない状況へ次第に追い込まれていったのである。

その一方で元宗は蒙古の威光を背景に王権の回復を着々と推《お》し進めていた。追いつめられた軍事政権側は元宗を廃立し、王弟の安慶《あんけい》公 淐《しょう》を新王に擁立するの挙に出た。しかし、これこそ元宗が待ち望んでいた絶好の機会だった。燕都《えんと》（北京《ペキン》）に滞在中の世子諶は直ちにクビライ・カーンに拝謁し、蒙古軍の高麗出兵を乞うた。

「父王の命が危機に瀕《ひん》しておりますれば、なにとぞ陛下の聖兵をお出しになり、我が高麗王室をお救いくださいますよう」

一方、元宗は江華島を脱出し、燕都に逃げ込んだ。かくて王と王世子は、クビライの支援下、なんと蒙古軍を嚮導して祖国高麗に軍事侵攻するのである。ここに百年に亘る軍人政権は遂に自壊し、元宗は開京遷都を大号令した。一二七〇年五月のことである。

ところが、崔氏の私兵として組織され、崔氏が廃せられた後も江華島軍事政権を支えてきた武闘集団三別抄が、この王命を拒絶した。彼らは復権した王による報復を恐れたのだ。将軍裴仲孫《はいちゅうそん》、盧永禧《りょえいき》らは蒙古兵が人民を殺戮するとのデマを流し、江華島にたてこもって元宗に対抗せんとした。だが、離脱者が相次いで支えきれず、物資を掠奪し、王宮を焼き、文臣たちの妻子を人質にとって江華島を離れた。

三別抄は半島南部の珍島《ちんとう》に拠《よ》って抵抗を続けたものの、忻都と洪茶丘の率いるモンゴル軍、金方慶の高麗国軍に攻撃され、早くも翌年、珍島が陥落、裴仲孫らは戦死した。残存兵力は少年将軍金通精《きんつうせい》が指揮して南海の島耽羅《たんら》に落ち延びるも、蒙古・高麗連合軍の追撃を受け、二年後の一二七三年、三別抄は完全に平定された。金通精は山中で縊《い》死《し》したと伝えられる。これにより、軍人に政権を奪われて百三年目にして高麗王家は王政復古を果たしたのである。

三別抄が滅んだ翌年の一二七四年一月、クビライ・カーンは高麗に兵船九百艘の建造を命じた。三月には日本征討令が正式に下された。その二年前、元宗の世子諶が次のような言辞をもってクビライを唆《そそのか》した倭国征伐がついに実現の運びに至ったのだ。

「惟《おも》んみるに、彼の日本、未だ聖化を蒙《こうむ》らず。故に詔《みことのり》を発して軍容を継輝《けいき》せしめんとせば、戦艦兵糧まさに須《もち》ゐる所あらん。もし此事を以て臣に委ねなば、心力を勉尽して王師を小助せん」（高麗史・巻二十七）

宿願の日本遠征を直前にして元宗崩じ、諶が第二十五代高麗王に即位する。しかし、遠征（文永の役）は失敗に帰し、クビライは杜世忠、何文著らを日本招諭使に任じ、鎌倉幕府との交渉に意欲を示した。高麗王が蓋婁星腰車に命じて謀略を仕掛け、クビライの意図を再び武力行使へと逆旋回させたことは、既にこの物語の冒頭で述べた通りである。

一二七八年（弘安元）、王は燕都に親《みずか》ら乗り込み、クビライを前に熱弁を振るった。

「日本は一島夷《とうい》なるのみ。険を恃《たの》み、庭《てい》せず。敢へて王師を抗む。臣、自ら以て徳に報いるの無きを念《おも》ふ。願はくば更に船を造り穀を積み、罪を声《な》らして討を致さん」

（高麗史・巻二十八）

日本など島に棲息する野蛮人にすぎません。海に守られていることを頼りに、朝《ちょう》貢《こう》しようともせず、不遜《ふそん》にも皇帝陛下の軍に抗しております。わたくしは陛下の皇徳に浴するばかりで、何ら報いていないことを慙《は》じるものです。どうか、このわたくしに再び戦艦を建造し、軍糧を備えさせ、日本問罪のための討伐軍をお命じくださいませ。

翌年、クビライは戦艦九百艘の建造を高麗に命じた。しかし、王が期待した高麗軍の発動令はなかった。王は不安に駆られた。軍を出さなければ、日本占領後の権益には与《あずか》れないのだ。戦艦建造の負担だけ課されるのでは、割りに合わない。忻都、洪茶丘、南宋の降将范文虎らには日本征討令が下ったと聞き、王は矢も楯《たて》もたまらずクビライのもとへ赴《おもむ》いた。前回、前々回以上の熱弁を振るい、親らも日本征討の令を受けんことを乞うた。

クビライはこれを許した。王はクビライから征日本軍官天佩虎符《てんはいこふ》を授けられ、再征の総司令官に任ぜられた。金方慶は征日本都元帥を拝命し、蒙将の忻都、洪茶丘は王の指揮下に入ることになった。かくして、すべては王の思惑通りに運んだのである。

一二八一年(弘安四)四月十八日、それは高麗王の得意絶頂の日だった。合浦の砂浜には東路軍四万二千が整然と隊列をつくり、それを王は馬上より閲兵《えつぺい》した。陽光に甲冑をきらめかせたこの大軍団が、目の前の碧海を押し渡り、蛮族の住む未開の地を征伐することを信じて彼は疑わなかった。潮の香りを心地よくかぎながら。

九

己が尿臭をかぎつつ高麗王の脳裡《のうり》をよぎったのは、三年前の自分のその雄姿であった。それが今や、奇怪な鎧武者に睥睨《へいげい》され、小便を垂れ流し、死への恐怖に震えることになろうとは。だが、恐怖にもまして衝撃的だったのは、目の前の武者が〝以蒙攻倭〟の秘策を知っていたことである。

「……そ、そは、何者ぞッ」

王は僅かに残された胆力を振り絞るようにして絶叫した。

鎧武者の眉庇がわずかに上下した。

その傍らに寄り添った少女が王を見つめている。まだ瑠璃色の光を帯びた瞳の中に、王は自分への底知れぬ憎悪の色を認めた。

武者の右手がゆっくりと動いた。目の前の床に突き立てられた太刀を掴むかと見えて、その手は自身の顔、面頬へ向けられる。

面頬の下から現われたのは——貴姫と見まがうばかりに麗《うるわ》しい美貌だった。二十代も後半だろうか。高貴な生まれであることを示すように鼻筋は高く通り、鴇《とき》色の唇が弥勒《みろく》の笑みを優雅に刻んでいる。しかし左眼は深い憂《うれ》いに閉ざされ、右眼は失われて虚《うつ》ろな空洞が暗く穿《うが》たれていた。王はその素顔に見覚えがあった。けれども、記憶に残っているのは、このような青年ではなく、紅顔の少年の面貌《めんぼう》としてである。

「……ま、まさか……」

王の目が徐々に驚愕に見開かれる。

高麗王家を苦しめてきた百年の宿敵、憎むべき軍事政権の犬——三別抄の中にその顔はあった。当時まだ十五、六歳であったにも拘らず将軍位に列せられ、少年将軍の異名をとっていた金通精の顔である。彼の出自は、高麗の属国だった耽羅の王族に連なると言われていたが、それ以上のことを王は知らなかった。三別抄は軍事政権の私兵であり、その陣容は国王にさえ秘されていたからである(三別抄の叛乱は、王側が三別抄の軍籍簿を押収しようと図ったことに直接的な端を発す)。わずかに伝え聞くところによれば、金通精は「花郎《ホアラン》」とも呼ばれ、三別抄内部でも特別の畏敬の念をもって遇されているとのことだった。花郎とは、新羅の時代に存在した秘教的戦士集団の指導者で、妖しいまでの美少年にして、呪法、幻術、魔道を能《よ》くしたという。

『——蓋《けだ》し耽羅の妖術者ならん』

いつのことであったか、蓋婁星腰車がそう看破した。耽羅の妖術は高麗の丹術とは起源を異《こと》にし、おそらくは古代中国伝来の方術であろうと言う。なんとなれば、南海に浮かぶ耽羅島こそ、不老長寿の薬草を求める始皇帝の命で出航した秦《しん》の方士《し》、徐福《じよふく》の漂着した瀛州《えいしゆう》だからである。とはいえ当の腰車もそれ以上詳しいことは知り得ないようだった。

叛乱の首謀者、裴仲孫が珍島で戦死した後、金通精は三別抄の残党を引き連れ生地の耽羅に落ち延びたが、結局は討伐され自死したと報告されていた。しかし、彼の死体を確認した者は誰一人としていないのだ。もし金通精が生き延びてい、そして眼前の鎧武者の正体が彼ならば、すべて合点《がてん》がいく。高麗王家への根深い恨み。蓋妻星腰車を仆した鮮やかな手並み。十一年の歳月は紅顔の少年をかくまでの青年に成長させたであろう。王家の動きに神経を尖《とが》らせていた三別抄の将ならば、以蒙攻倭策を探り出していたとしても不思議ではない。倭国の武者装束《しょうぞく》に身を固め、倭酋北条時宗の名を騙ったは、成程、憎き王を恐怖せしめ、嘲弄《ちょうろう》するためでもあったか。

「金通精……」

王は急《せ》き込むように、その忌《い》まわしい名を口にした。王家に仇《あだ》なす者の名を。

「然《しか》り」

金通精はうなずき、静かに王を見つめた。左眼が残っているにも拘らず、王は右の眼窩によって見据えられる気がした。その暗く深い空洞に吸い込まれ、永遠に幽閉されるような恐ろしさが王の全身をわななかせた。

金通精はゆっくりと兜を脱ぎ、大鎧を外した。常民たちの着る白い粗衣が現われる。つづいて、首に巻いていた白布を空に抛《ほう》った。いかなる秘術によるものか、それは忽《たちま》ち黒い狭霧と化し、頭上に幕をなすが如くに烟《けぶ》ったのである。

「その目で見るがいい、王諶。高麗が日本に何を為したるかを」

金通精は諱《いみな》をもって王を呼び捨て、中空を指さした。広がった黒霧の粒子が点滅を始め、やがてそれは光と影を綾《あや》なして、すなわち映像となった。

王は息を呑んだ。それは三年前、彼が閲兵した大軍団が海を押し渡って一島に上陸し、倭国の衣服をまとった島民に襲いかかり、容赦なく殺戮を繰り広げる地獄絵図だった。投降した兵士の鼻を削《そ》ぎ、耳を切り、首を斬り落とすかと思えば、捕らえたその場で女を犯し、民家を漁《あさ》って金目のものを掠奪し、家々に火を放った。無抵抗の島民を軍船に拉致し、泣き叫ぶ彼らの掌《てのひら》に穴をあけ、綱を通して引きずりまわし、舷に繋《つな》いで溺死するにまかせた。さながら血に飢えた悪鬼とも言うべき高麗兵の群れは、新たな獲物——逃げ隠れた島民を見つけ出すべく、血の滴る刀槍を提《さ》げて森の中へと踏み込んでいく。

十

「ちくしょう、もっと深い山があればなあ」

勇太《ゆうた》がくやしげに呟いた。

珊瑚は唇をかみしめ頷く。海を渡った隣の対馬では、多くの島民が山の中に隠れ、難を避けることができたと聞いていた。自分たちの住む壱岐は森ばかりで、高麗兵に容易《たやす》く探し出されてしまうのだ。それは七年前に高麗の奴らが初めて襲ってきた時から分かっていたことだった。けれど、まさかあんな残虐なことが再び繰り返されるなんて、思ってもみなかった。

勇太と珊瑚が身を隠しているのは、聚落《しゅうらく》からそれほど離れていない笹藪《ささやぶ》の中だ。ここもいずれ見つけられてしまうだろう。でも、今は動けなかった。島民を探し回る高麗兵の笑い声が、思いのほか近く聞こえているのだから。

「おれがもう少し大人だったら、少弐《しょうに》さまの下で戦うんだけどな」

それが最も我慢できないことのように勇太は言葉を重ねる。勇太はまだ十歳だ。高麗兵を相手に戦えるわけがない、と珊瑚は悲しく思う。

「分かってるさ、母ちゃ……珊瑚の言いたいこと。でも、少弐さまだって、初陣《ういじん》は十二歳の時だって言うぜ」

守護代として壱岐防衛の指揮をとる十九歳の若武者、少弐資時《すけとき》は七年前の戦役で鎮西奉行の父経資《つねすけ》に従って出陣、博多の百々道原《ももじばる》に上陸した高麗軍に向かい一番に名乗りをあげ、その名を一躍轟《とどろ》かせていた。今頃は船匿城《ふなかくし》で勇ましく戦っていることだろう。けれども、わずかな人数でいつまでも守りきれるとは、珊瑚にはとうてい思えない。

まだ喋《しゃべ》りたそうな勇太の唇に、珊瑚は指をあてた。今は口を噤《つぐ》んでいなければならない時だ。高麗兵は声を聞きつけ、隠れている者を見つけ出す。特に子どもや乳飲《ちの》み子の泣き声をたよりにして。

七年前のあの時がそうだった。十歳だった珊瑚は今と同じように森の中に潜《ひそ》んでいた。母と赤子の妹が一緒だった。漁師の父は、妻子を逃がすために櫓で高麗兵に立ち向かい、斬殺された。森に逃げる途中、珊瑚は、股を引き裂かれた乳飲み子の死体を幾つも見た。

隠れている間に、妹が泣き始めた。母が乳を与えても泣きやまなかった。目の前で夫を殺された衝撃で乳が出なかったのだ。珊瑚は自分も泣いてしまわないように、必死で口を押さえていた。やがて、妹の声を聞きつけたのだろう、高麗兵が近づいてくる気配がした。その瞬間、返り血に染まった母の顔を、珊瑚は今でも忘れることができない。母は短刀を懐中から取り出すや、妹の喉笛《のどぶえ》に突き立てたのだ。

やがて高麗の悪魔たちは船で去り、気が狂《ふ》れた母は海に身を投げた。珊瑚は孤児になった。父を失い、母を失い、妹を失い、そして声を失った。妹が死んだ時から、それっきり声が出せなくなった。

珊瑚は浜辺の洞窟に住んで雨風をしのぎ、海女《あま》となって働いた。やはり両親を失った三歳の勇太を育て始めたのは、孤児同士の寂しさを慰めるというより、なぜかそれが父母と妹の供養になる気がしたからだ。珊瑚を母親代わりに勇太はすくすくと成長した。八歳で珊瑚と同じ背丈になり、十歳の今では、十七歳の珊瑚の背よりも首一つぶん高い。筋肉もついている。珊瑚のことを「母ちゃん」と呼んでいたのに、最近では名前で呼ぶようになっている。それに引きかえ、珊瑚は七年前の姿のままだった。背は伸びず、乳房もふくらまず、腰も張らず、そして大人の女になった証《あかし》だという月の物もない。衝撃は声を奪ったばかりでなく、身体の成長をも止めてしまったのだった。

「確かに餓鬼《がき》の声を聞いた。この辺《あた》りだ」

高麗兵の声がすぐ近くでした。珊瑚は高麗の言葉がわかる。珊瑚だけではない、高麗との交易が盛んなこの島では、誰もが彼《か》の国の言葉を聞き取り、話すことができた。

珊瑚は目を閉じた。暗闇の中では、何もない。そう、何も起きてはいないのよ。強く念じるように思い込もうとした。

「見つけたぞ」

声は頭上から降ってきた。目を開ける。二人の高麗兵が見下ろしていた。歯を剝き出しにした狂暴な顔。顔に鎧に、点々と血が飛び散っている。血はまだ乾いてはいなかった。

咄嗟《とっさ》に珊瑚は勇太を背後に庇おうとした。だが、遅かった。

「コクリ野郎めッ」

勇太のほうこそ珊瑚を守るつもりだったに違いない、叫び声をあげて笹藪を飛び出した。高麗兵が白刃を一閃させた。胸から血煙が迸り、勇太の身体は珊瑚の目の前に転がった。

「……さ、さん、ご……かあちゃ、ん……」

目を見開いたまま勇太は事切れた。

「もう一人は娘か。大きくなれば、美人になりそうだ」

「見つけたのはおれが先だぞ」

高麗兵の言葉を珊瑚は聞いていなかった。全身が熱く――途方もなく熱くなった。心が炎と化したようだった。息をすることも忘れ、珊瑚は高麗兵を睨んだ。彼女からすべてを失わせ、今また勇太をも奪い去った異国の禽獣《きんじゅう》どもを。

刹那、目の前が瑠璃色に染まった。

次に見たのは、倒れ伏して動かない二人の高麗兵だった。

(これは……)

自分がそんな妖しい力を持っていることを、珊瑚はこの時になって思い出した。その力に初めて気づいたのは、半年前、山路で巨猪《おおいのしし》に襲われた時だ。逃げ場を失い、息をつめて猪を見つめた。その瞬間、今みたいに視界が瑠璃色に発光し、猪は方角を見失ったように走り回り、繁みの中に消えたのだ。海女として海に潜っているうちに、そんな不思議な能力が身に付いたのかと、その時は胸を撫で下ろしただけだった。

(仇を討ってあげる)

勇太だけでなく、父母、妹にも、そして自分自身にも告げて、珊瑚は笹藪を出た。僚兵にいかなる変事が起きたのかと駆けつける高麗兵たちに瑠璃色の眼光を放った。高麗兵は面白いように倒れていった。

けれども、それも僅かの間だけだった。まもなく珊瑚は息苦しさを覚えた。頭が割れるように痛みだし、とうとう目は発光しなくなった。血管が切れたのだろう、視界が赤く染まった。珊瑚は血の涙を流し、残忍な高麗兵の白刃に囲まれた。

その時、彼が現われたのだ。高麗の常民がまとう白服を着てはいても、貴人だということは珊瑚にもすぐにわかった。右眼は失われ、左眼は憂いを湛《たた》えている。彼の振るう剣に、高麗兵は次々と首を飛ばされていった。

彼は両腕を広げて珊瑚を呼んだ。

「おいで」

かすかに高麗人の訛《なま》りのある日本語だった。悲しみの艶を帯びた、その優しい声音が、敵ではないと告げていた。

珊瑚は彼の胸に飛び込んだ。しがみつき、抱きあげられた。

「おまえなんだな。ずっと探していたんだよ」

耳元でそう囁《ささや》かれた。

(わたし、この人に守ってもらえる……)

見知らぬ男がなぜ自分を探していたのかなど、どうでもいいことだった。とろけるような安堵感だけがあった。高麗兵が船で去るまでの十日間、珊瑚は巣穴にこもった幼獣のように彼の腕の中で過ごした。

無数の帆が南に向かうと、二人は森を出た。島は死んでいた。かしこに屍体《したい》が転がり、死臭が島全体を覆《おお》っていた。家はすべて焼かれて灰燼《かいじん》に帰し、青空にたちのぼる黒煙が死者を弔《とむら》う焼香のように見えた。

「憎いか、高麗が」

彼が訊いた。

珊瑚はうなずいた。瑠璃色の涙が幾粒も転がり落ちた。

「わたしも憎む、あの国を。だが、仇を討つには、おまえの力が必要だ」

二人は小舟を仕立てて海を渡った。

日を経て漂着したのは、南の島だった。青く澄んだ海に、白砂の浜辺。琉球《りゅうきゅう》では ないか、と珊瑚は思った。壱岐では皆が口にしていた——南の彼方、暖流を遡った果てに常夏の島があり、そこでは色とりどりの花が咲き乱れ、果実が豊かに実り、人々は戦乱とは無縁に平和に暮らしている。伝説の龍宮《りゅうぐう》とは、琉球が訛ったものである、と。

しかし、彼が告げたのは耽羅という島名だった。

奇岩の絶壁の下に、波飛沫《しぶき》を天然の扉とする洞窟があった。彼は珊瑚をその中に導き入れた。洞窟の最奥は広く、岩が池を成していた。岩池に湛えられていたのは、海水ではなく、瑠璃の色をした神秘の水である。

「耽羅の宇宙《オノゴロ》だ」

彼が粛然とした口調で言った。

珊瑚は見た。瑠璃色の水面に映し出される耽羅国の悠久の歴史を。

神話の時代、日本から海を渡ってきた三人の姫がこの島の三神に嫁ぎ、耽羅国を興《おこ》した。海上独立国として繁栄したが、百済に征服されて属国となった。百済の滅亡後は新羅に、新羅が滅んでからは高麗に服属を強要された。そして百七十年前、高麗の一郡として併合され、耽羅国はこの世から消滅したのである。独立運動は弾圧され、指導者は処刑された。〝叛乱の賊魁《ぞくかい》〟として高麗の史書に「煩石《ボンソク》」の貶称《へんしょう》で記された独立運動の指導者こそ、実は耽羅の王族であり、その血が彼に流れていることを珊瑚は知った。彼が三別抄に身を投じたのは、高麗の獅子《しし》身中の虫となり、祖国耽羅の仇をなさんと誓ったからという。三別抄の将軍たちはそれを知らず、耽羅の王族である彼を将軍として遇することで一種の権威づけに利用するつもりだったのだ。

「高麗は我が耽羅国を滅ぼしただけではない。耽羅にとっては母の国ともいうべき日本をも寇した。劫罰《ごうばつ》を与えなければ」

彼の静かな言葉に、珊瑚は自分が生まれ育った島の惨状を思い、強くうなずいた。

彼は、金通精としての死を装った後、この耽羅島に伝わる古代中国の方術の習得に明け暮れたという。そして遂に、高麗に最大級の天罰を加える秘術を会得した。だが、そのためには高麗王の面前に近づく必要があった。

「王の身辺には海東青という丹術師たちが侍っている。わたし一人の力では、やつらを相手にするのは無理だ」

三別抄の将軍として官軍との戦いの最中、彼は右眼を失ったのだ。そのため、術者としての戦闘能力が著しく低下していた。

「この耽羅の宇宙が教えてくれた。壱岐に行って、瑠璃色の瞳の娘をさがせと」

珊瑚はまばたきをするのも忘れ、彼の言葉に耳を傾けていた。だからなのか。だから彼は孤児の自分を見るなり言ったのか。おまえを探していたんだよ、と。

(わたし、この人に探されていた……求められていた……)

高麗への復讐心に満ちていた珊瑚の胸の中に、今ひとつの感情が萌《めば》えた。彼の役に立ちたいという、熱く、狂おしいまでの願いが。

珊瑚の修行が始まった。それは主に呼吸の長短、深浅、高低を思い通りに操る術を身につけることだった。彼によれば、瑠璃色の眼光は〝律《ユル》〟と呼ばれる操息法と密接な関係があるという。律を自分のものにすれば、眼光の威力、持続力を自在に駆使できるらしかった。そればかりでなく、剣術、槍術を彼から教わり、幾つかの中国方術も伝授された。

過酷な修行でくたくたになり、夜は彼の胸でぐっすりと眠った。肉体は十歳のままながら、珊瑚の心はもう大人の女だった。それなのに、兄の横で眠る幼い妹のようでしかない自分が切なかった。時折り珊瑚は、すべてを忘れて琉球に往《ゆ》き、彼と二人で暮らせたらと、夢見るように思うときがあった。

二年余りが過ぎた頃、珊瑚は夜空に流星を見た。北から南へ――高麗の方向から日本へ、五つの流れ星が海を越えていった。

「高麗王が、五羽の海東青を日本に放った」

耽羅の宇宙に手を浸《ひた》し、神託を告げるように彼が言った。

「守らなければ。北条時宗の命はわたしにこそ必要なのだ。高麗に劫罰を与えるために」

時の流れが止まったかのような耽羅での修行の日々に較べ、それからは激動のままに過ぎた。珊瑚は彼に連れられて日本に渡った。そして、奇怪な術を操る五人の刺客と死闘を繰り広げつつ鎌倉を目指し、ようやく最後の一人を仆したのは、火の海東青、仇火寺珠鞭を名乗るその丹術師が、円覚寺《えんがくじ》で北条時宗をまさに焼殺せんとする寸前のことだった。

「褒賞《ほうしょう》は望みのままにとらす」

そう言い渡す時宗に、彼は答えた。

「なれば時宗さまのお命をいただきとうございます」

彼は術の目的を説き、方法を弁じた。そのとき初めて珊瑚は知った。彼が高麗王にかける術が、時宗だけでなく彼自身の命をも奪うということを。それは術というより、呪《のろ》いであった。彼は自身の命を、いわば呪いの苗床《なえどこ》にするつもりなのだ。

怪しみもせず時宗が応諾したのは、かくまでに高麗への恨みが深かったからか、あるいは見果てぬ異国征伐を実現できると乗り気になったからか。——ともかくも、時宗は緋縅の大鎧と二振りの太刀、弓、その他を彼に与え、静かに目を閉じた。次の瞬間、彼と珊瑚の前で時宗は昏睡状態に陥《おちい》った。

十一

「金通精……金通精……」

王は譫言《うわごと》のようにその名を繰り返した。鎧武者が幻術を使って空中の霧幕に映じてみせる壱岐島民虐殺の酸鼻《さんび》な光景など、その目には入らなかった。禽獣にも等しい倭人がどれだけ殺されようと、それはどうでもいいことであった。問題なのは、逆賊金通精が生きており、倭酋の名を騙って、高麗王たる自分を嬲《なぶ》りものにしたことだ。正体不明の妖怪と思えばこそ失禁するほどに恐れもしたが、今となっては憎しみが恐怖を上回った。それほど王は三別抄を憎悪していたのである。

「許さぬ」

目の前の床に突き立てられた太刀の柄を摑んだ。蒙古の武将たちと交わった王は、ひととおり武術の心得を身につけていた。太刀を引き抜き、満身の力をこめて金通精の胸を貫いた。噴き出る鮮血がたちまち白衣を染めた。

「それで、よい」

王が聞いたのは、満足げな響きを帯びた声であり、つづいて王は金通精が口から血を吐きながら優雅に微笑するのを見た。思わず太刀を離し、よろめいて数歩後退した。

金通精の身体があたかも舞いを舞うようにして床に崩れていく。

「珊瑚——」

それまで凍りついたように動かなかった少女が、その呼び声に弾かれたように駆け寄り、断末魔の金通精にとりすがった。

「……わたしの……くちびるを……すってくれ……」

少女は何度もうなずき、血にまみれた唇に己《おのれ》の唇を重ねた。

やがて金通精の身体から痙攣《けいれん》が途絶えた。

ゆっくりと身を起こした少女を見た瞬間、王は驚きの声をあげた。もはや少女の面《おも》影《かげ》はなくなっていた。そばかすは消え、胸はふくらみ、成熟に向かう女体のまろやかさが馥郁《ふくいく》と香っている。白いふとももを一条の血が伝っていた。硬い蕾《つぼみ》が瞬時に花開く神秘を目の当《ま》たりにしたようで、王は言葉を失い息を呑んだ。唯一、瑠璃色を帯びた憎しみの瞳だけは、元のままである。

「――王が王を殺した」

声は、女の口から出た。王は初めて女の声を聞いた。

「もはやこの国は呪われた。高麗が日本で為した所業は高麗自らのものとなり、いずれ未曾有の災厄がこの国土を覆うであろう」

巫堂《ムーダン》が降神儀礼の後に託宣するが如くであった。

失神から覚めた金方慶は、王よりすべての経緯を聞き、忽《たちま》ち顔色を変えた。

「王が王を殺した――高麗王が、日本王たる北条時宗を」

金方慶の声は悲痛な呻きも同然だった。彼はようやくにして真相を――金通精の真の狙いを悟ったのである。

「よく見よ、方慶。孤が手にかけたのは北条時宗に非《あら》ず、あの金通精であるぞ。孤、親《みずか》ら叛臣を成敗してくれたのだ」

王は胸を張った。

確かに、太刀に胸を抉《えぐ》られて絶命した屍体は、三別抄討伐の軍を率いた金方慶にとっても忘れられぬ金通精の成長した顔にほかならなかった。

「しかし上監媽媽、金通精は耽羅の妖術師だと――」

「腰車の申したこと、孤も忘れておらぬぞ」

「さればこそ、あやかしの秘術を用いて、北条時宗の魂魄《こんぱく》を己が肉体に封じ込めたとは考えられますまいか。それを見破ったからこそ、腰車は鎧武者を時宗と断じたのでありましょう。すなわち、この者は金通精にして、かつ北条時宗でもあったのです」

金方慶は屍体を指差し、恐ろしさを隠さぬ声で言葉を継いだ。

「――おそらく腰車は、最後にこう警告しようとしたに違いありませぬ。王よ、時宗を殺してはなりませぬ、と」

王はしばし考えていたが、苛立ちを声に含ませ、せわしなく首を横に振った。

「そちの申すこと、理解できぬ。縦《よ》し、この者が北条時宗であったと認めよう。なれど、なぜ殺してはならぬ。抑《そもそも》、時宗の命を奪うため海東青を送りこんだではないか。あの未熟な五人が果たせなかったことを、孤が一撃で為し遂げたのだぞ」

「他の者にお命じになるのは構わぬのです。王がその手で王を殺してはなりませぬ」

「だから、なぜだッ」

「お忘れなりや、訓要十一条を」

その瞬間、王の顔色は金方慶以上に蒼白になった。

高麗を建国した太祖王建《おうけん》は、その臨終に際し、子孫の王たちが規範とすべき祖訓を残した。史書には『訓要十条』として伝わるが、実は、王と宰相にのみ口伝《くでん》されたもう一条が存在した。王勿殺王――王ハ王ヲ殺スナカレ、がそれである。太祖がかく遺命したのには次のような次第があった。

滅びゆく新羅に代わり新興の高麗、後百済が覇権を争った、いわゆる後三国《ごさんごく》の時代。後百済の王甄萱《けんけん》が軍勢を率いて新羅の王都に侵攻し、新羅王金魏膺《きんぎよう》（景哀王《けいあい》）を親らの手で殺した。このとき金魏膺は新羅衰亡の必定を悟り、仇敵の後百済が滅びる呪いを自らの身体にかけていたということである。それは、他ならぬ王が王を殺すことによって発生する久遠《くおん》の恨《ハン》を、亡国の呪いに変換するメカニズムだといい、術名こそ伝わらないが、古代中国の春秋戦国時代《しゅんじゅうせんごく》の方士によって編み出されたと見て間違いはない。それが秦の頃、徐福によって耽羅に伝えられ、金魏膺は耽羅国王に命じて方士を招き、その術を自らの身に施させしめたのであった。

呪いの発効により、後百済は滅亡し、高麗が覇権を握った。太祖王建が後百済王の神剣《しんけん》を殺さなかったのは、この呪いを恐れたためといわれ、さらに彼は「王勿殺王」を遺訓とさえしたのである。

高麗の王都が震撼したこの日、すなわち一二八四年（弘安七）四月四日、鎌倉では、昏睡状態にあった北条時宗が三十四歳の若さで逝《い》った。

金通精の呪いに怯えた高麗王が頼れるものは一つしかなかった。高麗の全能の保護者にして義父クビライ・カーンの庇護を受けることである。

「夏四月庚寅《こういん》、王および公主、世子、元に如《ゆ》く。扈従《こしょう》の臣僚、一千二百余人」（高麗史・巻二十九）

付き随《したが》った大臣官僚の数の多さが、高麗朝廷の受けた衝撃の深さを物語って余りある。

高麗王の前から消えた珊瑚のその後は不明である。ただ、この物語から八年後の一二九二年、張浩《ちようこう》を大将とする元軍が琉球を襲ったとき、浜辺の小屋に住みながら夫の位牌を弔《とむら》って暮らす美しい海女の寡婦《かふ》が、瑠璃色の眼光を放って蒙古兵を脅かし、その撃退に一役買ったとの伝承が伝わるが、彼女が珊瑚であることを確かめる史料は残されていない。

「高麗が日本で為した所業は高麗自らのものとなり、いずれ未曾有の災厄がこの国土を覆うであろう」

珊瑚の口を通じて予言された金通精の呪いは、さらに三百八年を経た一五九二年（文禄《ぶんろく》元）四月、大悪魔豊臣秀吉《とよとみひでよし》の朝鮮出兵によって現実のものとなった。このとき、十五万の大軍によって全土が蹂躙されたが、ただ一つ、その暴虐の牙爪《がそう》を免れた場所がある。すなわち済州島《チエヂユ》――古《いにしえ》の名を耽羅という。

忍法さだめうつし

一

「殿、一大事にござる！」

慌ただしく走り寄る跫音《あしおと》とともに、咽喉《のど》を裂く叫び声が響き渡った。深更《しんこう》である。

しかし、今川貞世《いまがわさだよ》は、その叫びを聞くより数瞬早く自ら眠りを破っていた。遠くから聞こえる騒乱の物音を鋭敏に耳にしての覚醒であった。常住戦場たるを己《おのれ》に課した武人ならではの聴覚だ。

〈征西府《せいせいふ》の奇襲か――〉

咄嗟《とっさ》に頭をかすめたのは、片時も脳裡《のうり》を去らぬその懸念である。南朝《なんちょう》方の征西府を大宰府《だざいふ》から逐《お》って五年、彼が統率する九州探題《たんだい》の威光は着々と力を増している筈《はず》であったが、菊池《きくち》党のみは依然として抵抗を止《や》めず、従って征西府が逆襲をかけてくる可能性は、未《いま》だ捨てきれてはいないのだ。

「ええい、どけ」

添い寝する愛妾《あいしょう》の裸身を蹴転《けころ》がして立ち上がると、即座に長押《なげし》から槍を手にした。

「殿」

松平九八郎《まつだいらくはちろう》が月明かりの射《さ》す障子《しょうじ》戸を蹴破らんばかりに飛び込んできた。貞世が領国の尾張《おわり》から連れてきた若い従者で、利発な上に胆《きも》も坐《すわ》り、用人《ようにん》として重宝《ちょうほう》このうえないが、それが目もあてられぬ動転ぶりである。

「如何《いかが》いたした」

貞世は一《ひと》しごきで鞘《さや》を払い飛ばした。

返って来た答えは、思いも寄らぬものだった。

「客館より、出火にござりまするぞ」

「何と」

一瞬、安堵《あんど》が胸に込み上げかけたが、それはそれで由々《ゆゆ》しき事態であった。客館に逗留《とうりゅう》している人物といえば……。

「戻しおけ」

怯《おび》えた顔で身を竦《すく》めている愛妾の前に槍を投げ出すと、彼は疾風《はやて》となって走り出していた。

客館には、九州探題が接収した大宰府のうちでも最も美観の殿閣《でんかく》を充《あ》てている。貞世の寝所からは距離があった。彼が駆けつけた時、火は消し止められた後だった。月は沈んだ後で、炬火《たいまつ》を手にした彼の部下たちや客人の従者、下人たちが辺《あた》りを右往左往して騒ぎ立てている。

「こは、どうしたことぞ」

貞世は不審の滲《にじ》む声で問うた。外から見る限り、客館は少しも焼けていないのだ。

ただ、人体の焦《こ》げる臭いは闇夜に濃く立ち込めていた。

その答えは、殿閣の中に入ってすぐにわかった。賓客《ひんきゃく》用の寝室に、黒焦げになった死体が横たわっていた。よほど高温で激しく燃えたに違いない、人相はおろか男女の区別さえつかぬほど炭化している。しかし、その割りには周囲の類焼が少ない。布《ふ》団《とん》と、その四方の畳が焦げている程度である。恰《あたか》も、この人間のみを狙って炎が放たれたかのようであった。

「油をかけたるか」

貞世は訊《き》いた。

部下の一人が首をゆっくりと横に振った。

「それが……摩訶《まか》不思議なことに、そのような形跡はございませぬ」

「油を使っておれば、この程度の類焼では済まぬはずでござる」

と、もう一人の部下が付け加えた。

「ふうむ、これは奇怪なり」

彼は首をひねったが、再び事の重大さに思い至って、愕然《がくぜん》となった。

「で、これは安吉祥《あんきつしょう》どのに間違いないのだな」

そうあって欲しくないという願いを込めた声だった。その願いは、忽《たちま》ちにして拒《こば》まれた。

「使者どのの従者下人は、一人たりとも欠けておりませぬ。遺憾《いかん》ながら……」

「何ということだっ」

今川貞世は呻《うめ》き声をあげ天井を仰《あお》いだ。まさに何ということか、海を隔てた隣国——高麗《こうらい》よりの国使が、こともあろうに迎接の責任者たる貞世の膝元で謎の怪死を遂《と》げようとは。

二

高麗が安吉祥を日本に派遣した目的は、倭寇《わこう》の禁圧を要請するにあった。平たく云《い》えば、高麗各地を襲撃する倭の海賊どもを宜《よろ》しく取り締まらるべしと、日本国の主権者に厳《きび》しく申し入れんがための使行であった。時に天授《てんじゅ》三年あるいは永和《えいわ》三年（一三七七）——南北朝合一《なんぼくちょうごういつ》の議成《な》る十五年前のことである。

一体に倭寇とは、蒙古《もうこ》と高麗の連合軍による軍事侵略、いわゆる元寇《げんこう》の齎《もたら》した未曾《みぞ》有《う》の災厄に対する草莽《そうもう》的復讐戦として始まった。田中健夫氏が名著『倭寇と勘合《かんごう》貿易』で「文永《ぶんえい》・弘安《こうあん》両度のモンゴル襲来はいろいろな意味で倭寇激化の伏線として考えなければならない」とし、九州御家人《ごけにん》の心中には「モンゴル・高麗何ものぞとする敵愾《てきがい》心が昂揚《こうよう》した」と指摘されている通りである。しかしながら、倭寇の活動が本格化するのは、弘安の役（一二八一）より七十年を閲《けみ》した十四世紀も半《なか》ばになってからのことだった。『高麗史』忠定《ちゆうてい》王二年（一三五〇）二月条に、

「倭、固城《こじよう》、竹林《ちくりん》、巨済《きよせい》、合浦《ごうほ》ヲ寇《あだ》ス。千戸崔禅《さいぜん》、都領梁琯《りようかん》、之《これ》ヲ戦破シ、三百余級ヲ斬獲《ざんかく》ス。倭寇ノ侵、此《ここ》ニ始マル」

とあるのがそれである。復讐戦の幕開けに、文永・弘安両次の遠征の出撃基地となった合浦を攻撃目標に択《えら》んだ倭寇の心中、推《お》して知るべしであろう。

それにしても七十年。さまでの歳月がかかったのは、高麗側の云う三島《さんとう》倭寇——倭寇の主体を成した対馬《つしま》、壱岐《いき》、松浦《まつら》の三地方が復興するにそれだけの時間を要したからであり、言葉を換えれば、元寇による被害の如何《いか》に甚大なりしかを物語るものだ。

これに、さらなる要因を付け加えんとすれば、高麗の宗主国たる元《げん》の衰退が挙《あ》げられる。

人も知るように、元を日本侵攻に誘ったのは高麗である。武臣たちに政権を簒奪《さんだつ》されて久しい高麗王は、王権を恢復《かいふく》するに元の力を以《もっ》てしたのみならず、風濤《ふうとう》の彼方《かなた》への遠征へと世界最強のモンゴル軍団を指嗾《しそう》したのだった。第二次遠征（弘安の役）に際しては、高麗王自ら望んで征東行中書省《せいとうこうちゅうしょしょう》の左丞相《さじょうしょう》、すなわち日本侵略省の長官に任ぜられ、再征が失敗に帰するや、元帝クビライ・カーンに第三次遠征を強く進言したことは余りに有名である。『元史』至元《しげん》十九年（一二八二）七月条に、

「高麗国王、自《みずか》ラ船一百五十艘《そう》ヲ造リ、征日本ヲ助ケンコトヲ請《こ》フ」

とあり、その後も折りに触れて高麗王は、

「臣、既《すで》ニ不庭ノ俗ニ隣ス。庶《こいねが》ハクハ、当ニ躬《みずか》自ラ討ヲ致シ、以テ微労ヲ効《なら》ハサン」

「郎将宋英《そうえい》ヲシテ元ニ如《ゆ》カシメ、親朝シテ日本ヲ征スルノ事宜《じぎ》ヲ奏セシム」

「日本ヲ征ス為《ため》、江南《こうなん》米十万石ヲ運ビ、江華《こうか》島ニ在《あ》ラシム」

と、日本侵略に不気味なまでの執念を燃やした。

この高麗王――第二十五代忠烈《ちゅうれつ》王は、クビライ・カーンの娘クトゥルク・ガイミシュを娶《めと》って一子を生《な》した。男児は長じて王位に就《つ》いた。だから第二十六代忠宣《ちゅうせん》王は蒙麗《もうらい》の混血児である。高麗名を璋《しょう》、蒙古名をイジリブカと云う。高麗国の民は、異民族の血の流れる男を彼らの王として戴《いただ》いたわけだ。ことはそれだけにとどまらな

い。忠宣王も亦《また》、モンゴル女から男児を儲《もう》けた。第二十七代忠粛《ちゅうしゅく》王がこれである。アジャヌルトゥクシーリという蒙古名を持つ忠粛王は、血から云えば四分の三モンゴル人である。

蒙古民族の血脈は歴代の高麗王に連綿と受け継がれてゆき、さらに下って忠恵《ちゅうけい》王、忠穆《ちゅうぼく》王、忠定《ちゅうてい》王を数えた。王名に代々「忠」の字を入れるのは、高麗王はモンゴルの忠臣なりとの意味を鮮明にするためである。まさしく高麗は元の駙馬《ふば》（娘婿）の国、属国であった。駙馬国王である高麗王は元皇帝の庇護《ひご》宜しきを得て、その座は未来永劫《えいごう》に盤石《ばんじやく》かと思われた。

ところが、頼るべき義父の国たる大元帝国が弱体化を見せてゆく。至正《しせい》八年（一三四八）、方国珍《ほうこくちん》が台州《たいしゆう》に挙兵したのを皮切りに、劉福通《りゅうふくつう》、徐壽輝《じょじゅき》、郭子興《かくしこう》、張士誠《ちょうしせい》らが次々と元に叛旗《はんき》を翻《ひるがえ》した。いうところの「元末の叛乱」である。対策に追われた元は、高麗の海防どころではなくなった。倭寇のこの時期を以て激化するゆえんである。

宗主国の衰退に乗じ、高麗もまた新たな動きを始めた。廃された忠定王に代わって登極《とうきょく》した恭愍《きょうびん》王は、ペガンチョングモガという蒙古名を有し、五体に四分の一以上モンゴルの血を流しながら、果敢にも反元政策を断行していった。少年時代を元の大都燕京《えんけい》で過ごし、その衰退ぶりを目《ま》の当たりにしていた恭愍王は、親元派の廷臣を一掃し、元の年号を使うのを止め、さらには元に武力併合されていた北部旧域を軍事力によって奪還したのである。

兵力を北に集中させ、今こそ民族の独立を図《はか》らんとする恭愍王の足を引っ張ったのが、倭寇だった。海賊と軽《かろ》んずるも愚《おろ》かなり。百隻、千人を単位とする彼らの襲来は、もはや一軍の大侵攻であった。掠奪《りやくだつ》、放火、殺人、拉致《らち》とその暴虐は甚《はなは》だしく、しかも連年に及び、そのうえ行動範囲は海岸地方に限らず内陸深くにまで達し、首都開京《かいけい》さえ脅《おびや》かされる始末。その猛威に対して高麗軍は、

「倭、喬桐《きようとう》ヲ屠《ほふ》リ、留屯《りゆうとん》シテ去ラズ。京城《けいじよう》、大イニ震フ。王命ニテ三十三兵馬使《へいばし》、東西江《とうざいこう》・昇天府《しようてんふ》ニ出屯《しゆつとん》セルモ、諸軍、索然トシテ、賊ヲ望ミテ敢《あ》ヘテ進マズ」

という為体《ていたらく》であったと、これは『高麗史』の記《しる》すところである。

倭寇の邀撃《ようげき》に国力を疲弊させられ尽くした恭愍王は、結局、改革と独立の志を遂げ得ず、臣下の手にかかって非業の最期《さいご》を遂げた。

後を継いだのは、長男の禑《ぐ》、十歳である。この少年王の治世に於《おい》て、倭寇の侵掠《しんりやく》はその極点に達する。『高麗史』に、掠奪された土地が「蕭然一空《しようぜんいつくう》」となり、あるいは「千里蕭然」と化したとの表現が相次ぎ、国家の危急存亡の秋《とき》を迎えたことが如実

に知れる。この時に至って漸《ようや》く高麗軍にも崔瑩《さいえい》、李成桂《りせいけい》ら名将の出現を得、また最新兵器たる火薬、火砲の開発も進んで、反撃の準備が整えられつつあったが、その一方では日本に使者を送り、外交交渉によって倭寇の禁圧を求めんとする試みもなされた。

禑王の元年（一三七五）、判典客寺事《はんてんかくじじ》の羅興儒《らこうじゅ》は自ら請うて通信使となり、日本に渡った。しかし成果は得られなかった。彼の帰国に際して託された返書に、

「我ガ西海道九州、乱臣割拠《かっきょ》シテ貢賦《こうふ》ヲ納メザルコト、且《まさ》ニ二十年ナラントス。其頑《そのがん》民《みん》、釁《ひま》ヲ視《み》テ出《い》デテ寇スルモノニシテ、我ガ為《な》ス所ニ非《あら》ズ。是《これ》ヲ以テ朝廷、将ヲ遣《つか》ハシテ征討シ、深ク其地《そのち》ニ入《い》ル。庶幾《こいねが》ハクハ九州ヲ克復《こくふく》セバ、則《すなわ》チ必ズ海寇ノ禁ヲ約セント」

とあるが如く、足利《あしかが》幕府の威令は未だ西国の海賊衆に及んでいなかったのである。

それでも高麗は諦《あきら》めなかった。二年後の六月には、

「治民禁盗ハ国ノ常典ニシテ、両国ノ通好ハ、貴国ノ海道安静ヲ処スル如何《いかん》ニアリ」

との国書を携《たずさ》え、禁賊使安吉祥が来日した。

その安吉祥が博多《はかた》に到着後、謎の焼死を遂げたのである。悲報は高麗に伝えられ、時を移さず後任が派遣されてきた。

三

黒雲がみるみる空を覆《おお》ってゆく。風が強まり、海は白く浪《なみ》立ち始めている。風は東風、すなわち瀬戸《せと》の海を東上する船にとっては向かい風である。時刻は正午を回ったばかりだが、風を避けるべく大小の船が続々と入り江を目指していた。

かつて平安の御代《みよ》に大輪田泊《おおわだのとまり》と呼ばれたこの港は、鎌倉時代以後、専《もっぱ》ら兵庫津《ひょうごのつ》と呼びならわされて久しかった。もともと瀬戸内海交通の要衝として栄えた港町で、これをさらに発展させたのが平相国《へいしょうこく》こと平清盛《たいらのきよもり》である。清盛は己《おの》が開発した福原《ふくはら》の外港たるべく大規模な修築を施《ほどこ》し、防波堤として経島《きょうがしま》を築くことまでした。平氏政権に莫大《ばくだい》な富を齎《もたら》した対宋《そう》貿易の拠点こそ、この兵庫津であった。後に足利義満《よしみつ》が清盛の顰《ひそみ》に倣《なら》って対明《みん》貿易に乗り出し、遣明《けんみん》船の発着港となったことで兵庫津は一段と活況を呈することになる。

義満は明船が来航するごとに妻妾《さいしょう》を伴《ともな》って見物に出かけた――とは、四半世紀以上も先の話だが、今この一三七七年（天授三、永和三）の時点でも、港は相当な賑《にぎ》わいを見せている。停泊した船舶から俵づめされた物資が次々に下ろされる。年貢《ねんぐ》米、塩、大麦、豆、各地の特産物。馬の背に載《の》せられ、あるいは渚《なぎさ》に櫛比《しっぴ》する倉庫に運び入れられる。活気を産み出しているのは、人夫たちの上げる威勢のいい掛け声であった。天候の悪化で下船を余儀なくされた乗客たちが彼処《かしこ》で吐き出され、艶《あで》やかな衣装をまとった客引きの女たちが、人夫に負けじと嬌声《きょうせい》を張り上げている。茶屋が並び、陰陽師《おんみょうじ》の占いや、田楽《でんがく》、猿楽《さるがく》の周りには人垣が出来ている。曇天《どんてん》ながらも浜の松林は青々と、梢《こずえ》の向こうに見える朱塗りの社殿、伽藍《がらん》の甍《いらか》が丹青《たんせい》を添えるようだ。

賑わいの中に、微《かす》かな緊張感と好奇の念が漂っていた。それは、入港してきたばかりの大型船に向けられたものだ。軍船である。が、広い船体に築かれた二層の屋形は絢爛豪華《けんらんごうか》なもので、貴族の屋敷が海に流れ出したかとも思われた。屋形に加え、中央と船尾の矢倉、さらには舷側《げんそく》にまでも、色彩豊かな幔幕《まんまく》が張り巡らされている。帆は既に畳まれていたが、数十本と立てられた極彩色の幟《のぼり》が、折りからの強風をいっぱいに孕《はら》んで天に翻っている。

この船を、瞭《あき》らかに都から来たと分かる武士の一団が整列して出迎えていた。してみれば、飾り立てた軍船は、風除《よ》けのために臨時入港したのではなく、予《あらかじ》め兵庫津を目指していたに違いない。ここで船を降り、武士団に衛《まも》られ陸路京都に向かうのだ。

「どなたの船じゃろうな」

そんな声があちこちで飛び交っている。答えは港の者が気安く教えてくれた。

「あれはな、大宰府の船よ」

「大宰府……おお、では……」

「そうよ、九州探題今川さまの御座船《ござぶね》だ」

そこまで聞いた者は、大概にして口を噤《つぐ》む。九州から南朝の勢力を一掃すべく、幕府が今川貞世を派遣したのは六年前のこと。味方の不和、反目、背叛《はいはん》が相次ぐ時世ゆえ、もしや貞世も何かの嫌疑を被《こうむ》って罷免《ひめん》、召還させられたのではあるまいか——そう見込んだればこその沈黙である。あながち外れてもいないが、ただし今川貞世が罷免されるのは十八年も後だ。

「違う違う」

と、港の者たちは笑って、彼らの当て推量を打ち消す。

「高麗国の御使者を連れて、都に上るとのことらしいぞ」

「ほう、高麗の」

そうするうちにも、当の高麗使らしき人物が軍船から小舟に乗り移って上陸した。異国の服をまとって付き随《したが》っているのは、彼の従者たちであろう。これを九州探題の役人とおぼしき武士たちが油断のない目で護衛している。

出迎えの武士の一団が取り囲み、高麗使は人々の好奇の目から隠された。だが――

まもなく、高麗使の姿は武士たちの肩に担《かつ》ぐ豪華な輿《こし》の上に出現した。

四十歳になるやならずやの、精悍《せいかん》な顔立ちの男だった。鳶《とび》色の瞳は知性を湛《たた》え、やや厚めの唇は真一文字に引き結ばれて、剛毅《ごうき》不屈の意志を表わしていた。揺れる輿《よ》上《じょう》、彼は背筋を鋼《はがね》の如く伸ばして、港に蝟集《いしゅう》する雑多な人々を冷たく睥睨《へいげい》する。烏《からす》が両翼を広げたような黒紗帽《こくしゃぼう》をかぶり、朱色の服の胸と背には、金糸銀糸で刺繍《ししゅう》された雲鶴《うんかく》の図案を縫い付けている。見慣れぬ装《よそお》いだが、それゆえにこそ公家や武士以上に厳《おごそ》かなものを感じてか、自然と人々は尊《とうと》いものを見上げる目になった。

「高麗国が使者、鄭夢周《ていむしゅう》閣下にあらせられるぞ」

大柄な武士がよく通る声で触れ、彼を先頭に一行数十人は整然たる列をなした。

忽《たちま》ち人波が割れた。道が出来た。行列は悠然と進み始める。武士に輿を担がせる高麗使は、貴賓というより王侯支配者の如《ごと》くである。その威厳に打たれたように、誰かがその場に膝をつき頭を伏せた。一人が為せば、その是非も弁《わきま》えず従うのがこの国の民の習いである。ただちに、平伏して高麗使を見送る者が続出した。

「愚か者どもめ」

人垣から離れて行列を凝視する二人連れの山伏《やまぶし》があった。一人は四十代も後半、一人は二十歳を迎えたばかりと思われる青年である。その忌々《いまいま》しげな怒声は、青年の口から吐き出された。

「おまえたちは忘れたのか。あの尊大な高麗人の国が、蒙古を誘ってこの国に為したることを。わずか百年前のことではないか。対馬、壱岐、博多、松浦……やつらは男を殺し、女を犯し、泣き叫ぶ乳飲み子《ち》の股を笑って引き裂いたのだ。あらゆるものに火を放って焼き尽くし、女たちの掌《てのひら》に穴を穿《うが》って数珠繋《じゅずつな》ぎにし、奴隷にするため連れ去ったのだ。物を掠《かす》め、命を奪い、ささやかな願いや幸せを踏みにじり、地上に地獄を創《つく》り出したのだ。それだのに、平然と口を拭《ぬぐ》って詫《わ》びの言葉一つなく、自分たちが寇されれば、宜しく取り締まれと、ぬけぬけ乗り込んでくる。そんな傲岸不遜《ごうがんふそん》な高麗人に、なぜだっ、なぜおまえたちは頭を下げるのだっ」

その言葉は呻くが如く、怒りに顔は朱に染まり、唇を歪《ゆが》めている。が、これは彫の深い、野性の味を効かせた、大変な美青年であった。高麗使に注目が集まるまでは、こと客引きの遊女たちの色目は、ほぼ例外なくこの若い山伏に向けられていたのである。二人が人垣を離れていたのも、遊女たちの猛烈な攻勢を避けけんとしてのことであった。

彼らを乗せた船は川尻《かわじり》（尼崎《あまがさき》）まで向かうはずだったが、天候不遇により図らずも兵庫津での下船を強《し》いられた。そして高麗使がまもなく九州探題の軍船で入港すると耳にし、その姿を一目見ておかんと、到着を待ち受けていたのである。

「慥《たし》かに、悲しくも愚かなる振る舞いだ」

と、年配のほうが応じた。その沈毅《ちんき》な声にふさわしい、重厚な顔立ちの山伏である。切れ上がった両眼は炯々《けいけい》たる光を帯び、肉厚の鼻は高く、薄い唇には得《え》も云われぬ気品を漂わせている。それでいながら、どこか賊徒の首魁《しゆかい》でもあるかのような、怪しく危険なものが全身から妖気の如く滲み出ていた。

「されど、帆月丸《ほづきまる》よ。それも無理からぬこと。百年前と申さば、あの者どもの祖父、いや曾《そう》祖父の代であろう。忘れたのではない、初めから知らぬことなのだ。況《ま》してや蒙古高麗の軍勢は博多で防がれ、都はおろか長門周防《ながとすおう》にすら入らなかったのだから」

年配の山伏の応答は、しかし、若者の怒りに却《かえ》って油を注いだようである。

「知らぬなれば教えればよい。いいや、教えねばなりませぬ。あの惨禍を、代に代を継いで伝えてゆかねばなりませぬ。それをせぬから、高麗人に頭など下げて自らを恥じぬのです」

「帆月丸――」

「それに、都が蒙古高麗の悪鬼羅刹《らせつ》どもに蹂躙《じゅうりん》されずに済んだは、我が祖の松浦水軍はじめ、西国の武士民衆が死力を尽くして戦ったればこそではありませぬか。命を散らした彼らが、今この世に甦《よみがえ》り、かかる光景を目の当たりにせば、果たして如何なる感懐を催《もよお》しましょうや。帆月丸には、空恐ろしゅうて想像だに叶《かな》いませぬ」

「………」

若者は相手の沈黙に焦《じ》れたように声を高くして答えを迫った。

「そうではござりませぬか、大将軍」

「激するな、帆月丸」

年配の山伏は、辺りを見回し、やんわりと窘《たしな》めた。輿の行列は港から次第に遠ざかり、再び人波が動き出していた。大将軍などと、耳聡《ざと》い者に聞きつけられでもしたら。

「申し訳ございませぬ」

若者は小声で云って頭を下げたが、

「しかし、最も憎むべきは、あれなる高麗使――」

小さくなってゆく輿を見つめる若者の眼には、瞋恚《しんい》の炎《ほむら》が燃え上がっている。それは今にも一条の火線となって噴《ふ》き迸《ほとばし》り、輿の上の高麗使を焼殺しそうであった。

「控えよ」

今度は鋭い口調に変わって年配の山伏はぴしゃりと云った。あたかも若者にそのような能力があり、その発動を止めんとするかの如くである。

「一人ならず、二人までも手にかくるは許されぬぞ」

「いいえ、あれは、その、少し脅《おど》かしてやるつもりが、つい力の加減を忘れてしまって」

若者は弁解するように口ごもった。

「まあよい。高麗は直《ただ》ちに後任を送って参った。つまり倭寇禁圧は焦眉《しょうび》の急。裏を返せば、帆月丸、おまえたちの活動がそれほどまでに高麗に深刻な打撃を与えているということだ。それを以てこの場はおさめるがよい」

大将軍と呼ばれた山伏は、しかし自分がおさまらなくなったように、

「成程、このまま京にゆかせるも業腹《ごうはら》なり」

と、猝《にわか》に両眼を妖《あや》しく睨《ね》め光らせて、

「京か。我らも麻耶《まや》を貰《もら》い受けた後には京にゆく。されば、京にてあの傲岸な高麗使の胆《きも》を縮《ちぢ》み上がらせて参らそうず」

魔物が囁《ささや》くような嗤《わら》い声を洩《も》らした。

今度は若者のほうがぎょっとした顔になって訊《たず》ねた。

「い、如何にして？」

「我が忍法さだめうつしの秘儀、あの者に覗かせてやらんずる。世にも恐ろしき死者と生者の交媾《まじわり》に、さぞ度胆を抜かれよう。のみか、高麗を滅ぼす魔力が誕生せる場に、それと知らぬまま立ち合わされるのだ。げにも愉《たの》しき哉《かな》」

四

翌日の午後晩《おそ》く、二人の山伏の姿は伊賀《いが》の山中にあった。時の伊賀国守護職《しゅご》は中《ちゅう》条兵庫頭入道《じょうひょうごのかみにゅうどう》とのみ伝わって、詳しいことは何も分からない。

伊賀国は元来、伊勢《いせ》国に含まれていたのを、ほぼ七百年前——正確には西紀六八〇年に、一国として分置せしめられた。天武《てんむ》天皇の御代のことだ。知る人ぞ知る、伊賀は天武帝に因縁《いんねん》する地なのである。すなわち天智《てんぢ》天皇歿《ぼつ》後、近江《おうみ》朝廷側との反目が決定的となった大海人皇子《おおあまのみこ》、後の天武天皇は隠遁《いんとん》先の吉野行宮《よしのあんぐう》を脱出。菟田《うだ》、隠《なばり》を抜け、伊賀に迫った時、広さ十余丈《じょう》（約三十メートル余）の黒雲が天を覆った。これを恠《あや》しんだ大海人皇子は、燭《しょく》を挙げて親《みずか》ら式《しき》（陰陽道の用具）を秉《と》り、占った結果、

「天下両《ふた》つに分れむ祥《しるし》なり。然《しか》れども朕《ちん》、遂《つい》に天下を得むか」

と、自身の勝利を宣託した。

この伊賀の地で、孤勢の彼は初めて数百人の兵力を得る。郡司《ぐんじ》の率《ひき》いる手兵である。さらには最も頼みとする長男の高市皇子《たけちのみこ》が近江京を脱出し、鹿深《かふか》（甲賀《こうが》）の山中を抜けて、伊賀柘植《つげ》で合流した。後に伊賀が伊勢から一国として独立したのは、当然ながら天武天皇の並々ならぬ意志が働いてのことであろう。その天武天皇は秘術の遣《つか》い手であった。『日本書紀』は「天武紀」の冒頭にはっきりと記している。

「壮に及びて雄抜神武、天文遁甲《とんこう》を能《よ》くす」

かかる天皇ゆかりの伊賀国に、忍法は生まれたのである。

陽《ひ》の傾きかかる頃、二人の山伏は、数十の家々が隠れ里のような聚落《しゅうらく》を形成する服部郷《はっとり》へと足を踏み入れた。そして、ひときわ豪壮な屋敷の大門を潜《くぐ》った。忍法宗家——伊賀忍者四十九家を束ねる棟梁《とうりょう》、服部卍蔵《まんぞう》の屋敷である。二百年後、徳川家康《とくがわいえやす》に仕《つか》えて名を馳《は》せた服部半蔵正成《はんぞうまさなり》は、この家系より出る。

「麻耶めの修行が終わったとの書状を頂戴《ちょうだい》いたし、急ぎ隈府《わいふ》より罷《まか》り越した。礼を申すぞ、卍蔵」

年配の山伏が頭を下げた。帆月丸ともども奥間の上座に通されている。

「これは身に余るお言葉にございます、親王《しんのう》さま」

卍蔵は手を支《つか》え、叩頭《こうとう》せんばかりに平伏した。頭を擡《もた》げれば、馥郁《ふくいく》と官能味の漂う色年増《いろどしま》である。当代の卍蔵はくノ一であった。花弁にも似た朱唇から、茱萸《ぐみ》の実を甘く煮詰めたような声が流れ出る。

「口惜《くちお》しきことには、畿内《きない》いまだ足利の天下。親王さまには、九州を出られましてより虎穴《こけつ》に入りたるも同然かと。遠路、よくぞご無事でと、卍蔵、祝着至極《しゅうちゃくしごく》に存じ奉《たてまつ》りまする」

帆月丸から大将軍と呼ばれ、今また伊賀忍者の女棟梁より親王の称号を以てされた山伏は、

「まさしく予は班超《はんちょう》の心意気ぞ。今や畿内山陽《さんよう》はおろか、我が九州とて虎の巣窟《そうくつ》と相成った。遠路、何ほどのことやあろう」

と、自らを励《はげ》ますように云った。班超とは後漢《ごかん》の名将で、少人数の部下を従え、奇襲戦法で匈奴《きょうど》の使節団を討った。出撃にあたり部下に下した訓辞が有名な「虎穴に入らずんば虎児《こじ》を得ず」である。

女忍者は恭《うやうや》しげにうなずくと、傍《かたわ》らの若い山伏に艶冶《えんや》な視線を移し、

「帆月丸、おまえとも久しぶりじゃな。あの頃はまだ乳臭い坊やであったが、見事、

匂うような若武者になりおおせたもの」

そう云うはしから、妖しい色香が滴《したた》るようににじむ卍蔵である。白無地の小袖《こそで》に朱色の袴《はかま》、長い黒髪は無造作に束ねられている。巫女《みこ》めいた装束《しょうぞく》だが、裸身を晒《さら》して挑発するかの如きそれは艶めかしさであった。

「さよう。噂は伊賀にまで届いておるぞえ。松浦水軍の若大将が一人、佐志《さし》の帆月丸は高麗にて鬼神も斯《か》くやの働きをしておると。それでこそ、この卍蔵が手塩にかけて育てた甲斐《かい》はあるというものじゃ」

かつて帆月丸は伊賀の里に預けられた。忍法修行のためである。視線一つで対手《あいて》を焼殺する「火蛇縛り《かじゃしば》」の術を始め、さまざまな忍法を教えたのが卍蔵であった。のみならず熟《う》れた女肌の味までも。

「棟梁」

帆月丸はそう短く答えたのみだ。美しい顔に親愛の情など一片もなく、ふてぶてしく、傲岸とも思える冷たい視線を返した。

「ふふ、その面《つら》、頼もしや。かつてはわらわの胸で可愛い声をあげたものを。幾人の高麗娘を無惨に犯して参ったのじゃ。さればよし、今宵《こよい》はこの卍蔵を泣かせてみる気はないかえ」

卍蔵の声に、挑むような響きが混じった。

「これこれ」

山伏が苦笑して、

「それよりも、肝腎《かんじん》の麻耶はどこにおる」

「お見苦しき真似を晒しました」

卍蔵は一礼して、つと立ち上がった。

「ご案内つかまつりまする」

外は夕暮れの気配が忍び寄っていた。屋敷の裏門を出ると、樹木の生《お》い茂った、傾斜のきつい丘が続いている。卍蔵の先導で二人の山伏は苦もなく足を運んだ。卍蔵は手に長弓と箙《えびら》を携え来ている。

やがて喬木《きようぼく》は灌木《かんぼく》となり、足首までの草地となって、平坦な一画が出現した。ここが丘の頂《いただき》のようであった。天空に視線を上げれば、十月の陽はまさに西の山陲《さんすい》に沈まんとし、濃い返照《へんしよう》が草の海原を赤々と染めて、さながら溶鉱炉の如くである。

夕風に白い被衣《かつぎ》をなびかせ、華奢《きやしや》な人影がひっそりと佇《たたず》んでいた。細く優美な指が開いたと見るや、被衣は白鷺《しらさぎ》が舞い去るように空の彼方へと吹き流されていった。十四、五歳とおぼしき少女の姿が現われる。黄昏《たそがれ》の生んだ妖精かとも錯覚される美少女であった。清楚《せいそ》で、まだあどけない造作ながら、琥珀《こはく》色の瞳と桃蕾《とうらい》の幼唇に玉虫の薄《うす》翅《はね》の如く膜《まく》を貼る妖気が、どこか人ならざるものを感じさせるのである。

「父上、お久しゅうございます」

美少女は玻璃《はり》を震わす声色で云った。

「おお、麻耶か。これは美しゅうなったものよな」

山伏が感に堪《た》えぬように叫んだ。

「おまえを伊賀に遣わして二年、さこそと思うてはおったが、なんとも見違えたぞ」

心から肉親の情を表わす声であった。しかし、それは束《つか》の間のことで、不意に山伏は両眼を爛々《らんらん》と光らせ、期待に上擦《うわず》る声で命ずるように云った。

「さあ、おまえの得た術を父に見せてくれ」

麻耶と呼ばれた美少女の唇に、悲しい微笑がそよいだ。ついで彼女は山伏の傍らに琥珀の瞳を向けて、

「——帆月丸」

と、かそけく呼んだ。

「——麻耶姫さま」

若者は短くそう答えただけだったが、その声には、先ほど卍蔵へ返したのとは別人

のような、深い思いに滾《たぎ》るものがあった。

「さ、これをお使い」

卍蔵が長弓と箙を帆月丸の手に押しつけた。

「姫を射《い》るのじゃ」

その瞬間、帆月丸は塑像《そぞう》と化した如く動かなくなった。

「何をいたしておる、帆月丸。疾《はや》く麻耶を射ぬか」

苛立《いらだ》たしげな色を露《あら》わにして山伏が急《せ》かす。

それでも帆月丸は動かない。その凍結を解いたのは、麻耶姫の優しい声であった。

「さあ、わたしを射て、帆月丸」

帆月丸は蒼白の顔色で硬くうなずくと、思いつめたように背を向けた。箙を背負い、左手に長弓を握り、大股で遠ざかってゆく。

「心配には及びませぬとも」

後ろ姿へ麻耶姫が声をかけた。

「どこなりと狙《ねろ》うてかまいませぬ。眼でも首でも——たとえ麻耶の心の臓でも」

その声にうなずいたとも見えず、帆月丸は百歩進んで、振り返った。麻耶姫まで、およそ五十間の距離を開いている。箙から一本の矢を抜き出した。

それとなく卍蔵が山伏の前に進み出た。失中《しっちゅう》の矢あるを慮《おもんぱか》ってのことである。

帆月丸は弦《つる》を彎《ひ》き絞った。長弓が満月の如く撓《しな》った。そのままの状態が数瞬ばかり継続して、

「南無三《なむさん》――」

やにわに彼は、ぴゅっと矢を切って離した。

羽音も高く矢が飛来した。矢は一直線に麻耶姫の美しい額《ひたい》に吸い込まれた。

「おお、これはっ」

真っ先に叫び声をあげたのは、山伏ではなく帆月丸であった。若者は矢を射るや、長弓をその場に打ち捨てて、猛然と麻耶姫のもとに走り来たったのである。

「……なんと」

遅れて、山伏の口からも驚愕の声が洩れた。

不思議なことが起きていた。

麻耶姫の額に突き立ったと見えた矢は、実は額と鏃《やじり》の尖端《せんたん》に薄紙一枚の間《ま》を空《あ》けて、空中に静止していたのである。

麻耶姫が儚《はかな》げに微笑して、右手で顔前を払う仕種《しぐさ》をした。矢は指に触れた刹那《せつな》に落下し、からからと音をたてて地面を転がった。

五

「伊賀忍法やばねたらし――。お望みは、これで宜しゅうございましょう。親王さま」

得意の色は、術を為した麻耶姫ではなく、授けた卍蔵の面上に咲き誇っていた。

「う、うむ」

山伏は半ば興奮に酩酊《めいてい》した如く、しかしながら半ばは己が眼を未だ信じかねる面持ちで、

「帆月丸、続けざまに射てみよ。箙の矢が尽きるまで速射するのだ」

と、焦れたように命じた。

「かまいませぬ」

麻耶姫も再び若者を促した。

「わたしが伊賀の里に送られたのは、この術を身につけるためでした」

思い出せとばかりにそう云うのである。

帆月丸は無言で、弓を打ち捨てた場所へと駆け戻った。今度は躊躇《ためら》うことなく矢を

放った。続く第二矢、第三矢――と、素早く引きつがえては切って離した。矢音、弦音が短い間隔で断続した。やがて箙は空《から》になった。

「見事なものだ」

山伏が再び感歎《かんたん》の声を絞った。見よ、麻耶姫の身体は、蝟《はりねずみ》も斯《か》くやとばかり、その顔といい首といい、胸、腹部、両手両脚に至るまで数十本の矢が突き立っている――かに映じた。が、鋭い鏃は件《くだん》の如く、孰《いず》れも姫の肌に間一髪で止まっており、そして彼女がわずかに身動《みじろ》ぎすると、一斉に落下し果てたのである。蝟の姿は消え、何事もなかったかのように佇む麻耶姫が現われた。

「帆月丸」

と山伏は、長弓を引っ提《さ》げ戻ってきた若者に云った。

「いつぞや、おまえはこう申したな。高麗人は片箭《かたや》なる矢を使うと」

興奮は影をひそめ、慎重な口ぶりに戻っている。

若者は黙ってうなずいた。

「通常の矢の半分という短きゆえに、必中飛距離は二百歩余にも及び、我邦《わがくに》の矢はその威力に較《くら》ぶべくも非《あら》ず、と。麻耶を射るは高麗の武人だ。されば帆月丸、それが矢を片箭に見立てるべく、五十歩にて麻耶を射よ」

「いいえ、十歩でおやり」

卍蔵が嵩《かさ》にかかって云った。

赤みを甦らせていた帆月丸の頬《ほお》から、再び血の気が引いてゆく。

麻耶姫が誘うように微笑した。

帆月丸は姫の足下から一本の矢を拾い上げた。命じられた通り十歩後退し、ぎりぎりと矢を彎き番《つが》えた。途轍《とてつ》もない至近距離である、弦音は一種、颶風《ぐふう》の如く鳴り響いた。山伏の眼には矢が飛んだとも見えなかった。が、矢は慥《たし》かに放たれ、そして麻耶姫の白い首元に、これまで同様ぴたりと静止していた。

山伏は詰めていた息を長々と吐き出し、

「ううむ、げに恐るべき術。しからば剣はどうであろうか？」

と、卍蔵を振り返って訊いた。

「剣を止めるは無理でございます」

卍蔵は否定の言葉を返し、

「なんとならば、この忍法は〝やばねたらし〟の名の如く、矢羽根とされた鳥の無念に働きかけて、矢の飛行を手なずけ、誑《たぶら》かすものにございますゆえ」

と術の原理を明かしてみせた。羽根は矢の飛行の安定に欠くべからざるもの、これを装着しない矢はあり得ない。

「まあよいわ。高麗人は弓射《きゅうしゃ》を専《もっぱ》らにし、剣を把《と》ることは滅多にないとのことなれば」

山伏は満足げにうなずいた。

「卍蔵、改めて礼を申そう。よくぞ麻耶めをここまで仕込んでくれたもの哉」

ようやく緊張から解き放たれたか、このとき帆月丸が精悍《せいかん》な身体をよろめかせ、ふらふらとその場にしゃがみこんだ。それを見つめる麻耶姫の肩越しに、月が昇った。満月となるを明夜に控えた、丸々と肥え盈《み》ちた白い月魄《げっぱく》が。

その深夜のことである。

帆月丸は寝所にあてがわれた一間で、眠れぬまま輾転反側《てんてんはんそく》を繰り返していた。襖《ふすま》で隔てられた続きの間に、大将軍の気配はない。おおかた卍蔵のもとへ忍んでいるのだ。高貴なお方ゆえ、戻ってくるのは当然、後朝《きぬぎぬ》ということになろう。かつて自分を大人の男にした女が、別の男と媾《まぐわ》っている図を思い描いて心浪立つほど帆月丸はうぶではなかった。彼の心は麻耶姫への思慕で占められている。

相会わぬ二年を経て、美しく成長した姫に思いを募らせたのではない。四年前、伊賀での忍法修行から戻った時、麻耶姫の清らかさに接し、卍蔵との淫《みだ》らな交媾に溺《おぼ》れた自らを彼は激しく恥じたのだ。己は汚れたと身を切るように慙愧《ざんき》したのだ。そして翻って、麻耶姫を女神の如く慕っている自分を見出《みいだ》したのである。麻耶姫は十歳、帆月丸は十六歳であった。

二年前、彼は大将軍の命により伊賀の里へと姫を送り届けた。その道中のいかばかり楽しかったことか。そして、さよならも云えぬほど心細げな顔をして、懸命に手を振っていた麻耶姫の別れの姿は彼の心に久遠《くおん》に焼きついたのだった。

「――麻耶姫さま」

闇に向かって、彼は熱病に浮かされたようにその名を口にした。

「――帆月丸、わたしはここに」

なんと、応《こた》えがあった。彼は耳を疑った。帆月丸とて忍者の端くれである。いつのまに麻耶姫さまが――。だが、麻耶姫も伊賀で二年を送った身だ。況《ま》してこの時、姫を思慕する帆月丸の心には周囲に気を配るだけの余念がなかったのである。

「姫さま、どうしてここに」

帆月丸は跳ね起きた。うろたえた声をあげた。かかることがあっていい筈はないのだ。自分は卑《いや》しい海賊衆、相手はやんごとなき姫君なのである。それが深更、寝所に二人きりなど。

「しっ、大きな声を出してはなりませぬ」

麻耶姫が膝行《しっこう》してにじり寄ってきた。月の光も射さぬ奥間にあって、その美しい顔は発光体のような蛍火《ほたるび》を帯びている。帆月丸は咽喉《のど》が渇くのを意識した。

「会いたかった」

「な、なんと仰《おお》せになりましたっ」

「おまえに会いたかったと云ったのです、帆月丸」

「………」

舌が、硬直したようだ。

「この二年間、おまえを思わぬ日はありませんでした。おまえを思って厳しい修行にも耐えてきました。おまえが迎えに来てくれる日を夢見て、麻耶は涙をこらえてきました。ああ、帆月丸、おまえの心はわかっています。ずっとわかっていました。そして麻耶も同じです。麻耶もおまえを思っているのです」

これは何だ。魔物が姫の姿を借りて、おれを誑かしにかかっているのか。いや、それならそれでよいではないか。一夜の夢ならば、いっそのこと——歓喜の熱い戦《おのの》きが全身に幾重《いくえ》にも駆け抜け始めた時、さらに継がれた麻耶姫の言葉は、雷霆《らいてい》となって帆月丸の心を直撃した。

「わたしを連れて、逃げて」

「な、何ということを」

彼は思わず仰《の》け反《ぞ》っていた。

「父は、わたしを最初からそのつもりで産み育てたのです。さだめがえしの寄座《よりまし》に、あの十市皇女《とおちのひめみこ》のように」

寄座とは、呪術で神霊を一時的に宿らせるための子供、あるいは人形のことである。

「でも、十市皇女はまだしも幸せだったわ。夫の大友皇子《おおとものみこ》亡き後、短い間であれ異母弟の高市皇子と深い愛を交わすことができたのですから。三諸《みもろ》の神の神杉《かむすぎ》、夢にだに見むとすれども寝《い》ぬ夜ぞ多き――その死を皇子がそう詠《よ》んで歎《なげ》いたほどに、深く愛されたのだもの。だのに、この麻耶は、異民族の男に抱かれ、その後は殺されるか、よくて異国で虜《とりこ》として命を終えることでしょう」

「奪い返しまする」

彼は我を忘れて叫んだ。

「この帆月丸、たとえ命に代えても必ずや麻耶姫さまをお救い申しあげまするっ」

「出来もせぬこと」

麻耶姫はせつなく吐息を洩らした。

「わたしを抱くのは高麗きっての武人でなければならぬ、という。されば、そのような男の手に落ちた以上、いかな倭寇の若大将、剽悍《ひょうかん》無比《むひ》の佐志帆月丸とて手は出せまい」

「…………」

帆月丸は声を閉ざした。はしなくも姫の言葉を肯定する沈黙であった。

「わたしは父の言いなりになって生きてきました。父の苦しい闘いを見て育つうち、寄座としてこの世に生を受けたその運命を受け容《い》れようと、幼いながらに心に誓ったからです。伊賀に行って、やばねたらしの忍法を習得せよという命にも従いました。でも帆月丸、今日おまえと再び見《まみ》えて、麻耶はこれ以上己の心を偽《いつわ》ることはできないと悟りました。おまえの放った矢はわたしの肉を貫くことはできなかったけれど、おまえの思いはこの麻耶の胸を深く射貫《いぬ》いたのです。だから帆月丸、わたしを連れて、どうか逃げて」

暗闇の中、若い男と女の、重く思いつめた息遣いが交錯した。

やがて帆月丸は声を押し出すように云った。

「それはいたしかねます」

「なぜ、なぜです」

「姫さまの思い、いいや、この帆月丸自身の思いを貫きたい、一人の男として。おれの心はそう叫んでおりまする。だが、この身体は帆月丸のものにして、ひとり帆月丸のものに非《あら》ず。蒙古と高麗に殺戮《さつりく》された松浦党の武士たち、その母や、妻や、子供たちのものでもあるのです。彼らの生き残りが血に血を重ねて、この帆月丸という人間を世に生み出した。蒙古を導いた高麗に復讐するため、得《う》べくんば高麗という国そのものを打ち滅ぼすために。姫さま、それがおれの運命なのです。裏切ることはできませぬ」

麻耶姫の腕が伸ばされた。

「どうしても、と?」

帆月丸は膝を揃えたまま後退した。

「枉《ま》げられませぬ」

袖からのぞく白い腕が力を失って落ち、美しい顔は項垂《うなだ》れた。

「高麗を滅ぼす生ける兵器となるのが、このわたしです。松浦水軍の力を借りるため、父が娘を人身御供《ひとみごくう》に差し出したのです」

「姫さまを見送っては、帆月丸も生きてはおりませぬ。それがおれの、姫さまへの心の証《あかし》です」

その声に帆月丸は己のすべてを込めた。

ややあって麻耶姫は頭《こうべ》を起こした。諦めたように、あるいは挑むように、不思議な色を顔に刷《は》いて、微かにわななく声で云った。

「それでは麻耶も、父のためでなく、帆月丸、おまえへの心の証として、高麗を滅ぼしてみせましょう。これで決意ができました。死人《しびと》の花嫁となる決意が」

六

〈旅館ノ寒燈《かんとう》、独リ眠レズ――か〉

京都仁和寺《にんなじ》の一僧房で、鄭夢周は転《うた》た凄然《せいぜん》たる客心を抱えながら、己が詩作の亀鑑《きかん》と仰ぐ唐《とう》の一詩人の絶句を思い返していた。眠れないのは、しかし旅愁に駆られてのことではなく、火のような憤怒を御《ぎょ》しかねているからであった。

倭寇禁圧の大任を帯びて海を渡った彼は、迎接にあたる九州探題を一《いち》出先機関と軽んじ、万丈《ばんじょう》の気焔《きえん》を吐いて京都に乗り込んだ。日本国の主権者たる足利義満と直談《じかだん》判に及ぶためである。だが、冷淡にも幕府は鄭夢周の要請をあっさりと拒絶した。高麗国との交渉は九州探題の管轄というのがその返答である。さのみか、旅寓《りょぐう》に指定された仁和寺から一歩たりとも出ることを許されず、明日にも匆々《そうそう》に九州へ出立《しゅったつ》せられたし、との通達である。兵庫津で下船し、京に上ったのは一昨日のことであるということに。

鄭夢周は慷慨《こうがい》した。まことに以て無礼千万と云わねばならぬ。王命により派遣された一国の使者に対して斯かる振舞い、日本とは何たる野蛮、未開の国であろう。まさに倭国と憎むべし。国の誇りを一身に背負った彼の、とうてい堪《た》え得るところではなかった。さなきだに、彼はこの使行を全《まっと》うせねばならない立場に置かれていたのである。

鄭夢周は、忠粛王の復位六年（一三三七）、慶尚道《けいしょう》永川《えいせん》に出生した。日本史に照らせば、皇統が南北朝に分裂した翌年である。科挙《かきょ》に首席で合格、芸文検閲の官職を振り出しに、典農寺丞《てんのうじじょう》、成均博士《せいきんはくし》、礼曹正郎《れいそうせいろう》と進み、二年前の禑王元年（一三七五）、三十九歳で成均大司成《だいしせい》に昇った。この間、女真《じょしん》討伐に従軍して戦場経験も積み、成立して間もない大明帝国へ使者として派遣されてもいる。

だが、彼の名を高からしめたのは、何よりも儒学者としての声望である。高麗に伝わる経書がまだ『朱子《しゅし》集註』しかなかった頃、鄭夢周の講説は「人ノ意表ニ超越シタルモノ」と疑われた。しかるに、胡炳文《こへいぶん》の『四書通』が手に入ってみれば、すべては鄭夢周の解釈する通りである。諸儒《しょじゅ》、嘆服《たんぷく》せざるはなかったという。今日にまで脈々と伝わる韓国儒教文化の礎《いしずえ》を成したのが鄭夢周だ。まさに「東方理学の祖」と称されるゆえんである。天分至高にして豪邁絶倫《ごうまいぜつりん》、忠孝大節《たいせつ》有《あ》り、と評された。

その彼が失脚した。先代の恭愍王は親明政策を択《えら》んだが、新王禑《ぐ》を擁立した権臣たちは、旧宗主であり大都燕京から北へ追われた元（北元）に誼《よしみ》を通じんとしていた。これに鄭夢周は成均大司成の職を賭《と》して、再び元に事《つか》えることの非理を訴えたのだ。論争の末、彼は親元派の権臣の怒りを買って彦陽《げんよう》へ流刑に処せられた。遣日本使の辞令は、この配流地で拝したものである。先任の安吉祥が渡海して間もなく謎の死を遂げた経緯から、彼に心寄せる者たちは皆、その前途を危ぶんだ。権臣たちが彼を使者に擢《ぬ》いた意図たるや、果たして其辺《そのへん》にあったかも知れぬ。しかし鄭夢周にとって、これこそ再起の好機であった。必ず倭寇禁圧の成果を勝ち取らねばならない。

「愁《うれ》フル莫《な》カレ、前路知己《ちき》無キヲ――」

鑽仰《さんぎょう》する高適《こうてき》の詩を詠《えい》じつつ、彼は不退転の決意で晩秋の玄界灘《げんかいなだ》を渡ったのである。それが何ぞや、身は倭国の京師《けいし》に居りながら、足利将軍と折衝する能《あた》わず、おめおめ引き下がらざるを得ないとは。

「おのれ、いかでこのまま捨て置くべきや」

悲憤が募り、思わず彼は激語を発した。

「そいつは、おれの云いたいことだ」

鄭夢周は思わずぎょっとなって、布団を跳ね飛ばした。

「だ、誰だっ」

上体を起こし、室内を見回した。ほとほとと、一穂の寒燈が微弱な明かりを四隅に投げかけている。が、いくら眼を凝《こ》らしても誰の姿もない。

「ここだ、ここだ」

声は頭上から降ってきた。天井を振り仰いだ鄭夢周は瞠目《どうもく》した。黒装束の男が天井から逆さにぶら下がっている。天井板の桟《さん》を両足の指で挟み、さながら蝙蝠《こうもり》の如く。

男は空中でその身を半回転させると、まばたきを忘れた鄭夢周の前に音もなく着地した。片膝立ちとなり、冷たい視線を彼に浴びせた。

叫びかけた声を鄭夢周はかろうじて飲み込んだ。黒装束の曲者《くせもの》に自分を害せんとする気配のなきを見て取ってのことである。「大事ニ処シ、大疑ヲ決スルニ声色ヲ動カサズ」と謳《うた》われた彼の豪胆さは、このような際にも躍如《やくじょ》たるものがあった。

曲者を凝視し返した。かかる装束には覆面が付き物であろうに、ふてぶてしくも素顔を晒している。若い男だ。彫りの深い造作は美青年と云ってよく、全身から発散される荒ぶる爽気は野生の獣を想起させた。

「何奴《なにやつ》なるや」

「倭寇」

曲者の答えは、直ちに鄭夢周を恐惶《きょうこう》に陥《おとしい》れた。

「誰かあるっ」

即座に彼は大声で呼ばわった。隣室には彼の従事官や通詞《つうじ》たちが寝《やす》んでいる。だが、何の反応も返っては来ない。再び彼は呼んだ。そして気づいた。自分の咽喉が如何なる声をも出していないということに。

「今のおまえは、おれにのみ声を発し得る。安心しろ、明朝になれば術は解ける」

曲者が嗤《わら》った。成均大司成たる鄭夢周をおまえ呼ばわりして。しかも流暢《りゅうちょう》な高麗語である。

額を脂汗《あぶらあせ》が流れ落ちた。高麗の臣として怯懦《きょうだ》を晒してはならぬ。断じてならぬ。

彼は必死に自分に言い聞かせた。

「倭寇めが、何用あって参った」

その声は震えていた。

「何用あって、だと？　本来ならば、おまえがおれたちの元へ参上すべきところ、こちらからわざわざ出向いてやったのだ。高麗の為すべきは、足利将軍に倭寇禁圧を要求することではない。まずはおれたちに詫びることなのだ」

「詫びる？」

鄭夢周は耳を疑った。次いで、噴き上がる怒りが全身を貫いた。

「倭寇に詫びる？　莫迦《ばか》め。小僧、気は慥《たし》かか。おまえらが我が高麗で何をいたしておるか、その悪鬼羅刹の所業を、よも知らぬとは云わさぬぞ。手当たり次第に人を殺し、物を掠め、女と見れば犯す。そのうえ——」

突然、舌が止まった。奇怪なことだが、発声そのものを操られているようである。

曲者は云った。

「それら外道《げどう》鬼畜の蛮行は皆、百年前、おまえたち高麗人が対馬、壱岐、松浦で為したことではないか。よいか、種《たね》を播《ま》いたのはおまえたちだ。倭寇はその種から芽生え、育ったのだ。云う、倭寇は高麗これを産めり、と」

「痴《し》れ言《ごと》をっ」

舌がまた動き始めた。

「よいか、甲戌《きのえいぬ》、辛巳《かのとみ》の倭国征伐は、蒙古皇帝の要請拒み難く、已《や》むを得ず兵を出したものである。よって我ら高麗とて被害を蒙《こうむ》りしぞ」

「誤魔化すな。尊大な面《つら》して無知を装うは滑稽《こっけい》と悟れ。知らぬなら胆に銘じておくがよい。蒙古兵より高麗の兵が数等抜きん出て残虐非道であったとな」

その所業は『八幡愚童訓《はちまんぐどうくん》』が満腔《まんくう》の怒りを込めて後世に告発するところである。倭寇の若者の言《げん》は果然、鄭夢周の急所を抉《えぐ》った。彼は慌てて措辞《そじ》を探した。

「百年も前——過ぎたことではないか。おまえたち倭寇による惨禍は、目下、高麗にとって一刻を争う轍鮒《てつぷ》の急であるのだぞ」

「過ぎたこと！」

刹那、鄭夢周は総毛立った。曲者の両眼から慥かに炎の噴き上がるのを見たのだ。それが錯覚などでない証左に、彼の頬は熱を感覚した。

「それが高麗人の言い草か！　昔のことと頬かむりし、一片の詫びだになく、よくも倭寇の禁圧を図れと日本にやって来られたものだ！　その恥知らずには頭が下がる！」

曲者の言は、鄭夢周の理解する能《あた》わざるところではあったが、実に重大なものを孕《はら》んでいるとしなければならない。彼は単に謝罪を要求しているのではなかった。現代の言葉を以てするならば、高麗側の「戦後処理」をこそ非難しているのである。これをなおざりにして「外交」の御旗《みはた》を掲げる厚顔《こうがん》に、その非理、邪曲に、異議を申し立てているのだ。

しかし歴史を閲《けみ》すれば、高麗側のかかる姿勢はその後の両国間の雛形《ひながた》となった。げに〝元寇〟こそは日韓関係の原点である。

「聞く耳持たず、か」

曲者は声を落とした。怒りを抑えているがゆえに、いっそう不気味な声音《こわね》であった。やにわに鄭夢周の手首を摑《つか》み、乱暴に立たせた。

「来てもらおう」

「――ど、何処《どこ》へだ」

「明日は博多へ追い返されるのだろう。負け犬のようにすごすごとな。惨《みじ》めであるほど夜は長いものだ。されば、お慰めいたさん、一場の美《うま》し夢を以て」

七

皎然《こうぜん》と冴えわたる満月の下、円錐形の山が夜空にくっきりと稜線を描いている。衣《きぬ》笠山《がさやま》だ。その南麓には巨刹《きょさつ》、伽藍が建ち並ぶ。月光を眩《まぶ》しく照り返す甍《いらか》の遥か遠くまで連なる情景は、この地こそ月の王都かとも思わせた。

銀色に発光した道を二つの影法師が往《ゆ》く。鄭夢周は生きた心地もなく引き摺《ず》られていた。口舌《こうぜつ》を制せられ助けを呼ぶことも叶わず、手首を摑んだ曲者の手は鋼環の如くだった。

やがて曲者は右手に折れ、小ぶりの門を潜った。殿閣が目の前に迫った。行先が寺であったことに、鄭夢周はわずかだが安堵を覚えた。

「ここは、何という寺か」

出家した倭皇《わこう》の皇子《おうじ》が住まいするという仁和寺に較べ、規模は小さい。造りが簡素重厚なのは禅寺だからであろう。外観の新しさに、創建されてまだ年月を経ていないことが見て取れた。

答えはなかった。

月輪を浮かべた池の端を抜けて、まもなく行き着いた先は、石塔、石碑の整然と並んだ墓所であった。再び恐怖が鄭夢周の背筋を駆け上がった。

ひときわ巨大な墓石の前に、二つの人影があった。一人は彼よりも年上の男で、重々しい顔立ちに眼光鋭く、かつ人を威服せしめる厳《おごそ》かな気品が備わっている。高貴の人物、と一目で直感された。垂纓《すいえい》の長い冠をかぶり、袍《ほう》に似た黒衣は、彼の知る日本武士の礼装とは瞭《あき》らかに異なるものだ。いま一人は薄絹の白衣を纏《まと》った娘だった。少女を脱して間もない齢《とし》と見受けられたが、雅《みやび》で清らかな立ち姿は処女のものであろう。顔はぞっとするほど蒼白で、まばたきせぬ琥珀色の瞳が月光に妖しい輝きを帯びている。

男は、引き据えられた鄭夢周を一瞥《いちべつ》し、かすかにうなずいた。が、何も云わなかった。娘は彼を見なかった。いや、その琥珀の妖瞳に、この世の何ものも映じてはいないようだった。

「御覧《ろう》じあれ」

曲者が硬い声で云って、手を離した。思わず鄭夢周は逃げようとした。深夜、異国の墓所で何が行なわれるのか、何のために自分はここに立ち会わされるのか、それを見届けたいという好奇の心よりも、やはり恐怖が勝ったのである。だのに、彼は動けなかった。全身が金縛りにあったように微動だにできないのだ。

「されば始めん」

垂纓黒袍の人物が宣するように云った。日本の言葉である。鄭夢周は一言半句も解さない。よって、この先も幾度《いくたび》か日本語が交わされたが、彼はその意味も分からぬまま悪夢の如き情景を見せつけられるばかりとなった。

墓石群に反響するように、男の口から呪文が流れ出た。

「天渟中原瀛真人天皇《あまのぬなはらおきのまひとすめらみこと》の霊に告げ申さく、人皇第九十六代尊治《たかはる》が皇子懐良《かねよし》、我が娘麻耶を寄座《よりまし》となし、忍法さだめうつしの秘儀を将《まさ》に執《と》り行なわんとす、天皇宜しく我が企《くわだ》てを援《たす》け給《たま》え……」

鄭夢周の耳には異国の呪文としか聞こえなかったにせよ、これは祝詞《のりと》である。天渟中原瀛真人とは天武天皇の和風諡号《しごう》だ。朗詠は果てしもなく、永劫に続くかとも思われた。傍らの娘は白衣の裾を夜風にはためかせて静かに聞き入り、彼をここまで連れ来たった倭寇の若者は、悲痛な色を刷《は》いて娘を見つめている。

異変は、何の前触れもなく起きた。墓石が二度、三度と鳴動し、どこから吹き流れてきたか、朧《おぼろ》な霧が渦巻いた、と思うや鄭夢周が眼を凝《こ》らす間もなく、それは出現した。

骸骨――。

折烏帽子《おりえぼし》を髑髏《どくろ》に頂頭掛《ちょうとうが》けにした一体の骸骨が、墓石を背に立っていた。一歩、右足を前に踏み出した。骨が軋《きし》り鳴る、何ともいえない音が響いた。尋《つい》で左足の踵《かかと》が上がった。が、骸骨は歩みを止め、自分のいる場所を確認するように髑髏を左右に振った。虚《うつ》ろな眼窩《がんか》の奥に、小さな蒼《あお》い光点が明滅している。

「仁山《じんざん》妙義《みょうぎ》、あるいは長寿寺《ちょうじゅじ》殿」

垂纓黒袍の人物の呼びかけに、髑髏が鬼火の瞬《またた》く眼窩を向けた。

「これなるは我が娘、麻耶なる名の皇女なり。汝《なんじ》の黄泉《よみ》より現世に立ち戻りし寿《ことほ》ぎ、いざ奉《たてまつ》らんとす。黄泉戸喫《よもつへぐい》したる白骨の冷たき身なれば、暫《しば》しの間なりと雖《いえど》も、熱き柔肌、肉の味を愉しまるべし」

白衣の娘の眼が、倭寇の若者に注がれた。その琥珀色の瞳には、悲しみの色が溢《あふ》れていた。しかしそれは一瞬のことで、すぐに娘はつと顔を背《そむ》けると、骸骨のほうに向き直り、肩口から白絹の衣を滑らせた。

娘は下に何もまとってはいなかった。輝くばかりの肌が月光の滴る雫《しずく》を浴びて、まさしく月宮《げっきゅう》の麗人が来臨したかとも思われた。

と、粘りつくような音が夜気を震わせた。骸骨だった。骸骨が全身の骨を震わせているのだ。

〈おお、何という……〉

これが歓喜、いや欲情の反応であるとは、鄭夢周も男の端くれ、雄《おす》の本能を以て確然と感ぜられたことである。

骸骨が再び歩き出した。一糸まとわぬ娘に向かい、一歩、また一歩と。そして、またしても鄭夢周が己が眼を疑わねばならぬ現象が生じた。骸骨が歩を進めるたび、その仙骨の辺り——すなわち下腹の部位に、もはやあるべくもないものが次第に形を整えていくのだ。なんと陰茎が、しかも隆々《りゅうりゅう》と屹立《きつりつ》さえして。

男根淋漓《りんり》と勃起せる骸骨——性理学の泰斗《たいと》たる鄭夢周をして、だがしかし寸分たりと滑稽の情を抱《いだ》かしめなかったのは、この醜悪奇絶なる姿に、死してなお生々しい色情淫欲への執着が如実に露呈されていたからに他ならない。眼、見ざるを浄と為す。慌てて彼は眼を閉じようとした。だが、それさえ叶わなかった。これまた倭寇の若者の術によるものか、まばたきが許される程度である。

そして、その先はもはや人倫を絶した魔景であった。骸骨を操るが如く、垂纓黒袍の男が再び呪文を誦《しょう》し始める。骸骨が娘の裸体を押し倒すように墓石の前に横たえた。自らが上位となってのしかかり、カタカタと骨を鳴らしながら、箸《はし》の如き指骨《しこつ》で娘の女体を愛撫する。静脈が蒼く透《す》いて見える白い肌が、骨に撫でられ、押され、つままれる。鄭夢周は歯を食いしばって、身も心も腐汁に漬けられるような悪寒《おかん》に耐えた。

彼の理性をさらに逆撫《さかな》でしたのは、娘が次第に骸骨の求愛に応じ始めたことだった。

た。なんということか、最初のうちこそ、けなげに閉じられていた唇が、やがてしどけなくほどけ、あえかな嬌声《きょうせい》をあげていったのである。白い肌のあちこちに朱が散り、汗ばみさえ始めた。骸骨はわずかに腰を、いや腰骨を後ろに引いた。そして己が陰茎に指骨を副《そ》えた。その先端を娘の花芯にあてがい、ゆるゆると腰骨を押し進めていく。突き出した尾骨が鶺鴒《せきれい》の尾のように上下するのが、忌《い》まわしさの限りだ。

娘は、すらりとした白脛《はっけい》を骸骨の腰骨に絡めるのを躊躇《ためら》わなかった。骨音がひときわ高くなった。抽送に身を入れてのことである。いや、見ようによっては、娘のほうこそ両脚で挟んだ骸骨を淫らな動きで揺すぶりたてているように見えた。

やがて娘が深紅の声を疾《はし》らせた。日本の言葉に通ぜぬ鄭夢周には、当然のことながら、女がいまわを告げる妖しい叫びとしてしか聞かなかった。だが娘――麻耶姫は、術名を叫ぶことによって言霊《ことだま》を発動させたのだ。そして、続けて云った。

「――さだめを、そなたのさだめを、麻耶の中に注ぎ込んでっ」

処女と骸骨のおぞましき交媾《まじわり》――これとそっくり同じ情景が、七百十年前、西紀六六七年（天智六）の同じく十月十五日の深夜、河内《かわち》国某所で繰り広げられた。処女は十市皇女《とおちのひめみこ》、骸骨は木梨軽皇子《きなしのかるのみこ》、そして秘儀を執行したのは他ならぬ十市皇女の実父・大海人皇子である。

木梨軽皇子は、その時点からも更《さら》に二百年余を溯《さかのぼ》る西紀四五三年に歿《ぼつ》した人物だ。第十九代允恭《いんぎょう》天皇の嫡男であり、母は正妃忍坂大中姫命《おしさかのおおなかつひめのみこと》。当然、次代の天皇位を継ぐべく、太子に冊立《さくりつ》されていた。『日本書紀』は皇子を評し、

「容姿、佳麗にして、見る者、自《おの》づからに感でぬ」

との賛辞を呈している。だが父帝崩御し、十月十日に葬礼が終わるや、

「国人、謗《そし》りまつる。群臣、従へまつらず。悉《ほしいまま》に穴穂皇子《あなほのみこ》に隷《つ》きぬ」

という不穏な雲行きとなった。穴穂皇子は木梨軽皇子の同母弟である。かかる事態を招いたのは、木梨軽皇子が同母妹の軽大娘皇女《かるのおおいらつめのひめみこ》と「親親相姧《たわ》けたる」、つまり近親相姦に及んだためであった。異母兄妹の交情は許されても、母を同じくする異性間の恋愛は禁忌《きんき》である。内乱を招くものとして忌まれたのだ。諸臣百官から背を向けられた木梨軽皇子は、穴穂皇子との一戦を決意する。

「爰《ここ》に太子、穴穂皇子を襲はむとして、密《ひそ》かに兵を設《もう》けたまふ。穴穂皇子、復兵を起こして戦はむとす」

しかしながら人心は櫛《くし》の歯の抜けるように離反していった。結局のところ木梨軽皇子は物部大前宿禰《もののべのおおまえのすくね》を頼り、彼の屋敷で自決して果てた。父・允恭天皇の葬礼からわ

ずかに五日後、冬十月十五日のことである。かたや穴穂皇子は即位して安康《あんこう》天皇となった。

この、皇位を継ぐべくして継ぐ能《あた》わざりし木梨軽皇子の命日に、二百年を閲《けみ》して、「遁甲を能《よ》くす」る大海人皇子は、河内国《かわちのくに》なる彼が陵墓の前で「黄泉返し」の秘法を用い、悲運の皇子を現世へと召還した。そうして実娘の十市皇女を交媾《こうごう》させた。絶世の美女たる母・額田王《ぬかたのおおきみ》譲りの美貌を有する十市皇女は、無惨にも死者の男根を受け容れ、しかし艶やかに腰を使いつつ、皎々《こうこう》たる月夜に深紅の叫びを響かせた。

「――さだめを、そなたのさだめを、十市の中に注ぎ込んでっ」

忍法さだめうつし。かくて木梨軽皇子の「皇位を継ぐべくして継ぐ能わざりし運命《さだめ》」は、霊的精液となって十市皇女の肉体に注がれたのである。

日をほどなく経て、大海人皇子は十市皇女を大友皇子に嫁がせた。この婚姻は、兄・中大兄皇子《なかのおおえのみこ》との予《かね》ての約定《やくじょう》によるものであった（大海人皇子は天智の娘である鸕野讃良皇女《うののさららのひめみこ》を娶《めと》った。後の持統《じとう》女帝である）。翌六六八年、中大兄皇子は近江京で即位して天智天皇となり、その晩年、寵愛《ちょうあい》する大友皇子に天皇位を継がしむべく太子に冊立し、太政大臣《だいじょうだいじん》に任じた。大友皇子の漢詩二首を収録した『懐風藻《かいふうそう》』は、「博学多通にして文武の才幹有り」

「天性明悟、雅より博古を愛す。筆を下せば章となり、言に出《いだ》せば論と為る」と皇子を絶賛する。しかるに、父帝天智の崩御後、彼を見舞った悲運は天下周知の如くだ。『日本書紀』を援《ひもと》けば、いわゆる壬申《じんしん》の乱の果てに、

「是《ここ》に大友皇子、走げて入《い》らむ所無し。乃《すなわ》ち還《かえ》りて山前に隠れて、自ら縊《くび》れぬ」

という非業の最期を遂げたのである。

史家は口を揃える。曰《いわ》く、兵力のみならず、すべての面で近江朝側が優勢であった、と。しかるに何ぞや、この結末は。

大友皇子は伝染されたのだった。その妃《きさき》・十市皇女の肉体を媒介し、木梨軽皇子の「皇位を継ぐべくして継ぐ能わざりし運命」を。大海人皇子が、その甥《おい》に渡るべき皇位を簒奪《さんだつ》するため編み出した忍法さだめうつし——漢字表記すれば「運命伝染《うつ》し」。その字義の如く、死者の運命を生者に転移する術である。処女の肉体は、媒介のための寄座《よりまし》として使われる。しかも寄座は皇女に限られ、術を執行し得るは皇族のみだ。皇《すめらぎ》忍法と称される所以《ゆえん》である。

かくして忍法さだめうつしは、万世一系、七百年余の時を経て、遁甲術の大家たる天武天皇から懐良親王へと連綿相伝された。

八

懐良親王は元徳《げんとく》元年（一三二九）、人皇第九十六代尊治——すなわち後醍醐《ごだいご》天皇が儲けた十八皇子の第十六子として生まれた。

建武《けんむ》中興が足利尊氏《たかうじ》の背叛によって潰《つい》えた年、比叡山《ひえいざん》に逃れた父帝は彼に綸旨《りんじ》を下した。征西大将軍として九州に下り、かの地の軍勢を率いて東上せよ、と。この時、親王は八歳であった。彼は「山臥《さんが》ノ姿ニ成《なり》テ吉野《よしの》ノ奥へ忍」（『太平記』）んでいたが、父の命を受けるや十二人の従者とともに吉野を脱出した。大海人皇子の吉野発向から六六四年後のことである。

親王は九州に渡り、苦難の末に南朝に与党する肥後《ひご》の豪族菊池武光《たけみつ》に奉じられた。武光を従え各地を転戦すること十三年、鉢摺原《はちすりがはら》に九州探題一色《いっしき》氏を、筑後川《ちくごがわ》に大友《おおとも》氏を撃破し、自らも激戦中に深手を負いつつ、筑前《ちくぜん》の少弐《しょうに》氏を退《しりぞ》けて大宰府の制圧を果たした。親王、三十三歳。吉野を出立して二十五年の歳月が流れていた。

北朝勢力を武力によって駆逐したことで、親王は名実ともに征西府の大将軍——征西将軍宮《しょうぐんのみや》として九州全土に君臨した。明を建国した洪武《こうぶ》帝（太祖《たいそ》朱元璋《しゅげんしょう》）が新王朝の成立を日本に告げる国書を送った先は、京都ではなく、大宰府に置かれた征西府であった。その詔《みことのり》に曰く、「日本国王良懐」と。親王の意気、ならびに征西府の威勢、思うべし。

かくて親王は、父帝の遺言である京都奪還を実現せんと、一途《いちず》に勢力の拡大を図った。そんなある日、吉野からの使者が彼の前に現われた。後醍醐帝の後継として南朝を統《す》べる後村上《ごむらかみ》天皇の密書を携えていた。その内容は征西府の活動を嘉《よみ》するもので、とりたてて密書と呼ぶほどではなかった。親王が目を留めたのは、書翰《しょかん》ではなく使者のほうであった。まだうら若い、美貌の女だったのである。名を紗英《しゃえい》と云った。男盛りの親王は紗英を留《とど》めて返さず、まもなく紗英は彼の子を孕《はら》んだ。

親王は着想した。生まれてくる子が女児《おなご》なれば、忍法さだめうつしの寄座《よりまし》として育てん、と。女児成長の暁《あかつき》には、鎌倉幕府最後の得宗《とくそう》だった北条高時《ほうじょうたかとき》を甦らせて交媾させ、高時の「滅びの運命」を注ぎ込ませる。そのうえで策を弄《ろう》して足利将軍に抱かせる。さすれば足利一族が、鎌倉の炎《ほむら》の中に滅んだ北条一族と同じ命運を辿《たど》るは必《ひっ》定《じょう》。足利幕府の崩壊は、北朝の消滅であり、南朝の勝利である。親王は女児の誕生を熱望した。親王が忍法に頼ろうとしたのも宜《むべ》なる哉《かな》、だ。全国規模で俯瞰《ふかん》すれば南朝の衰微劣勢は蔽《おお》うべくもなく、彼が覇を唱える九州にしても、果たして何時《いつ》まで持ちこたえるべきや心許《こころもと》ないものがあった。

紗英は女児を産んだ。その日のうちに咽喉を刺して自害した。断末魔の下、紗英は告白した。自分は北朝の送り込んだ寄座である、と。

皇統の分裂により、忍法さだめうつしの継承者も当然ながら、南北両朝に分かたれた。南朝側は懐良親王であり、北朝側の遣い手が崇光《すこう》天皇（北朝第三代、当時は後光厳《ごこうげん》天皇に譲位して上皇）であった。紗英は崇光帝の娘、すなわち皇女である。崇光天皇は、南朝最強の武神にして九州の支配者たる懐良親王に掣肘《せいちゅう》を加えるべく、我が娘の紗英をして、なんと大友皇子と交媾せしめたのだった。そして巧妙にも後村上天皇の密書を偽造し、南朝方の使者を装わせて親王に接近させたのである。

――やんぬる哉！

もはや云うも愚かなり、親王は先手を打たれたのだ。紗英の懐妊を利用せんと企てたものの、その実、自分がまんまと為《し》て遣《や》られていたのであった。

息絶える寸前、紗英は云った。いつしか親王を愛してしまった。だから真実を告げるのが女としての務めであり、そして命を絶たねばならぬ。子を産んだ日こそ、その時である、と。

親王は衝撃から立ち直ると、残された女児を麻耶と名づけ育てた。自分を騙《だま》した女の忘れ形見であり、自らが大友皇子の「滅び」の運命を移植された、その生ける証《あかし》を。親王は当初の目論見《もくろみ》通り、麻耶を寄座《よりまし》とするつもりだった。さすればこそ、彼を欺《あざむ》いた憎むべき北朝への報復にもなるというものだ。

だが考えるまでもなく、北朝側は当然、親王の「忍法さだめうつし」を予期し、これに万全の警戒を敷くはずである。足利将軍に接近する女は、その身元を徹底的に洗われるだろう。麻耶を接近させるのは至難のわざと云わざるをえない。それでも親王は麻耶の成長を一日千秋《いちじつせんしゅう》の思いで待った。

その麻耶が漸《ようや》く十歳を迎えた年、親王は九州の覇権を失った。三代将軍足利義満から九州探題に任じられた今川貞世の率いる攻略軍により、大宰府が陥落したのである。五年前のことだ。翌年、彼を長年に亘《わた》って支え続けてきた猛将菊池武光が逝《い》った。親王は筑後高良山《こうらさん》から菊池一族の拠点である肥後隈府《わいふ》に落ち延びざるを得なかった。紗英を媒介して伝染された大友皇子の運命が、竟《つい》に彼の身に具現し始めたのだった。

さらには、幕府きっての策士たる今川貞世の巧みな調略で、征西府の有力武将たちが相次いで離反していった。もはや親王に与《くみ》するのは、武光の後を継いだ孫・武朝《たけとも》の束ねる菊池一族と、玄界灘に威を張る松浦党のみとなった。いや、その松浦党とても、本拠地の呼子《よぶこ》を九州探題に制せられて、一部勢力が貞世の九州経略に参画する事態に至った。事実上の分裂である。かつて親王は松浦党の水軍を麾下《きか》に収めるべく、その倭寇活動を容認した。擁護する方針さえ採った。つまり倭寇の後盾《うしろだて》となっていたのである。劣勢に立たされた今の親王にとり、水軍こそは最後の頼みの綱であった。これを挙《あ》げて九州探題に走らせてはならぬ。彼らの歓心を買い、あくまで自分の元に繋ぎ止めておかねばならないのだ。足利幕府打倒よりも、それこそが差し迫った問題だった。

松浦党の悲願は高麗への復讐だ。延《ひ》いては高麗の滅亡である。さればよし、彼らの本懐を遂げさしてみしょう。そのために――親王は決意を固めたのだった、麻耶を寄座に用いなん、いざ、と。

かくして皇女麻耶姫は帆月丸に護衛され伊賀国へと送られたのである。伊賀は天武帝以来、その忍法を以て天皇家を奉戴《ほうたい》し来たるの地。松浦水軍の若大将たるべき佐志帆月丸が倭寇活動に資《し》すべしと忍法修行を望んだ時、これを取り持ったのが親王であった。

爾来《じらい》二年、麻耶姫は伊賀忍法やばねたらしを我がものとした。さだめうつしを施すべく親王は麻耶姫と帆月丸を連れ伊賀から京都に入った。

秘儀は今まさに、最高潮を迎えようとしている――。

「……おおっ」

鄭夢周の口から、思わず溜息にも似た声が洩れた。見よや、呪《のろ》わしい抽送の果てに、娘の秘部を深々と穿《うが》ったまま骸骨は動きを止めている。だのに全身の骨という骨が一斉に軋り鳴っているのだ。さなり、死者はわないているのだった、謹厳な鄭夢周も男として知る劣情に。すなわち精液を女体に迸《ほとばし》らせる、あの至上の恍惚《こうこつ》に。

不意に、骨音が止《や》んだ。次の瞬間、骸骨は崩落して娘の裸身に降りかかり、彼が目を瞬《まばた》かせた時には、骨そのものが消え失《う》せていた。

〈幻覚だったのか?〉

墓石の前には、全裸の娘が空を抱え挟むように両脚を振り上げ、腰をゆすぶり立てている。やがて腰の動きは止まり、両脚も力を失って下ろされた。

「事成れり。仁山妙義の運命は、麻耶が肉体に移されたり」

垂纓黒袍の男が云った。

娘がゆっくりと上体を起こした。いまだ朱に染まって色褪《あ》せぬ肌を放恣《ほうし》に晒したまま、その琥珀色の目を倭寇の若者に注いだ。

「帆月丸、麻耶はおまえの望む通りにしました。よくぞ見届けましたね」

献身――その敬虔《けいけん》な悦《よろこ》びに酔い痴《し》れながら、わずかに恨みを含んで虚ろに響く声だった。

この時ようやく鄭夢周は気づいた。彼が悪夢を見ている間、倭寇の若者は、握った拳《こぶし》を膝上で震わせ、ぎりぎりと唇を強く嚙み締め、何かの情動を懸命に堪《こら》えるが如くだったことに。

迫るように娘は言葉を継いだ。

「これでおまえは満足ですか、帆月丸」

「麻耶姫さまっ」

若者が叫んだ。万斛《ばんこく》の血を吐く叫びである。

「しかと、しかと見届け奉りました。満足なりやとの垂問《すいもん》には、否《いな》とお答え申す。それは、おれにとっても耐え難きこと。叶うことなれば――いや、されば帆月丸が一片丹心《いっぺんたんしん》をお見せいたさんずる。おれは、おれは……おれは、あの世にて姫を抱きとうござる！　麻耶姫さまっ、お待ち申し上げておりまするぞ！」

云うが早いか若者は、懐中より取り出した短剣を己が腹部に突き立て、むんずと一文字に引き裂いた。

九

翌朝、鄭夢周は寝床の中で目覚めた。宿寓《しゆくぐう》たる仁和寺僧房の一室である。寝衣に乱れなく、曲者が踏み込んだ痕跡《こんせき》の一片だに見出せなかった。

〈悪夢であったか〉

そう自分を納得させた。そして、その悪夢を誰にも告げなかった。彼は合理主義を旨《むね》とする儒学の徒である。君子は、怪《かい》、力《りき》、乱《らん》、神《しん》を語らず。性理学の大家を以て自他ともに任ずる鄭夢周の、ゆめ口にすべきことではなかった。彼が怪異を話すのを聞けば、人は話の内容でなく彼を怪しみ、東方理学の祖なる声望は忽《たちま》ちにして地に堕《お》ちるだろう。況《ま》して、その怪異が論理を欠くという於《お》いてをや、だ。いや、非論理なればこその怪異なのではあるけれども、そうではあれ骸骨が処女を犯し、彼をその場面へと連行した倭寇の若者が突然、自ら命を絶ったことを以て結末とする悪夢とは、果たして一体、何なのであろうか。

日本の言葉を解すれば、賢明な鄭夢周にはある程度の推察がついたかとも思われる。それを信じる信じないはともかくとしても、であるが。ただ——なぜか彼の耳に残響した一言があった。倭寇の若者が腹を切る直前、娘に向かって放った絶叫である。悪夢のことはあくまで秘し、彼は通詞に訊ねた。

「イッペンタンシンという倭語は、如何なる意味か」

通詞の顔に、あっけにとられた色が浮かんだ。鄭夢周は一語たりと日本の言葉を覚えようとしなかったのだ。倭人の言葉を口にするだけで汚れてしまう、そう云わんばかりであった。

「イッペンタンシン、でございますか」

一瞬、通詞は首をひねった。すぐに心得顔になって手を打ち、

「それは、一片丹心《イルピョンダンシム》の日本語読みにございます」

と答えた。一片丹心――わずかばかりの真心、赤誠《せきせい》という意味である。

「かかる言葉、どちらで聞き及びになりました？」

通詞の問いに言葉を濁し、鄭夢周は首をひねるばかりであった。

その日のうちに彼は足利幕府が差し向けた武士団に護衛され、空《むな》しく京都を後にした。兵庫津からは九州探題の船に乗り、今川貞世の元へと戻った。このまま帰国しては子供の使いである。彼は恥を忍び、出先機関の長と見くびっていた貞世を相手に粘り強く交渉に当たった。

思いのほか貞世は好意を示した。倭寇の禁圧に最大限の努力をすると約したのみならず、麾下に入れた松浦党に説いて、拉致した高麗人の送還に意を尽くした。鄭夢周の滞日は半年以上に及んだが、その甲斐あって彼は数百人にのぼる同胞の帰国を成功させた。遣日本使としての面目は充分に立ったのである。

翌年（一三七八）七月、鄭夢周は高麗に帰還した。使行で挙げた功績により、右散《うさん》騎常侍《きじょうじ》、典工礼儀典法版図《てんこうれいぎてんぽうはんと》に昇進した。

しかしながら倭寇の猖獗《しょうけつ》は一向に衰えを見せなかった。一時は、大船団を集結させて王都開京に迫ること纔《わず》かに五里、王が都を捨てて遁走《とんそう》せんばかりの喫緊《きっきん》の事態となり、崔瑩、李成桂、楊伯淵《ようはくえん》らの名将が激戦の末ようやく撃退した。鄭夢周の帰国は、その激震収まらぬ最中のことだったが、その後も倭寇は執拗に各地を襲い続けた。史書に「四出攻掠《ししゅつこうりゃく》」と記された如く、彼らの襲撃は神出鬼没で、元帥、将軍たちはこれを追って転戦に転戦を重ねなければならず、戦塵《せんじん》を払う暇《いとま》もなかったほどである。まさに高麗は国を挙げて交戦状態となったに等しい。武将たちの繰り広げる死闘にも拘《かかわ》らず、戦局は一進一退であった。昨日勝ったかと思えば今日に敗れ、東で撃退したかと思えば西を失った。

戦時体制の一年余りが過ぎ、禑《ぐ》王六年（一三八〇）を迎えた。この年の倭寇は、二月、永善県《えいぜん》、宝城郡《ほうじょう》、富有県《ふゆう》への襲撃から幕を開けた。さらに順天《じゅんてん》、光州《こうしゅう》、和順《わじゅん》が襲われ、七月には西州《せいしゅう》、扶余《ふよ》、定山《ていざん》、雲梯《うんてい》、高山《こうざん》、儒城《じゅじょう》が次々に寇《おか》されて、鶏林山《けいりんざん》に避難していた婦女嬰児《えいじ》多数が殺される惨禍を招いた。倭寇による掠奪、放火、殺戮ここに極《きわ》まり、高麗は国家存亡の瀬戸際に立たされたかに見えた。だが、このとき高麗の反撃態勢は竟《つい》に整ったのである。

八月、朝廷は満を持して、歴戦の勇将たる羅世《らせい》を上元帥、沈徳符《ちんとくふ》を都元帥、崔茂宣《さいもせん》を副元帥に任じて出撃させた。対倭寇戦に創設された高麗水軍は、百隻《せき》の戦艦を連ねて賊を追撃した。錦江《きんこう》河口の鎮浦《ちんほ》に至ると、倭寇の戦艦五百隻が湾を埋め尽くしている。五倍の敵であった。

このとき初めて、極秘裡《ごくひり》に開発が進められていた新型武器が投入された。「走火《そうか》」である。火矢の下に薬筒を装着したもので、薬筒は韓紙で造られ、中に黒色火薬を詰める。これに点火すれば、火薬の燃焼する推進力で矢が飛行する原理だ。

戦艦の甲板に、奇怪な兵器が登場した。一見すると防楯板《ぼうじゅんばん》だが、数十の穴が縦横整然と穿《うが》たれ、火矢が落とし込まれている。すなわち走火の発射装置である。倭寇は船上これを遠望するのみで矢を射ない。両軍の距離は未だ射程距離に至っていないのだ。

火㷁都監《かとうとかん》の責任者として火器の開発を領導してきた副元帥・崔茂宣が火棒を導火線に押し当てた。点火された導火線は、直ちにそれぞれの矢の導火線へと分かたれ、薬筒内の火薬を爆発させていく。走火は轟音をあげて次々と発射された。纔《わず》かに遅れて僚船でも同じ手順が踏まれた。走火は忽《たちま》ち空を蔽《おお》い、赤い流星雨となって倭寇の戦艦に降り注いだ。この時代、火薬の製造法を独占していたのは世界に中国のみであった。しかし高麗は独力でこれを開発したのみならず、その科学力を以て人類史上初のロケット原理を応用した兵器を産み出したのである。

五百隻の倭船は残らず炎上した。『高麗史』列伝は云う。

「烟焔《えんえん》、天ニ漲《みなぎ》リ、賊ノ船ヲ守ル者、焼死シテ殆《ほとん》ド尽《つ》ク。海ニ赴《おもむ》キ死ヌル者、又《ま》タ衆《おお》シ」

生き残った倭寇は三百六十余名。帰る船を失った彼らは手負いの獣と化した。先に上陸していた本隊と合流して内陸部深く侵入し、残虐凶悍《きょうかん》、掠奪を恣《ほしいまま》にした。ために全羅《ぜんら》、慶尚、楊広《ようこう》の三道は蕭然《しょうぜん》として一空《いっくう》となること、

「倭患アリシヨリ未ダ此《かく》ノ如キモノアラズ」

というほどであった。

朝廷はただちに裵克廉《はいこくれん》ら九人の元帥を急派して掃蕩《そうとう》に当たらせた。が、倭寇は咸陽《かんよう》

に集結して一大逆襲に出た。討伐軍大いに敗れ、朴修敬《ぼくしゆうけい》、裵彦《はいげん》の二元帥を含む五百余名の兵士が戦死した。よもや、の敗北である。駭愕《がいがく》した朝廷では李成桂に出撃を命じた。鄭夢周は彼の従事官を拝命し、戦地に赴くこととなった。

十

「こたびも足労をおかけいたす」

李成桂が謹厳な仕種で頭を下げた。慌ただしく支度を整え鄭夢周が屋敷へ駆けつけると、李成桂は已《すで》に出陣の準備を終えていた。さすがは当代きっての名将である。御下命あるを予期していたに違いない。楊広・全羅・慶尚三道都巡察使《じゆんさつし》――それが今回の出陣に当たって李成桂に授けられた職名であった。

「当方こそ宜しくお願い申し上げ奉る」

鄭夢周も深々とした一礼で応え、

「退路を断たれし倭賊めは、窮鼠《きゆうそ》猫を噛むの譬《たと》え通り、今や死に物狂いと化しておるやに聞き及びまする。巡察使、お覚悟のほどは如何に？」

彼の問いに、李成桂は両眼に忠武の炎を燃やし、粛然《しゆくぜん》とした声音で答えた。

「一命を祖国に捧げるは、武臣としてこれに勝る誉《ほま》れなし。我が命、いかで惜しかるべき」

逞《たくま》しい体軀に銀甲をまとい、眉宇《びう》にまで満腔《まんこう》の覇気を漲《みなぎ》らせた李成桂は、まさしく軍神、高麗王朝最後の切り札たるに相応《ふさわ》しかった。

李成桂は鄭夢周より二歳上、是年《このとし》四十六歳である。本貫《ほんがん》は全州《ぜんしゅう》だが、高祖父が元の地方官に採用され半島北部に移住、一族の勢力基盤を築いた豆満江《とまんこう》辺の和寧府《わねいふ》で出生した。父の子春《ししゅん》は、元の摠管府《そうかんふ》のあった双城《そうじょう》の千戸《せんこ》を務めていた。恭愍王《きょうびん》が反元の烽火《ほうか》を挙げるや、子春は内応して摠管府攻撃の一翼を担《にな》い、元の勢力を駆逐《くちく》するに戦功を上げた。子春亡き後は、李成桂がその志を引き継いだ。彼は幼い頃から弓射に天才を発揮し、根っからの武人だった。二十七歳の年、地方の叛乱を鎮圧。翌年、紅《こう》巾《きん》賊が首都開京に侵入するや、手兵を率いて奪還作戦に馳せ参じ、真っ先に入城を果たした。この功績で東北面兵馬使《とうほくめんへいばし》に任ぜられ、同年、双城摠管府を奪回すべく進撃してきた元軍を数次の激戦の末に撃ち破り、続いて女真族の侵入も撃退して、若き勇将としての名を全土に轟《とどろ》かせた。鄭夢周は、この女真族討伐の際、李成桂の従事官に擢《ぬ》かれ、武臣文臣の牆《かき》を超えて交誼《こうぎ》を結んだのであった。李成桂が「こたびも」と云った所以《ゆえん》はここにある。その後も李成桂は倭寇討伐に華々しい実績を重ね、百戦して一度も負けを知らず、その声望をますます高からしめていた。

しかし儒者たる鄭夢周が李成桂を高く評価するのは、将としての器量――すなわち、その赫々《かくかく》たる軍功、用兵戦術の巧妙さ、勇猛果敢な闘志という以上に、高麗王朝に捧げる忠誠の心に他ならない。彼の目から見ても李成桂こそは、綺羅星《きらぼし》の如き高麗武将群の中にあって『孝経《こうきょう》』に云う「孝ヲ以テ君ニ事《つか》フレバ、即《すなわ》チ忠ナリ」の図抜けた体現者であった。

我が命、いかで惜しかるべき――忠誠心横溢《おういつ》せる李成桂の答えに、鄭夢周は大きくうなずき、

「某《それがし》とても思いは同じ。一天万乗《いってんばんじょう》の君に、我が一片丹心を捧げたてまつる所存にござる」

と応えたが、一片丹心――次の瞬間、彼は三年前の悪夢を思い出し、狼狽《ろうばい》した。

「いかがなされた」

李成桂が怪訝《けげん》な目を向けた。

「いや……」

鄭夢周は平静を取り繕《つくろ》おうと、後庭に視線を投げた。彼と李成桂は、ヌマルと呼ばれる高床の板の間に対座していた。八月下旬の茹《う》だるような残暑である。

後庭では、一人の少年が上半身裸になって弓術の稽古《けいこ》に余念がなかった。まだ十代の半ばながら、次々と箭《や》をつがえて速射する動きは流れるが如く、吊り的《まと》の中央を正確無比に射貫く腕は已《すで》に名人級であった。箭は片箭《へんせん》、弓は常弓《じょうきゅう》――当然、筒射《とうしゃ》である。

片箭は、その名の示す通り、普通の箭の半分の長さしかない。よって飛距離に優《すぐ》れ、威力も備わっていた。かつて李成桂が編将《へんしょう》として難攻不落の遼《りょう》城を攻撃した際、守備兵は顔だけ露わしていたが、それでも多数が射殺され城は落ちた。これ皆、片箭の力なり、と『李朝《りちょう》実録』は記している。長さが短いゆえ、長弓につがえることは出来ない。だからといって短弓を用いては、飛距離も威力も半減する。そこで長弓で射るため補助器具が使用された。長筒を縦に剖《わ》って片箭を収め、この筒を長弓につがえて射るのである。筒射と称されるのはこのためだ。長箭を射ると女真族は直ちにこれを拾って射返してきたが、遉《さすが》に片箭は射返せなかった、とも記録にある。片箭は高麗独自の武器であり、かかるがゆえに筒射は高度な伎倆《ぎりょう》を要した。それを少年は己が身体の一部の如く操っているのである。

「見事なものでござるな。父親譲り、ですかな」

鄭夢周は心から感歎して云った。少年は李成桂の五男、芳遠《ほうえん》である。芳遠はこの年、弱冠《じゃっかん》十四歳だった。だが、それ以前から父に従い戦場に出ていたことが史料により知れる。三年前、李成桂の勇名を決定づけた倭寇征伐、所謂《いわゆる》「智異山大捷《ちいさんたいしょう》」における一逸話だ。

いわく、李成桂の放つ百発百中の片箭に動揺した倭賊は、智異山に退却して絶崖に布陣し、一斉に刀を抜きつれ、槊《ほこ》を垂《た》れた。その備えは蝟毛《いもう》の如く、官軍は登ることが出来なかった。

李成桂の命で山頂を目指した裨将《ひしょう》が引き返して告げた。

「急峻《きゅうしゅん》ゆえ馬が登りませぬ」

「たわけめ」

李成桂は彼を叱責し、息子の芳遠を呼んだ。以下、原文を援《ひもと》けば、

——芳遠ヲシテ麾下ノ勇士ヲシテ之《これ》ト偕《とも》ニ行カシム。芳遠、還《かえ》リイフ、亦《ま》タ裨将ノ言《げん》ノ如シ。成桂曰ク、然《しか》ラバ則《すなわ》チ我レ当《まさ》ニ親《みずか》ラ往キテ之ヲ見ルベシ、ト。乃《すなわ》チ麾下ノ士ニ謂《い》ヒテ曰ク、我ノ馬、先登スレバ、汝等《なんじら》、当ニ之ニ随《したが》ハンヲ要ス、ト。遂《つい》ニ馬ニ鞭《む》チテ互ニ馳ス。其ノ地勢ヲ観、即《たちま》チ剣ヲ抜キ、刃背《じんはい》ヲ以テ馬ヲ打ツ。時ニ日、方《まさ》ニ中《ちゅう》ス、剣光電《いかずち》ノ如シ。馬一躍シテ登リ、軍士或《あるい》ハ推《お》シ、或ハ攀《はん》シテ之ニ随フ。是《ここ》ニ於《お》いテ、奮《ふる》ヒテ之ヲ撃ツ。崖ヲ墜《お》ツル者大半、遂ニ殲《せん》ス。

この時、芳遠は十一歳である。数えで十一歳だ。李成桂はそんな幼い我が子を、倭寇の立て籠もる峻嶽《しゆんがく》へと追い立てたのである。翻《ひるがえ》っていえば、かかる父の戦陣教育で芳遠は育った。十四歳にして彼は異能児、いや死をも恐れぬ戦場の申し子であった。

鄭夢周の賛辞に李成桂は謹直に首を横に振った。

「未熟なり。されど祖国高麗を思う至情に於ては、父を超えておるやも」

「それは頼もしい」

芳遠を見守るうち、鄭夢周はふと思い出して云った。

「お聞き及びでしょうが、巡察使、こたびの倭寇の頭目は――」

「阿只抜都《アヂバルト》」

李成桂が即座に口にした。

「やはりご存知でございましたか」

高麗の第二公用語とも云うべき蒙古の言葉で「アヂ」は少年を意味し、「バルト」は勇敢無双を表わす後置形容詞である。すなわち阿只抜都は倭寇を統率する勇猛な少年将軍であった。前線からの報告では年纔《わず》かに十五、六。骨貌端麗《こつぼうたんれい》という。相当な美少年なのであろう。

「父上」

芳遠が、今まさに射んとしていた弓をおさめて駆け寄ってきた。十四歳とは思えぬ筋骨の逞しさだ。噴き出る汗にまみれた裸の上半身は油を塗ったようである。鄭夢周に目礼すると、

「阿只抜都など、この芳遠が見事、仕留めて御覧に入れます！」

きっぱりと云った。鄭夢周はなぜか胸《むね》を搏《う》たれた。ほぼ同い年と聞いて敵愾心《てきがいしん》を燃やさずにはいられないのだろう。その闘志に加えて、若さゆえの傲慢さと、愛国の至情とを滾《たぎ》らせ、芳遠の顔もまた美しく輝いていた。

十一

李成桂は王都を出陣した。賛成事《さんせいじ》の辺安烈《へんあんれつ》が体察使《たいさつし》として副《そ》えられ、王副命《おうふくめい》、禹仁烈《うじんれつ》、都吉敷《ときつぶ》ら七人の元帥が随《したが》った。兵力は二千である。

この頃、倭寇は勢いに乗り、咸陽西方に位置する南原《なんげん》に侵出していた。南原は二百年後、太閤秀吉《たいこうひでよし》の朝鮮出兵時（慶長《けいちょう》の役）に於ても激戦が展開された如く、戦略上の要衝《ようしょう》であり、ここを占領されれば全羅道、楊広道は陥落したも同然となる。咸陽

で大敗を喫した褒克廉ら七元帥は雪辱を期すべく、新羅《しらぎ》時代に築造された山城に拠《よ》って倭寇を迎え撃った。高麗軍の死を賭した果敢な抵抗と、七百年前に築かれたとは迚《とて》も思われぬ山城の堅固さに、さしもの倭寇も手を焼き退却した。彼らは腹いせに雲峯《うんぽう》県を焚《や》き、引月駅《いんげつ》に陣を敷いて北を窺《うかが》い、大いに気勢を上げた。李成桂の軍団が南原に到着したのはその頃だった。

褒克廉ら七元帥は李成桂の幕下に馳せ参じ、彼の節度《せつど》を受けた。軍略を問う李成桂に、元帥たちは口を揃えた。

「倭賊どもは険しき山に拠っておりますれば、対峙《たいじ》して奴等の出《い》ずるを俟《ま》ち、然《しか》る後、決戦に持ち込むが得策かと存じまする」

「険しき山だと? 何と申す山か」

荒山《こうざん》、というのがその名であった。李成桂は元帥たちの策を一蹴した。

「興師《こうし》敵愾すれば猶《なお》敵を見ざるを恐る、と云う。今、敵に遇《あ》って撃たず、これ可なりや」

雷霆《らいてい》のような声だった。直ちに諸将を部署し、翌朝、雲峯を踰《こ》えて荒山に進撃した。

時は九月下旬、秋風は爽気に満ち、諸隊は旗幟《きし》を勇ましく翻して山谷を進んだ。荒山はその名の通り、奇怪な岩肌を樹々の紅葉から覗かせ、雲なき蒼穹《そうきゅう》を巍乎《ぎこ》と摩《ま》している。まさに天険であった。高麗軍迫るや倭寇のあげる吶喊《とっかん》で山谷は一斉に震えた。矢弾《やだま》、石礫《いしつぶて》が雨霰《あめあられ》となって降り注がれた。李成桂は谷間の渓谷を敢えて背に負った。もはや前進するより道はない。已に戦いは始まっている。不服を唱えるものは誰一人としてなかった。皆、肌身で知っていた、この一戦が高麗の興廃を決することを。

地の利を占める倭寇は、しかし高麗軍の猛攻を寄せつけなかった。低きより射る矢は勢いを失し、接近すれば鋭い倭刀で撫で斬りにされた。時間の経過とともに死者は増える一方である。李成桂は諸将に本陣の死守を命じると、自らは百人の少数精鋭を選抜し、険径《けんけい》より敵陣の背後を突くべく荒山西北の鼎山峯《ていざんほう》に分け入った。

「ご武運を」

鄭夢周は李成桂を見送った。文臣たる彼にはここ迄《まで》である。これより先は専《もっぱ》ら武人の領域であった。甲冑《かっちゅう》を西陽に黄金色に輝かせた芳遠が、父にぴたりと馬首を寄せて従っている。再び生きて彼らの姿が見られるようにと鄭夢周は心中、手を合わせた。

陽は沈んだ。李成桂とその特攻隊は闇を縫って進んだ。途中三度、倭賊に遭遇した。李成桂は箭を射ること五十余発、皆その顔面を射貫き、賊は弦に応じて斃《たお》れた。芳遠も、部下の士卒も猛射に次ぐ猛射を重ねた。

敵の本陣に迫った頃、月が昇った。昼を欺くばかりの明るい月光が、彼らの存在を倭寇の目に晒した。忽《たちま》ち矢が瀑布となって射かけられた。もはや潜行は破れた。特攻隊は火箭《かせん》を以て応戦した。やがて敵陣は次々と火の手をあげ、各処で黒煙を月空に立ち昇らせた。だが、配下の者たちも敵矢の餌食《えじき》となって倒れてゆく。李成桂にしてからが敵矢で馬を失うこと二度、さらに己が左脚を射貫かれた。次第に倭賊は幾重にも包囲の輪を成していった。李成桂は矢創《やきず》をものともせず数騎と突出して白刃を揮《ふる》った。たちどころに八人を斬り捨て、大音声を響かせた。

「怯者《きようしや》は退《ひ》け。我、且《まさ》に敵に死せんとす」

萎《な》えかけていた士気が甦った。彼の将士は勇を鼓し、殊死《しゆし》して戦った。その時である。

「父上、あれをっ」

やにわに芳遠が叫んで、片箭の鏃《やじり》で前方を指し示した。軍神、彼を愛すと云うべし、独《ひと》り芳遠のみは乱陣に無傷であった。李成桂は我が子の促す彼方に視線を投げた。

銀河に駆け上る下弦の月を背に、数騎の武者を従えて、白馬の鎧《よろい》武者が駆けている。馬上、槊《ほこ》を鮮やかに舞わせながら倭寇の雑兵《ぞうひょう》を指揮するその敵将は、年纔《わず》かに十五、六かと見えた。兜《かぶと》の下の顔は月光に白く輝き、既報された通りの端麗にして玲《れい》瓏《ろう》たる美貌である。

「阿只抜都か！」

李成桂も思わず叫び声を放った。すかさず彼の手は火箭をつがえている。が、その火明かりが目印となったか、先に矢を射たのは、即座に槊を小脇にかいこみ弓弦《ゆづる》を引いた少年将軍のほうだった。李成桂はわずかに首を傾けて避《よ》けた。矢は金属音をあげて彼の兜牟《とうぼう》をかすめ飛び去った。

「天晴《あっぱ》れなり」

再び叫んだ。彼《か》が騎射の見事さよ。その佼倆に加え、匂うような若さ、女と見紛《みまご》う美貌。色鮮やかな甲冑に身を固めた姿は凛々《りり》しくもあり、美神の化身かとも思われる。

「敵ながら惚《ほ》れ惚《ぼ》れするほどの若武者ぶりではないか。殺すには惜しい。生け擒《ど》りにできぬか」

「父上、なりませぬ。もし阿只抜都を生きたまま捕らえようとするなら、我が軍の被害は甚大なものとなりましょう」

我が子の声に微かな嫉《そね》みの響きを聞いた。だが、その言には理ありと認めざるを得ない。

「よし。父は奴の兜を狙おう。兜落ちなば、芳遠、おまえは面を射よ」

云うが早いか李成桂は強弓を彎《ひ》いた。びゅっと弦音高く放たれた箭は、言を違《たが》えず少年将軍の兜を射落とした。続いて芳遠が渾身《こんしん》の力で筒射した片箭が、その白い喉元へと一直線に吸い込まれてゆく。李成桂の目に、仰のけに落馬する阿只抜都の姿がはっきりと焼きついた。

倭寇の陣中に動揺が走った。

李成桂は従卒の一人を顧《かえり》み、遉《さすが》に昂《たかぶ》りを抑えきれぬ声で命じた。

「直ちに本陣に伝えよ。阿只抜都は死んだ、と」

彼我《ひが》の形勢は逆転した。高麗軍は歓呼をあげて荒山の敵陣に突撃した。かたや倭寇の士気は忽ちにして衰え、僚兵の死体を置き捨てて退却していった。流れ出る血は荒山の山肌を赤く染めて不吉な血岩《ピバウイ》の名を残し、さらに渓谷へと流れ込んだ。『高麗史節要』は云う。

「川流、尽《ことごと》ク赤ク、六七日変ゼズ。獲馬一千六百余匹、兵仗《へいじょう》算ナシ。初メ倭衆、我ニ十倍シ、唯《た》ダ七十余人、智異山ニ奔《はし》ルノミ」

尾根を埋め尽くす夥《おびただ》しい屍《しかばね》の中から、阿只抜都が見つかったとの報《しら》せが齎《もたら》された

のは、戦いの趨勢《すうせい》が明らかになって間もなくのことである。

「何、生きているだと」

李成桂は芳遠と顔を見合わせた。果たして然《しか》り、彼らの前に運ばれてきた少年将軍は、意識こそ失っていたものの、慥《たし》かに息をしていた。李成桂は目を凝らして喉元を凝視した。奇怪なり、矢創など何処《いずこ》にも見当たらぬ。さては芳遠の矢が咽喉を貫いたと見えたは錯覚で、落馬は彼の箭が兜を射当てた衝撃によるものだったか――矢創はおろか、しみ一つない白く細い優美な首である。そのうえ、部下のかざす炬火《たいまつ》に照らし出された阿只抜都の顔の、ああ、なんという美しさであろうか。羽扇《うせん》の如き睫毛《まつげ》、高貴な鼻梁《びりょう》、あえかに開かれた薔薇《ばら》の朱唇……李成桂は心が妖しくざわめきだすのを抑えることができなかった。彼以上にギラギラする瞳で倭寇の少年将軍を見下ろしているのが芳遠であった。突如、芳遠は阿只抜都に飛びかかると、その手足を縛った縄を解《ほど》き、鎧を脱がせ始めた。

この場に居合わせた諸将は、次の瞬間、一様に息を呑んだ。鎧の下から現われた薄墨の小袖の胸元が、まろやかなふくらみを帯びて盛り上がっていたのである。

芳遠は大きく息を吸うと、李成桂をひたと見据えて、臆することなく言い放った。

「父上、この女をわたしに賜《たまわ》りとう存じまするっ」

鄭夢周が帷幕《いばく》に駆けつけた時、すべては終わった後だった。戦陣用の簡易寝台に美しい少女が無惨にも縛りつけられて横たわり、李成桂は悠然と着衣を整えていた。芳遠は、一糸まとわぬ少女の傍らに寝そべって、幕舎に入室した鄭夢周を見ても己が半裸の姿を隠そうともしない。出陣直前、その顔に輝いていた純粋な至誠は失われ、妙なふてぶてしさが代わりに居座っていた。

「これは何としたことか、巡察使」

鄭夢周は声を尖《とが》らせた。彼は開京の王宮へ捷報《しょうほう》を知らすべく状啓《じょうけい》を書くのに忙殺されていたのである。阿只抜都が無傷で捕獲され、しかも女人であり、それを李成桂が芳遠に与えたとは、状啓を書き終えた後になって知ったことであった。

「うろたえる勿《なか》れ、従事官よ」

応える李成桂からも、いつもの謹厳実直な色が消え、名状し難い邪《よこしま》なものが取って代わっているようであった。

「敵将を辱《はずかし》めるは古来より武人の習いである。すなわち男は殺し、女なればこれを犯す」

尊大な口調で云った。彼は芳遠の願いを拒まなかった。十四歳ともなれば女の味を覚えてよい頃である。それが己が力で討ち取った敵将となれば、男としてこれに勝る〝初陣《ういじん》〟はない。我が子よ、よくぞ申した。見事、父の前で犯してみよ。そう焚《た》きつけた。

阿只抜都は最初のうちこそ抵抗したが、次第に緊縛された肢体をなまめかしくくねらせ、肌に汗を浮かばせて、妖しい声をあげていった。それを見ているうちに、李成桂のほうがたまらなくなった。かろうじて息子が初陣を飾ると、若さに任せ第二戦に及ぼうとするのを引き剝《は》がし、今度は父自らがのしかかった。

「なんという──」

鄭夢周は措辞《そじ》を失った。文人と武人、その踰《こ》え難い深淵を覗き見る思いだった。

その時、けたたましい笑い声が幕舎を揺るがした。首を起こして、全裸の少女──阿只抜都が狂ったように哄笑《こうしょう》し始めたのだ。面を覆っていた黒髪が左右に分かれ、鄭夢周《なんじようもっ》は少女の顔を初めて目の当たりにした。瞬間、彼は驚きの声を抑えられなかった。何条以て忘られよう、その琥珀色の瞳を。三年前、彼が日本に使行した時に遭遇せし怪異、いや悪夢の中で、骸骨に犯されていたあの少女ではないか。

「事成れり。仁山妙義の運命は、おまえたち父子に移されたり」

少女は笑いを止め、鄭夢周の解せぬ日本の言葉で云った。解さぬは李成桂、芳遠とても同様である。何の、今になっての恨《うら》み言か。父子そろって唇辺に薄笑いを浮かべた。

「仁山妙義のさだめなれば——」

少女は構わず続けた。

「おまえは君《くん》を討つだろう。そして己が君となるであろう」

李成桂に云い、その琥珀色の瞳は次に鄭夢周に向けられて、

「さらには、同志と袂《たもと》を分かってこれを殺し——」

最後に芳遠を見据えて断じた。

「君の座を脅かす者は、弟であろうと手にかけるに憚《はばか》らざらん」

そして再び狂笑をひとしきり迸《ほとばし》らせると、敬虔《けいけん》な表情になって空に叫んだ。

「帆月丸、麻耶はようやくおまえの元へ参りますっ」

舌を嚙み切る鈍い音がした。少女の唇の端から、糸のように細い一条の血がツッーッと流れ落ちてゆくのを、三人の高麗人は声をなくして見つめていた。

荒山大捷は李成桂一代の武功であった。これを以て彼の威信は頂点に達した。高麗王朝に不動の地位を築いたのである。八年後、王命により明を討つべく出撃した李成桂は、鴨緑江中洲《おうりよくこう》の威化島《いか》で突如軍を返し、王都開京に突入して禑王を廃する。

鄭夢周は当初、李成桂の支持派に名を連ねた。が、彼の意図が単に改革にとどまらず、野心、すなわち易姓革命《えきせい》にこそあると知るや、高麗王朝に忠を尽くすべく、反李成桂派の領袖《りようしゆう》となって戦いを挑んだ。そして芳遠の放った暗殺者の手にかかり、非業の最期を遂げるのである。

かくして、倭寇がその滅亡を悲願とした高麗王朝は、建国五百年を目前にして崩壊、李成桂が自ら王となって新王朝を開いた。李氏朝鮮《りしちようせん》王朝――李朝これである。芳遠は後に、王位を巡って二人の弟を容赦なく殺戮し、李朝第三代王の座を手に入れた。訓民正音《くんみんせいおん》の創製で知られる名君世宗《せそう》大王は、芳遠の子である。

法名・仁山妙義――鎌倉幕府を滅ぼして征夷《せいい》大将軍となり、袂を分かった忠臣・新田義貞《にったよしさだ》を討ち、叛旗を翻した弟・直義《ただよし》をも毒殺した足利尊氏の廟所《びようしよ》は、洛西《らくせい》は衣笠山の麓《ふもと》、等持院《とうじいん》に在《あ》る。

怪異高麗亀趺《こうらいきふ》

一

月のない夜であった。

まもなく日付も変わろうかという頃おい、鄭夢周《ていむしゅう》の屋敷を訪れた若い女がある。目鼻立ちの繊細に整った美女で、透《す》き通った肌が夜目にも清雅に輝くさまは、白壁《はくへき》の如《ごと》くであった。一見、良家の子女かと見える気品を備えながら、﨟《ろう》たけた妓生《キーセン》のような妖《あや》しさを漂《ただよ》わせてもいる。背後には二人の侍女を従えていて、これがまた双花と称すべき美しい女たちである。

「侍中《じちゅう》さまは、ご在宅でございましょうか」

女は涼やかな声音《こわね》で訊《き》いた。

侍中――正確には守門下《しゅもんか》侍中という役職は、現代の言葉で云えば副首相に相当する。すなわち恭譲《きょうじょう》王四年（一三九二）四月、鄭夢周は高麗《こうらい》王朝第二位の権臣であった。

「どちらのお女中なりや」

門前に足を運んだ家令は、訝《いぶか》しみながらまずそれを問うた。使いの者であろうが、若い女が出歩く時間ではない。

「王宮より参りました」

声をひそめ女は云《い》った。

家令はうなずいた。国王殿下が、かかる時刻に、かかる宮女を密かに派遣しても、何ら不思議ではない昨今の緊迫した政治情勢下なのである。

「お入りになってお待ちくださいませ。閣下はまもなく戻って参りましょう」

「お出かけ？　どちらへ？」

「はい。本日は昼過ぎから門下侍中李成桂《りせいけい》さまの屋敷へお見舞いに」

「しまった！」

だしぬけに女は叫んだ。かなぐり捨てるという表現が適切なほど、楚々《そそ》とした表情、上品な所作は一変した。慌ただしく二人の侍女を見やり、

「今夜がその時かもしれぬ。行くぞ」

男っぽい、きびきびとした言葉遣いになって促《うなが》した。

「どちらへ――」

家令が呆気《あっけ》にとられている纔《わず》かな間に、三人の女は忽ち《たちま》姿を消した。

「や、お待ちを」

俄《にわか》に胸騒ぐものを覚え、家令は門から往来に出てみた。その目に映じたのは、何と三十人に垂《なん》んとする白衣の女の群れが白波のように暗闇の彼方《かなた》へと駆け去ってゆく――夢幻の如き光景であった。

二

揺れる鞍《くら》の上で、鄭夢周は幾度も舌打ちした。

〈――話にもならぬ〉

李成桂の屋敷をようやく後にしたところである。見舞いに行ったはずが、酒席が用意され、思いがけず長居となってしまった。重ねた酒盃が彼を昂揚《こうよう》させ、いつにもまして戦意をかきたてさせている。

〈やはり李成桂は、高麗を滅ぼすつもりなのだ――〉

その確信を得たのが何よりの収穫だった。なれど、さはさせじ。それがためにも、一日も早く李成桂を追い落とさねばならぬ。酔いにもかかわらず頭は冴《さ》えていた。馬上、鄭夢周は李成桂排斥《はいせき》の策を練《ね》り始める。

武臣李成桂と文臣鄭夢周――。高麗の功臣として、かつては親密これに過ぎざるはなき間柄の二人であった。李成桂は女真族《じょしん》と倭寇《わこう》の討伐に赫々《かくかく》たる名を挙《あ》げ、鄭夢周はその従事官として戦場を共にした。それが縁で二人は互いの才能を敬し合い、盟友となり、深い信頼関係を築き上げるまでに至った。

——風采ノ佳《よ》キハ華峰《かほう》ノ鷹

——智略ノ深キハ南陽《なんよう》ノ臥龍《がりよう》

当時、鄭夢周は李成桂をそのように絶賛して憚《はばか》らなかった。因《ちな》みに南陽ノ臥龍とは諸葛孔明《しよかつこうめい》のことである。

李成桂は四年前、大国明《みん》を討てとの王命を拝し、十万の軍を率《ひき》いて首都開京《かいけい》を出撃、北伐の途《と》に就《つ》いた。半島の小国が、大陸の大国に討ち入るのは、史上空前の壮図《そうと》である。それには、次のような経緯があった。

——百年以上もの間、高麗の宗主国はモンゴル人の元《げん》であった。高麗の王は、モンゴル人の大元皇帝から高麗王に任命され、モンゴル女を王妃として迎え、生まれた麗《らい》蒙《もう》混血児が次の高麗王として即位した。その繰り返しで星霜《せいそう》を閲《けみ》した。しかるに元の力は衰え、漢《かん》民族の明にとって代わられた。輒《すなわ》ち、二十四年前の西紀一三六八年、南《なん》京《きん》において皇帝の即位式を挙げ、国号を大明と定めた英傑朱元璋《しゆげんしよう》は、元の首都である大都《だいと》（北京《ペキン》）を陥落させて中国からモンゴルの勢力を一掃したのである。だが、元は北に退《しりぞ》いただけであり、抑《そもそも》の本拠地たるモンゴル高原に今もなお健在であったから、高麗王朝内では、これまで通り元に仕えるか、あるいは新興の明を新たな宗主国と仰《あお》ぐかで内紛を生じた。

李成桂、鄭夢周を重用した恭愍《きようびん》王は徹底した反元政策を推《お》し進めた。しかし次なる禑《ぐ》王は一転して親元の立場を闡明《せんめい》した。そんな折りに起きたのが「鉄嶺《てつれい》問題」である。鉄嶺以北の地は元の影響下にあったが、明はこれを完全に自国領として組み入れると高麗に通告してきた。明白な領土侵略である。禑王は明を対手《あいて》に一戦を交える決意を固め、ここに史上空前にして絶後の征明軍が組織され、その指揮が李成桂に委《ゆだ》ねられたのであった。だが李成桂は、鴨緑江《おうりよくこう》の中洲である威化《いか》島で軍を返した。抗命だ。のみならず、その反転軍を以《もっ》て首都を逆撃、禑王を廃して、己《おのれ》の意のままになる新王を擁立したのである。

李成桂のこのクーデターまがいの行動を、鄭夢周は敢《あ》えて支持した。明を新たな宗主国として仰がなければ高麗に未来はないと、鋭くも洞察し、展望もしたればこそである。李成桂は鄭夢周という知恵袋を得て、土地制度改革などに着実な成果を収めていった。彼の行動は、しかし次第に専横《せんおう》に走り、王権を蔑《ないがし》ろにするようになった。

かくて二人の間には隙《げき》を生じた。李成桂は不気味な急進改革派の首領であり、鄭夢周は彼に対抗する勤王派の領袖《りょうしゅう》として担《かつ》がれた。日に日に権力を強めてゆく李成桂を、鄭夢周は巧《たく》みに牽制《けんせい》し、その伸長を阻《はば》むべく腐心した。かつて盟友であった二人は、今や互いを敵として認識し合っていた。その権力闘争は水面下で熾烈《しれつ》に行なわれた。

かかる折り、李成桂が狩猟中に落馬して重傷を負った、との報が伝わった。しかも場所は、首都開京を遠く離れた海州《かいしゅう》である。この好機、などて逃すべき。鄭夢周は直《ただ》ちに強権を発動して、李成桂派の権臣たちを次々と左遷、罷免《ひめん》に追い込んでいった。だが、あと一歩のところで彼の企図《きと》は頓挫《とんざ》した。李成桂の息子、という以上に謀臣として怪物的手腕を発揮する五男の李芳遠《ほうえん》が、急ぎ李成桂をかごに乗せ、夜を日に継いで帰京させたからである。

見舞い――というのは口実であった。鄭夢周は李成桂の負傷の程度を見極め、延《ひ》いてはその胸中を探るべく、彼の屋敷に自ら足を運んだのである。実際、李成桂の顔色は勝《すぐ》れなかった。怪我の身を強引に遠路はるばる搬送されたのだから当然であろう。寧《むし》ろ、迅速果断な手を打った李芳遠の存在を、鄭夢周は李成桂以上の強敵として見直さないではおれなかった。見舞いの礼にと、彼のため酒席を設けたのも李芳遠である。酒宴、その実、互いの肚《はら》の探り合いであった。この時、鄭夢周五十六歳、李芳遠は二十六歳の若者である。

静かに盃《さかずき》を交わしながら、李芳遠は、後世『何如歌《かじょか》』と呼ばれる一篇の詩を賦《ふ》した。

世の中は　とてもかくてもあるものぞ
万寿山《まんじゅさん》の蔦葛《つたかずら》　絡み合えるも世のすがた
われらも　かくは手を取りて　長き月日を楽しまん

いろいろありましょうが、ともかく手を携えてゆこうではありませぬか——和解、いや李成桂陣営への誘いかけである。

〈話にもならぬ〉

鄭夢周は密かに舌打ちした。自分が李成桂派に取り込まれてしまったが最後、高麗王朝は滅亡するしかない。李成桂の狙いが、かつて高麗が新羅《しらぎ》を滅ぼした如く、高麗を滅ぼして自ら新王朝を開き、その王たらんとするにあることを鄭夢周は確信した。

——士たる者、何ぞ二君に事《つか》えん！

この時、彼の胸中に「一片丹心《いっぺんたんしん》」の四文字が、炎で刻印されたように赤々と燃えあがった。その言葉は、十五年前、彼が倭国に赴《おもむ》き京都は仁和寺《にんなじ》の僧房に泊まった際、夢に現われた帆月丸《ほづきまる》なる倭寇の若者が、謎の自決を遂《と》げる寸前に口にした言葉であった。

鄭夢周は詩を返した。

この命惜しからず　百たびも死に死にて
曝骨《さらぼね》は塵《ちり》あくたに　魂もまた消ぬともよし
君に　捧げし一片丹心の　いかでか移ろわん

完全なる訣別宣言であった。

〈……どう出てくるか〉

今、馬上に揺られながら、鄭夢周は李芳遠の次なる一手を考えている。なろうことなら李成桂の身体が不自由なうちに、とどめの一撃を加えてしまいたいものだが――。

「どうした？」

彼は従者に声をかけた。馬が歩みを止めていた。石橋の半《なか》ばである。

「閣下」

馬の轡《くつわ》をとる従者は、震える声で前方を指差した。

鄭夢周は見た。暗闇の中から、四、五人の影が歩み寄ってくるのを。彼らは右手に長剣を引っ提《さ》げていた。

〈おのれ、芳遠め〉

彼は卒然と悟った。「一片丹心」の詩が彼の訣別宣言なら、李芳遠の詩は最後通牒《つうちょう》であったことを。しかし、あの若者がここまで迅速かつ荒っぽい手段に訴えてこようとは、さすがの鄭夢周も想像だにしなかった。

「光靖《こうせい》」

彼は鋭く呼んだ。

「ご懸念には及びませぬ」

従者の傍《かたわ》らを歩いていた男が、いささかも動ぜぬ声音で応じ、佩《は》いていた剣をすらりと抜き放った。朴《ぼく》光靖は鄭夢周の護衛にあたる剣士である。剣の腕は開京一と云われ、鄭夢周は彼に全幅の信頼を寄せて、どこへ行くにも影のように随《したが》わせていた。

「しばらくお待ちくださいませ」

さながら道を塞《ふさ》ぐ倒木を取り除きにゆくように事務的に云うと、前方の刺客《しかく》たちに向かって悠然と歩み寄ってゆく。

その背を頼もしげに見送っていた鄭夢周の目が、数秒後、驚愕に大きく見開かれた。数個の影に取り囲まれ、殆《ほとん》ど同時に刃光が閃《ひらめ》いたと見るや、朴光靖の身体から勢いよく血潮《ちしお》が噴《ふ》き上がったのである。

三

「首を斬れ」

趙英珪《ちょうえいけい》は配下の者に命じた。彼自身は、鄭夢周の血を吸った剣を鞘《さや》に斂《おさ》めたところだ。

胸を斬られて落馬した鄭夢周の死体は、石橋の上に転がっていた。流れ出す血が石畳をみるみる濡らしてゆく。

「慎重にな。顔に傷つけるなよ」

死体の首に刃《やいば》を振り下ろそうとしている手下に、趙英珪は注意を与える。斬られた首は翌朝、「逆賊」と墨書《ぼくしょ》した立て札とともに市中に公然と晒《さら》されることになっている。誰の目にも鄭夢周の首だとわかるよう、傷などつけてはならなかった。

すべては李芳遠の指示であった。鄭夢周が応ぜぬようなら、その帰り道を先回りして斬るよう命じられていた。「一片丹心」の詩を聞くや、趙英珪は配下の者を促し、帰途にある善竹橋《ぜんちくきょう》で待ち伏せていたのである。

「こいつらの首はどうしますか」

手下の一人が、橋上に絶命している護衛剣士と従者の死体を指して訊いた。

「捨て置け」

趙英珪は短く答えた。彼は李芳遠に養われる剣客である。かつて倭寇の捕虜となり、数年を日本で過ごした。この間、倭寇に心服帰順した如く装《よそお》って剣を習得した。古来、高麗には剣術が存在せず、徒《いたずら》に棒を振り回すことの延長でしかなかった。これに対し、倭寇は剣を能く遣《つか》った。ために倭国仕込みの剣術を以て、趙英珪は、開京一の剣士と称される朴光靖を容易《たやす》く斬ることができたのである。

鄭夢周の首が胴体を離れて転がった。趙英珪はそれを足で止めた。首は、手下に持参させた革袋の中に収められた。

「長居は無用。行くぞ」

そう声をかけて踵《きびす》を返した時である。彼は気配を感じて振り返った。

橋のたもとに、いつのまに、そしてどこから出現したのか、白衣の女たちが立って、こちらを静かに見つめていたのである。一瞬、趙英珪ほどの剣客が、背筋に冷たいものを覚えて、ぞっとなったほどだった。女たちは孰《いず》れも若く、現実離れした美しさを備えており、しかも三十人を数えようかという大集団であった。

「――遅かった」

「――遅かったわ」

呟《つぶや》きは重なって、小波《さざなみ》の如く夜気を不気味に震わせた。

「お前たち、何者だ」

思わず趙英珪は叫んだ。さなきだに、殺害現場を見られたとあっては生かしておけぬ道理である。

と、女たちは一斉に背を向けた。

「追え」

趙英珪は手下に命じ、自らも女たちの後を追撃したが、彼女たちの足はこの世のものとは思えぬほど速く、忽《たちま》ち闇に呑まれて、一人として見えなくなった。

四

三月《みつき》後――大明暦でいう洪武《こうぶ》二十五年（一三九二）七月十七日、高麗門下侍中李成桂は寿昌宮《じゅしょうきゅう》に於《お》いて王位に即《つ》いた。恭譲王は廃位され、原州《げんしゅう》に配流《はいる》された。西紀九一八年、地方豪族だった王建《おうけん》の創始した高麗王朝は、四百七十四年間、三十四代の王を以て、ここに滅びたのである。代わって李朝――李氏《りし》朝鮮王朝が成立したが、もっとも、この時点で朝鮮という国名は定まっておらず、李成桂が宗主国の明から王として冊封《さくほう》されたのでもなかった。厳密に云うならば、李成桂は朝鮮国王になったのではなく、高麗の国事の臨時代行者たる「権知《けんち》高麗国事《こくじ》」というのが正式の名称であった。明へ王朝交替を告げる国書に彼自身がそのように称している。高麗に代わる新たな王朝の国号が明によって「朝鮮」と決定されるのは翌年のことである。また、南の漢《かん》城《じょう》に遷都するのはそのさらに翌年のことであり、この時の王都は輒《すなわ》ち高麗の首都である開京であった。とまれ、李朝五百年の幕は、この七月十七日を以て上がったのである。

「百官羅拝シ、鼓ヲ撃チテ萬歳ヲ呼ブ。門下左侍中裵克廉《はいこくれん》ラ、乃《すなわ》チ合辞シテ其王位ニ即カンコトヲ勧ム。成桂、固辞スレドモ退カズ。勧進スルコト益々切ナリ。是日、成桂、寿昌宮ニ詣リ、遂ニ推戴セラレテ王位ニ即ク。王、御座ヲ避ケテ楹内《えいない》ニ立チ、初メテ群臣ノ朝賀ヲ受ケ、六曹判書《ろくそうはんしょ》以上ヲシテ昇殿セシメ、輔弼《ほひつ》ノ任ヲ尽クサンコトヲ諭ス。又夕命《ま》ジテ前朝中外ノ大小臣僚ヲシテ職ヲ領スルコト旧ノ如クナラシム。尋《つ》イデ其邸ニ還ル」

史書は、即位当日の模様をそう記《しる》している。

即位式を無事に終え、李成桂が私邸に戻ったその夜、異変は起きた。

寝ついて間もなく、趙英珪は異様な叫び声を耳にして寝床から飛び起きた。彼は、鄭夢周を亡き者にした功績を認められて李芳遠の身辺警固の最高責任者に擢《ぬ》かれ、李成桂の屋敷で寝起きをともにしていた。

叫び声は、番兵のあげた断末魔の悲鳴であった。侵入者——趙英珪が一瞬にしてそう判断し得たのは、剣士としての勘であったろうか。

「皆の者、出合え！　出合え！」

大音声《だいおんじょう》を張り上げて屋敷じゅうに危急を知らせ、且《か》つ配下の者を急《せ》かすと、趙英珪は寝衣のまま剣を掴んで中庭に躍《おど》り出た。

即位の当夜である。いつにもまして庭には篝火《かがりび》が多く焚《た》かれ、番兵も不慮に備えて増員されている――。そこかしこで已《すで》に剣戟《けんげき》が始まっていた。

「おおっ」

趙英珪は瞠目《どうもく》した。甲冑《かっちゅう》に身を包んだ番兵たちに果敢に斬りこんでいるのは、女の集団であった。白衣をまとった若い美女軍団、輒《すなわ》ち彼が鄭夢周を葬り去ったあの夜、現場の善竹橋に忽然《こつぜん》と現われ、忽然と消え去った謎の女たちが今、新国王の屋敷に襲撃をかけてきたのである。

あの夜以来、彼女たちの存在を趙英珪は片時たりと忘れたことはなかった。鄭夢周の屋敷を訪れ、家令の口から、主《あるじ》が李成桂のもとへ向かったと聞くや直ちに去った女たちがいた、と聞き出してはなおのこと。

しかも女の一人が残した「今夜がその時かもしれぬ」という謎の言葉を吟味《ぎんみ》すれば、彼女たちは予《あらかじ》め鄭夢周が暗殺されることを知っていたとしか思われぬ。

あり得ぬことであった。鄭夢周の暗殺は李芳遠の独断かつ即断であって、その決定が下されたのは「一片丹心」の詩を以てだ。それを女たちが知るはずはない。単に時間的にそうだというだけではなく、あらゆる状況から見ても。

〈不気味な女たちだ――〉

彼はそのことを李芳遠に告げ、李芳遠の厳命もあって配下を四方に放ち、女たちの探索に努めたが、その行方は杳《よう》として摑めてはいなかった。

乱戦が展開されている。女たちは武術、就中《なかんずく》、剣術を心得ているようであった。素早く、機敏で、しかも無駄のない動きで剣をふるい、番兵たちを次々と刃にかけてゆく。白い衣が優雅に舞い、剣光が閃くと、仰《の》け反《ぞ》る番兵の身体から血流が虹のように噴き上がる。女たちは屋敷の奥へ奥へと進もうとしていた。

「おのれ、牝犬どもめ」

趙英珪は怒号を放つと、先頭を走る女の前に立ち塞がり、唐竹割《からたけわり》に剣を斬り下げた。いくら剣術に秀《ひい》でているとはいっても、所詮《しょせん》は女の細腕、しかも趙英珪の剣の腕は倭国仕込みである。女は盛大な血飛沫《ちしぶき》をあげて、真っ二つになって転がった。

それを手はじめに、趙英珪は獅子奮迅《ししふんじん》の立ち回りを演じた。何しろ女は数が多い。右に駆けては斬り、左に転身して斬り、斬って斬って斬りまくった。

しばらくすると、彼の手下たちが続々と駆けつけ、さらに番兵たちも数を増す。形勢は逆転、女たちは多勢に無勢に陥《おちい》った。が、それで怯《ひる》む者は一人としていない。

「——李成桂、李成桂は何処《いずこ》！」

「——逆賊成敗！」

「——おのれ、李成桂、出て参れ！」

若く美しい顔に満々たる闘志を刷《は》き、次から次へと凄絶な斬り死にを遂げてゆく。

女たちの数は見る見るうちに減じた。趙英珪は、はっと心づいて叫んだ。

「これ以上殺すな。生け擒《ど》りにするのだ！」

女剣客集団の狙いは、李成桂の命にあるらしい。ならばなおのこと、その素性《すじよう》を暴き、彼女たちを遣わした者が誰なのか突き止めねばならぬ。

趙英珪の下知《げち》に応じ、彼の部下たちは剣で囲みを作り、女剣士たちを一人また一人と包囲の輪に追いこんでゆく。

女たちは思いもよらぬ行動に出た。

「――む、無念っ」

「――李成桂の走狗《そうく》ども、我が死にざま、その目に焼き付けよ」

血へどを吐くように叫ぶや、手にした剣で己《おの》が首筋を掻《か》き切り、ある者は左胸に突き立て、ある者は大きく開けた口に剣尖《けんさき》をするすると押し込んで項《うなじ》へと貫通させ――思い思いの方法で自決していったのである。

さすがの趙英珪も言葉を失って、呆然《ぼうぜん》と立ち尽くすのみであった。

五

「——一人、生き残ってございます」

趙英珪が李芳遠に報告したのは、翌日の夕刻である。

こともあろうに即位の夜、新王の命を狙って三十一人の女刺客集団が屋敷に侵入した一件は、しかし人心の動揺を誘う恐れありとして、徹底的な箝口令《かんこうれい》が敷かれ、表には一切洩《も》れなかった。

王宮の新たな主の座に昇った李成桂は、この十八日、何事もなかったかのように振る舞い、事実、極《きわ》めて多忙であった。王朝の交替を報ずべく使者を明へ派遣し、これまでの軍制を廃して義興親軍衛《ぎきょうしんぐんえい》を創設し、諸道の兵を一族および大臣たちに分領させた。また、高麗王朝における政令法制の得失を具《つぶさ》に上申させた。——事件とは関わりなく、新王朝は出帆したのである。

父に代わり、警固、防諜を管掌《かんしょう》したのが李芳遠である。

「で、容態は?」

その女は番兵の刃を浴びて負傷、失神し、自決する機を逸したらしい——趙英珪から聞いて、李芳遠は真っ先にそう訊《たず》ねた。

「重態でございます」

「絶対に死なすな。生かして、口を割らせるのだ」

李成桂には八人の男子がいる。上から順に芳雨《ほうう》、芳果《ほうが》、芳毅《ほうき》、芳幹《ほうかん》、芳遠、芳衍《ほうえん》、芳蕃《ほうばん》、芳碩《ほうせき》である。すなわち李芳遠は五男に過ぎない。しかも李成桂は、後妻から儲《もう》けた末子の芳碩をことのほか可愛がっており、まだ十歳の芳碩を世継ぎとして冊封するのではないかと専《もっぱ》らの評判だった。にもかかわらず李芳遠は、謀略家としての大いなる信任を父王から勝ち得て、兄弟を差し置き、自ら実質上の後継者然と振る舞っていた。

趙英珪の見るところでも、八王子の中で最も王者に相応《ふさわ》しいのは李芳遠である。この先何があるかわからない。いずれは王になるお方。だからこそ我が主と見定め、鄭夢周暗殺のような汚れ仕事を命じられても、汲々《きゅうきゅう》として従っているのだ。

「女が死ねば、おまえの命もないと心得よ」

「畏《かしこ》まってございます」

「――一命は、取り止めました」

そう報告できたのは、事件から十日近くが過ぎた頃であった。

「されど、頑《がん》として口を割りませぬ」

口を割らぬどころか、意識を取り戻すたびに舌を噛み切って死のうとする。危なくて猿轡《さるぐつわ》を外せない。ということは食べ物を口にできないわけで、このままでは早晩、餓死あるいは衰弱死するのは目に見えている——と趙英珪は苦渋の声で付け加えた。

「かような次第で、もはやそれがしの手には負いかねまする」

「そうか——」

李芳遠が考えを巡らしていた時間は短かった。彼は手をぽんと叩いて云った。

「では、妖術に頼ろう」

——安巴堅《あんはけん》。

それが妖術師の名であった。まだ若い。しかも夢見るようにけぶった瞳と、貴族的な高い鼻、紅薔薇《べにばら》の蕾《つぼみ》を思わす赤い唇——少女と見紛《みまご》うばかりの美少年である。迚《とて》ものことに妖術師とは思われぬ外貌だった。

「代々、安巴堅の名を襲名し、歴代の高麗王家に仕えて参ったそうな」

訝しむ視線を向ける趙英珪に、李芳遠が答えた。美少年は靨《えくぼ》を浮かべて微笑するばかりである。

「で、高麗から李家に乗り換えてきたと?」

「そういうわけだ。父上は殺してしまえと仰《おお》せられたが、おれが止めて引き取った。妖術が使えなくとも、他に使い道はあるからな」

李芳遠は淫《みだ》らな目をして、妖術師を舐《な》めるように見た。

「ご案じ召されますな、王子さま」

安巴堅は艶《つや》っぽい目を返し、しかし少年ならではの凜《りん》とした声で云った。

「必ず王子さまのお望みに応じてご覧に入れましょう」

「頼んだぞ」

李芳遠はうれしげにうなずき、趙英珪に命じた。

「さあ、案内《あない》せよ」

六

地中へ下る階段は、きっかり三十段。短い通路が延び、その先が土牢になっている。四壁に蠟燭《ろうそく》の炎が揺れ、中は存外に明るい。

「この女か」

李芳遠は歩み寄った。

牢の中央に、直径六尺ほどの円卓が置かれている。腰ほどの高さで、石造りの頑丈なものである。その上に全裸の女が、四肢を大の字に引き伸ばされて磔《はりつけ》にされていた。一糸まとわぬ——と云えないのは、右肩から左脇腹にかけて包帯が厚く巻かれているからだ。毎日取り替えられている包帯は清潔そのものであった。女の両手首、両足首を縛った縄は、円卓の四つの支脚にしっかりと結《ゆ》わえつけられている。

女は直径一寸ほどの青竹を横啣《ぐわ》えにさせられていた。青竹の両端に穴通しされた縄が後頭部に回されて結ばれ、口から吐き出せないよう固定されている。猿轡である。

「ほう、美女ではないか」

青竹に朱唇を無惨に割り開かされ、頰はこけ、眉間《みけん》に深々と皺《しわ》を刻んでいたが、それでも女の美《し》しさは損なわれていなかった。肌には艶があり、肉感的である。そのような姿勢を強いられているにもかかわらず、乳房は椀を伏せたように盛り上がり、ふるふると震えるその白い肉の頂《いただき》で、可憐な薄紅の肉苺が羞恥をたたえて揺れていた。

「鄭夢周の家令をしょっぴいて、面通しさせました。今夜がその時かもしれぬ——そう申した女に間違いないそうでございます。すなわち、この女こそ女剣客団の指揮官かと思料《しりよう》されまする」

趙英珪は云った。

「指揮官か。指揮官が虜囚《りよしゆう》の辱《はずかし》めを受け、こうして下の毛まで男の目に晒してしまおうとは、フフフ、死んでいった三十人の部下たちに、どんな申し開きもできまいな」

李芳遠はそう云って、剝《む》き出しになった女の恥毛を指先で無造作に撫《な》で上げた。

青竹を嚙まされた女の口から声にならぬ叫びが迸《ほとばし》った。のみならず、縄も千切《ちぎ》れよとばかりに、緊縛《きんばく》された裸身を激しく揺さぶりたてる。しかし縄は空《むな》しく軋《きし》むだけだ。

「いっそ喋《しやべ》ってしまえよ」

李芳遠は世にも優しい声で云った。

「おれは李芳遠。李成桂の息子だ。いずれ父を継いで王になる男さ。その寵姫《ちようき》となって面白おかしく暮らそうとは願わぬか」

女は何度も首を横に振り、動物的な唸《うな》り声をあげて、威嚇《いかく》するように李芳遠を睨《にら》む。

「成程、これは手強いな」

李芳遠は趙英珪に向かってうなずいてみせると、安巴堅を見やり、

「この牝狼、どう喋らせるというのだ」

と不審げに訊いた。

「口に嵌《は》めた竹をお取りください」

美少年が進み出た。

「本当によろしいのですか」

趙英珪は李芳遠に念を押した。猿轡を外したが最後、女は即座に舌を嚙みきって死ぬはずである。

「是非もないわ」

李芳遠は点頭した。

趙英珪は壁際に控えていた獄卒を呼び、青竹を口腔に固定させている縄を小刀で切断させた。

「李成桂に呪いあれ！　その宗族に災厄あれかし！」

女は口から青竹を弾《はじ》き飛ばすと、満腔の思いを込めて呪詛《じゅそ》の叫びを迸らせた。そして舌を長々と伸ばし、上下の歯を一気に嚙み合わせたのである。

ぶちっ。

厚手の生地が裂《さ》けるような音がして、女の舌片が抛物線《ほうぶつせん》を描いて飛び、臍《へそ》の上にびちゃりと落ちた。

口腔からは激しく血が噴き上がっている。

妖術師が袖を翻《ひるがえ》した。白い粉が吹雪《ふぶき》のように乱れ舞い、女の口に流れ込んでゆく。白粉は血を吸って粘液状となったが、不思議なことに、舌を嚙み千切った痕《あと》からの出血はそれきり止まったようであった。

妖術師は云った。

「中国伝来の血止めの薬粉にございます。これで女の命に別状はございません」

「そうは申せ――」

と李芳遠は憤《いきどお》りを隠さぬ声で、

「舌を失った者に如何《いか》にして喋らすのか」

「それを今からお見せいたしまする」

妖術師はするすると着衣を脱ぎ捨て、あっというまに全裸になった。当然のことながら両の乳房を欠き、陽根がぶら下がっているとはいえ、しかし、どこか艶《なま》めかしさを感じさせるそれは裸身であった。

呆気にとられる李芳遠と趙英珪の視線を気にも留めず、全裸の美少年は円卓に登り、舌を嚙み切った女の上にのしかかった。陽根はいつのまにか猛々《たけだけ》しくそそり立っている。

妖術師は、緩慢な手つきで、緊縛された女体を愛撫し始めた。それほどの手管《てくだ》とも見えなかったのに、軈《やが》て女の肌がうっすらと汗ばみ、桜色に紅潮し出した。さらに――縄で括《くく》られた四肢が悩ましげにくねり、舌を失った口から奇怪な声が断続的にあがるまでになった。李芳遠と趙英珪は、奇怪な儀式でも見守るように、妖術師の前戯を凝視したままだ。

妖術師は右手を女の股間に滑らせた。すぐに抜き出された指先には、透明な液体が糸を引いてたっぷりとすくいとられている。満足げな笑みが美少年の顔に浮かんだ。左手を添えて陽根を女の股の間に進め、黙々と女を犯し始めた。

女の喘《あえ》ぎ声が次第に激しさを増した。その声と調子を同じくして、美少年の腰遣いも速さをあげてゆく。

女が全身を弓形に仰け反らせ、喚《わめ》き声を撒《ま》き散らした。同時に美少年は腰を引き、陽根を女の蜜壺から抜きあげた。と、粘液にまみれ、湯気さえあげそうな陽根の先端から白濁の液が勢いよく射出された。二度、三度と飛んだ白い液は、女の腹部に落下した。正確に云えば、臍の上に落ちていた舌片に命中したのである。

「あ」

李芳遠と趙英珪は期せずして声を揃えた。白濁の液にまみれた舌片が動いたからだ。陸に上がった小魚のもがきにも似た、生物的なうねりだった。その先は、李芳遠も趙英珪も言葉をなくして見守るばかりである。ありえぬことの連続なのだ。まず以て舌が変形した。白濁の液を吸収して肥《こ》え太り、見る見る形を変えたそれは、一匹の――というのも変だが――陰茎であった。亀頭部が発育して皮も剝けている。尺取虫のような動きで女の腹部を這《は》い始めた。

「おいで」

妖術師がやさしく声をかけた。と、陰茎は這うのを止《や》め、目のあるものの如く妖術師を振り返った――というか、正確には身体を馬蹄形《ばていけい》に彎曲《わんきょく》させたのである。

妖術師が手を差し延べると、陰茎は掌《てのひら》に乗り移った。妖術師はもう一方の手で陰茎を愛撫する。すると陰茎は伸び始めた。これは勃起したのである。指先で押して硬さを確かめると、妖術師は身体をずらし、陰茎を女の股に持っていった。

射精の寸前で陽根を引き抜かれた女の蜜壺は、恨《うら》めし気にぽっかりと空洞を空《あ》けているようであった。

導かれた陰茎は、蛇が小穴に入りこむように、自らの力で割れ目の中にぬるりと没し去っていった。

「もっと」

女が叫んだ。その声は、舌を失った口からではなく、たった今、陰茎が潜り込んだ陰唇から聞こえた。李芳遠と趙英珪はぎょっとして女の股に耳を寄せた。

「もっとじゃ、もっとしてたも、貴方の熱いのを妾《わたし》に注ぎこんでおくれ」

二人は顔を見合わせた。間違いない。何ということか、陰唇が喋っている！

「こ、これはどういう理屈だ、安巴堅」

李芳遠の顔色は真っ青だ。

妖術師は涼やかに微笑して答えた。

「ご覧いただいた通りです、王子さま。舌を移植したまで――下の口に」

「し、舌を……」

「この口は何でもよく喋ります。聞きたいことをお訊ねになってみてください」

つられて李芳遠は問うた。

「女、名は？」

二枚の大陰唇が、唇の如く開閉した。

「金新朝《きんしんちょう》、妾の名は金新朝じゃ。さあ、もっとしてたも！　してたもれ！」

七

「あの女刺客集団、高麗の手の者にございましたぞ、父上」

李芳遠の報告を李成桂が受けたのは、事件から十日が過ぎた七月二十八日のことであった。この日、李成桂は門下賛成事《さんせいじ》の尹虎《いんこ》が所有する別邸に移っていた。女刺客たちの正体が判然としない以上、自邸では警固に不安があり、そのうえ、まだどれほどの数の仲間が潜《ひそ》んでいるかもしれず、その目を欺《あざむ》くためにも、やむを得ざる措置であった。

「やはりそうであったか」

李成桂はうなずいた。予想していたことである。彼のやったことは易姓《えきせい》革命なのだ。前王朝が衰えたので、天が命じて新しい王朝を樹立したまで。しかし、滅ぼされた旧王朝の側からすれば、彼はれっきとした叛逆《はんぎゃく》者であった。恨まれて当然なのである。

「一味の員数は、きっかり三十一人。どうか枕を高くしてお休みくださいませ。残党は一人だにおりませぬ」

「して、誰が遣わした者どもじゃ？」

父の問いに、李芳遠は奇妙な顔になって押し黙った。

「謎かけか。ならば当ててみせよう」

李成桂は鷹揚《おうよう》に云った。考えるまでもないことだ。

「大方、鄭夢周の手の者であろう」

かつての盟友でありながら、敵対者にまわり、挙句《あげく》の果てに非業の死を遂げた男を偲《しの》びつつ、李成桂はその名を口にした。

李芳遠の首が横に振られた。

「高麗王にございます」

「ほう、あの名ばかりの王どもに、命を投げ出して忠誠を誓おうという女剣士たちがいたとはな。で、どの王だ。禑か、昌《しょう》か、それとも瑶《よう》か――」

李成桂は驚き混じりに云った。禑とは、彼が四年前、威化島から回軍して廃した王である。代わって即位させたのが息子の昌だ。といっても九歳の少年に過ぎなかったから、これも一年余りですげ替え、二百年近くも前の王の血を引く王族の瑶を強引に王座に引き上げた。これが、彼の建国即位により高麗最後の王となった恭譲王である。禑と昌は已《すで》にこの世の者ではなく、瑶は原州に配流したばかりであった。

「ふむ、どれも釈然とはせぬが、存命しているのは瑶ただ一人。なれば、瑶の手の者であろう」

やっかいな瑶を処刑する格好の口実ができたわいとほくそ笑みつつ、李成桂は云った。

李芳遠はまたしても首を左右に振った。

「何？　違うと申すか」

「その三人の孰《いず》れでもございませぬ」

「云え、芳遠。これ以上わしを焦《じ》らすな」

それでも李芳遠は、その名を口にすることを憚《はばか》るように、

「これはあくまで、生き残った女の申しておることにございますれば――」

「ええい、もったいぶるなと申したではないか。誰なのだ、女剣士どもにわしを襲わせた高麗王とは？」

「おうけんにございます」

「何？」

おうけん、おうけん……李成桂は首を傾げながら、頭に描いた高麗王系図を逆に辿《たど》っていった。その音に「王建」の二字を当て嵌めるまでに数秒の時間を要した。

「芳遠よ、わしを愚弄するか！　王建といえば、高麗太祖《たいそ》ではないか」

太祖――すなわち、高麗王朝の創始者である。

「わたしではございませぬ。あの女がそう申しているのです」

李芳遠は、自身も不可解だといわんばかりに顔を歪《ゆが》めて答えた。

「たわけ！　王建は今から四百年以上も前の高麗王ぞ。それがどうして、このわしに刺客を送れるというのだ」

「その時代から来た――金新朝と名乗る女はそう申しておりまする」

「その時代――芳遠、そんな戯言《ざれごと》、おまえほどの男が信じるというのか」

「わたしも最初は一笑にふしました。女め、何を偽《いつわ》りを申すか、と。されど、聞けば聞くほど、作り話とは思われず――」

八

『何、我が高麗は、五百年もたぬと仰せられるか！』

王建は逆上した声をあげた。

その日は、彼が待ち望んだ日であった。すなわち西紀九三六年九月、長年の宿敵であった後百済《ごくだら》が降伏してきたのである。

王建は新羅憲康《けんこう》王三年（八七七）、松岳《しょうがく》（開京）地方の豪族の子として生まれた。その頃には新羅の国運も傾き、各地で叛乱が頻発していた。彼は、叛将の一人である弓裔《きゅうえい》の帷幄《いあく》に身を投じてのしあがり、後に弓裔を追放して実権を掌握、九一八年、王位に即き、開京を王都に、国号を高麗とした。

だが、この時、衰えたりとはいえど新羅はまだ存続しており、さらに今一人の叛将である甄萱《けんけん》の建国した後百済が勃興していた。つまり半島には高麗、新羅、後百済の三つの国が鼎立《ていりつ》し、新羅が半島を統一する以前の、高句麗《こうくり》、新羅、百済が三つ巴《どもえ》の死闘を演じた三国《さんごく》時代の再現となったのである。

王建は半島の再統一を目指して粘り強く戦いを続け、昨年に新羅を滅ぼし、一年の時を経て竟《つい》に後百済をも制圧するを得た。すなわちこの日は、半島が再び一つに統一された記念すべき佳日であった。この偉業を成し遂げた今年、彼は還暦を迎えていた。

王建は眠りに就く前に道詵《どうせん》大師を呼んだ。百十歳になるとは思われぬ矍鑠《かくしゃく》たる足取りで大師はやってきた。

道詵大師は新羅末期の高僧にして、風水地理の大家——すなわち妖術師であった。

憲康王に招聘《しょうへい》され、新羅王宮で仏法を説いたこともある。しかし、彼に関する最も有名な挿話は、高麗太祖としての王建の出現と建国を予言したことに尽きるであろう。すなわち西紀八七五年、松岳地方を巡歴中だった道詵は、土地の豪族王隆《おうりゅう》を訪れ、二年後に、将来聖人となる男児が生まれるゆえ、建と名づくべし、と言い残して去った。果たせるかな、二年後、妻の韓氏《かんし》は男児を出産した。王隆が道詵の指示通り命名したのが王建であるという。

史書では、道詵は八九八年、七十二歳で昇天したことになっている。了空《りょうくう》禅師という諡号《しごう》を贈ったのは孝恭《こうきょう》王で、如何に彼に対する新羅王室の崇敬厚かりしかを知ることができるが、その死は実は偽装であった。前年、父の王隆を亡くした王建を密かに支《ささ》うべく、彼は道詵としての自己を葬り去ったのである。王建を支えるとは、王建の影の参謀となって近侍《きんじ》し、新羅王朝を倒し、王建を太祖とする新王朝を、果ては統一国家を樹立することである。爾来《じらい》、三十八年、彼の〝予言〟は実現した。いや、実現させたというべきか。

『お呼びでございましょうか、殿下』

『大師、そなたの予言は見事成就《じょうじゅ》された。されど――』

と王建は貪欲な顔で云った。

『わしは知りたい。王となり、三国を統一したからこそ知りたいのだ』

『何なりと』

『わしの高麗王朝は、如何ほど命脈を保つのであろうか』

道詵の傑出した予言能力の高さは、彼の著作である『道詵秘記』『道詵明堂記』『鄭《てい》鑑録《かんろく》』が、二十一世紀になった今日もなお、韓国で広く読まれていることを以て如実に証明されよう。就中《なかんずく》、『鄭鑑録』は李朝の出現と滅亡を予言したもので、李朝政府が禁書として幾度も取り締まったものの根絶するを得なかったという、いわくつきの書である。げに道詵こそは、高麗王朝のノストラダムスというべき予言僧であった。

『お訊ねあらんと、用意しておりました』

『答えは？』

『正直に申し上げて宜《よろ》しいのですな』

『わしが知りたいのは、真実のみ』

『では偽りなく述べましょう。殿下の王朝は三十四代の王が続き、麗紀四七五年――高麗建国の年より四百七十四年後を以て、李姓の者の王朝にとって代わられます。建国十八年目の今年を以てすれば、四百五十六年後となりまする』

『何、我が高麗は、五百年もたぬと仰せられるか！』

王建は逆上した声をあげた。

『新羅は九百九十二年存続したぞ。千年といってよい。悠久の千年国家だ。高句麗は七百五年、あの惰弱《だじやく》な百済ですら六百七十八年もった。孰《いず》れも五百年を超しておる。千年とは望まぬ。せめて五百年は続かせたいと願っておったが……』

『天命か』

『天命にございますれば』

『さよう。殿下が王になられたのも天命ならば――』

『わかった。もうよい』

王建は力なく手を振り、道詵の口を閉じさせた。自分に関する限り予言は的中した。ならば何を以て高麗滅亡の予言を退け得よう。

『……………』

道詵は痛ましい目で王建を見守るばかりである。輝ける三国再統一の日に、自分の予言により、王建は憂慮を抱え込むことになってしまったのだ。四百五十六年先の、なすすべもなき深憂を。これに過ぎる気苦労はないであろう。覇業を成し遂げた創始者ならではの心痛、屈託というべきか。

『易姓革命か――』

うつろな、だが諦めきれぬ未練を残した声で王建は云った。

『李姓の者、と仰せになられたな』

『李成桂なる者にございます』

『李成桂』

『麗紀四七五年第七の月、空から李成桂の大王が降ってくる。鄭夢周が雄々《おお》しく戦いを挑むも、善き竹の橋にて血は流される。高麗は恥辱にまみれて滅び、開京は李成桂の王都となるであろう——これが拙僧の得し忌《い》まわしき予言詩にございまする』

『鄭夢周、そは何者か？』

『予言詩の内容より判断するに、李成桂の易姓革命に立ち向かう高麗の忠臣かと思われまする』

『ふうむ』

王建は額《ひたい》に手をやり、長い間考え込んでいたが、やがて口を開いた。

『では大師、鄭夢周が勝ち、李成桂が敗れれば、我が高麗はその先もまだ続くことになろう』

道詵は首を横に振った。

『予言では、李成桂が勝つことに』

『予言を、いや、天命を変えるのだ』

『天命を変える？　如何にして』

『鄭夢周に援軍を送る――鄭夢周を援《たす》け、李成桂を滅ぼすのだ』

『援軍を送る、誰が？』

『このわしがだ』

『……四百五十六年後に？』

『大師――』

王建は必死の形相で訊ねた。

『できぬか』

刹那《せつな》、道詵は莞爾《かんじ》と笑った。まるで王建がそこに想到するのを待っていたかのような晴れやかな笑みであった。

『往時は知らず、今や拙僧は老いました。されど――』

道詵は振り返り、

『これへ』

と呼んだ。

『――ただいま参ります』

鈴音のような応《こた》えがあり、扉が音もなく開いた。恭《うやうや》しい挙措《きょそ》で入室してきたのは、白い道服をまとった少年であった。その瞬間、光源が蠟燭《ろうそく》一つのみの薄暗い寝室が、ぱっと明るく華やいだように感ぜられた。王建は思わず瞠目した。何という美しさ。夢見るようにけぶった瞳と、貴族的な高い鼻、紅薔薇の蕾を思わす赤い唇——少女と見紛うばかりの美少年である。

『大師、この者は?』

『我が子息にございます』

『息子?』

王建は、百十歳を数える老師と、十五歳になるやならずやの美少年をあたふたと見較べた。道詵は点頭を一つ返したのみで、王建の疑問には何も答えず、

『おまえから名乗るがよい』

美少年を促した。

『安巴堅にございます』

予言僧の息子は濡れた声で告げた。

王建の疑念はさらに膨《ふく》らむ。道詵の俗姓は確か金だったと聞いている。その息子が安姓なのはなぜなのか——。だが、その答えも得られることはなかった。

『殿下の鴻業《こうぎょう》を目にした以上、拙僧の余命は長くございませぬ』

『な、何を仰せられるか、唐突に……』

王建はうろたえた。

『衰えた拙僧などより、我が子の力のほうが格段に優《まさ》ります。さよう、我が役目、いまこの時より我が子安巴堅に継がせまする。これなる子孫が代々妖術師たるの役儀を世襲し、高麗王の影の輔弼《ほひつ》をなしてゆくのです。高麗王家に栄えあれ』

一方的に宣言すると、道詵は、啞然《あぜん》とする王建をよそに、予言詩の内容と王建の願いを安巴堅に説いて聞かせた。高麗が滅びる四百五十六年後に援軍を送るという――。

その間、王建は妖しい魅力を漂《ただよ》わす美少年を見つめ、次第にその虜《とりこ》になっていった。道詵が語り終えると、彼は老師にではなく、安巴堅に訊いていた。

『どうだ、できぬか』

『ご案じ召されますな、殿下』

安巴堅は艶っぽい目を返し、しかし少年ならではの凜《りん》とした声で云った。

『必ず殿下のお望みに応じてご覧に入れましょう』

すべての準備が整ったと王建が知らされたのは翌々年の九月であった。時を超えて、四百五十六年後の世界に李成桂暗殺部隊を送り込む――その秘術の開発に、安巴堅は丸二年を要したことになる。だから四百五十四年後であるが。この間に彼の父である道詵大師は死去し、この世の人ではなくなっていた。

抜けるように青く澄んだ青空の下、王建は軍船に乗って矢の如く臨津江《りんしんこう》を下り、海上に浮かぶ無人島に上陸した。無人島――一年前までは確かにそうであった。この島を妖術開発のための研究基地としたいと安巴堅から申し出があり、王建は許可を与えたのだ。島の名を泌逸島《ひついつ》という。

『お待ち申し上げておりました』

波打ち際に出迎えた安巴堅は、少しく背が伸びたことを除けば、一年前と変わらぬ妖しい美少年ぶりであった。

王建は、彼の背後に整列した女たちに驚きの目を呉《く》れた。

『あの者たちは？』

三十人はいようか、白衣をまとい、剣を佩《は》いた、孰《いず》れ劣らぬ美貌の、うら若き女剣士団であった。

安巴堅は答えた。

『三十一人おります。忠臣鄭夢周を援け、逆賊李成桂の暗殺に向かう生《は》え抜きの女剣士たち。祖国高麗のため命を失うも辞さぬと思い定めた烈女たちにございまする』

その言葉を聞く女たちの顔が酔ったように紅潮した。祖国高麗のため――その実、安巴堅の美貌と超絶の性技の虜となり、彼のため死ぬことこそ最上のエクスタシーとまで思い定めるに至った女たちであった。

『しかし、なぜ女なのだ』

援護、襲撃、暗殺――本来は男の仕事である。王建はもっともな疑問を口にした。

『実は、わたしにもよくわからないのでございます』

安巴堅は素直に答えた。

『時は流れております。過去から未来へ。その滔々《とうとう》たる時の流れに乗って、目的とする時の河岸に上陸する――平たく申せば、これはそのような術でございます。が、なじかは知らねど男では時の流れに乗れぬのでございます。案ずるに、女にのみ許された特権――子を産む能力と何かしら関わりがあるのではないか、と。子を生《な》すとは、すなわち過去から未来への流れに他なりませぬゆえ』

『成程のう』

子を産めぬ性に属する王建は、首をひねりながらも自分を納得させたようであった。

『あれをご覧くださいませ』

安巴堅は女たちの背後につづく小丘陵を指差した。そこには夥《おびただ》しい数の石の墓標が群れをなしていた。

『時の流れに乗れず落命した男たちの墓にございます』

王建は無言で瞑目《めいもく》した。術の開発はそれほど苛酷《かこく》であったということか。

『女たちとて無傷ではありませんでした。最初、七十六人の女がおりましたが、術の習得中、四十五人が命を落とし――』

三十一人に減じたというわけである。

『死を以て国に尽くす愛国の至誠溢《あふ》れる女たち。この女剣士団を溢以死《いついし》部隊と名づけましたる所以《ゆえん》にございます。殿下、親しくお言葉を賜《たまわ》りますよう。今日は彼女たちの出陣式なれば』

促され、王建は女たちの前に進んだ。

『名は、何という』

いちばん前にいる女に訊いた。彼女が指揮官らしく思われた。

『金新朝と申します、殿下』

誇らかに女剣士は答えた。

『頼んだぞ、新朝──』

王建は一人一人に名を訊ね、餞《はなむけ》の言葉を贈った。次第に感傷が彼の胸を浸《ひた》した。

『その……女たちは、この時代に帰って来られるのだな』

肝心《かんじん》なことを訊いた。

安巴堅は涼やかにうなずいた。

『目的を達すれば即座に。しかし、自力で帰ることは叶いません。それが術の原理でございますれば。つまり李成桂の首を挙げ得たか否か、それでわかるわけです。殿下、ご懸念には及びません。古来、壮図に運不運はつきもの。彼女たちが武運つたなく失敗し、高麗王朝が滅びた場合に備え、この安巴堅、亡国の恨《ハン》をはらすべく、いま一つの妖術を開発中にございます──』

『いいえ、安巴堅さま！』

金新朝が熱情、いや恋情迸る声でさえぎった。

『わたくしたちは、必ずや成功してみせます！　たとえ如何なる犠牲を払おうとも、最後の一人が李成桂の首をとって参ります！』

再びあなたにお目にかかるために──その絶唱は胸の中で響かせた。背後の三十人が一斉にうなずいた。

王建はさらに訊いた。

『女たちの腕は?』

『ひと通り武術を学ばせました』

『その、今思いついたのだが、彼女たちが向かう時代を、少しばかり繰り上げてみてはどうであろうか』

『と仰せになられますは?』

『仮に新羅の太祖が、わしに刺客を送りこんできたとせんか。だが、容易なことでは倒せぬぞ。なんとならば、わしは高麗王だ。常に屈強の護衛隊に守られておる。とすれば、四百五十四年後の李成桂とても同じ理屈が成り立とう。しかも我が刺客は、武術の心得ありとは申せ、女たちだ。返り討ちに遭《あ》う確率のほうが高いと見ねばならぬ。だが、わしが十歳であったればどうだ。その歳《とし》のわしは、松岳の地方豪族王隆を父に持つ腕白坊主に過ぎなかった。これを仕留めるならば女であっても容易《たやす》かろう。つまり、王になった李成桂を狙うのではなく、少年李成桂を狙ってはどうかということなのだ。勿論、李成桂の生年は不明だ。それはわかっている。しかし、わしは四十二歳で高麗王となり、三国統一を果たしたのは六十歳の時だ。李成桂とて同じようなものであろう。やつが王になるのが仮に五十歳として、十歳の時を狙うとすれば、四百五十四年から四十年を差し引いた、すなわち四百十四年後の世界に彼女たち溢以死部隊を派遣してみてはどうだと、そう云っておるのだ』

『さすがは殿下。ご賢慮、畏《おそ》れ入ります』

安巴堅は如才《じょさい》なく賞賛しておいて、

『しかし、王となった年齢が不明なのは、やはり不安材料です。七十歳とすれば、四十年前は三十歳。もはや屈強の大人です。三十歳とすればまだ生まれてもおりませぬ』

『ううむ』

『成程《なるほど》、四十歳から六十歳というところが確かに妥当ではありましょうが、しかし覇業を目の前に歿《ぼっ》した亡父の遺志を、若き息子が継いで新王朝の始祖となった例もまた古今に少なからず。かの曹操《そうそう》は、魏公《ぎこう》から魏王に進んで皇帝を目前にしながら六十六歳で死に、後を継いだ子の曹丕《そうひ》が後漢《ごかん》を滅ぼして魏帝国の初代皇帝となったのは、彼が三十四歳の時でした。また、その魏に取って代わろうとした仲達《ちゅうたつ》司馬懿《しばい》も七十三歳で死に、その子司馬昭《しょう》も晋王《しんおう》まで進みながら、あと一歩というところで皇帝になる直前、五十五歳で病死。後を継いだ子の司馬炎《えん》が魏を滅ぼして西晋《せいしん》帝国の初代皇帝となったのは、彼が三十歳の時でした。どうして李成桂が、魏の文帝《ぶん》や西晋の武帝《ぶ》──すなわち曹丕、司馬炎型でないと云えましょう』

『ううむ』

『百歩譲って、殿下の仰せの通り五十歳であったといたしましても、四十年前、十歳の李成桂がどの土地で暮らしているかを突き止めるのは至難のわざです。この国土は広うございますぞ。況《ま》してその頃、果たして李成桂と名乗っていたかどうかも不明とあっては』

『うむむ』

『二年前に亡父が予言した詩から導き出せるのは、麗紀四七五年第七の月、すなわち今から四百五十四年後の七月、この開京に、標的は確かに存在している──ということなのです。忠臣鄭夢周は、おそらくその直前、四月か五月に殺されたに違いなく、とすれば、やはり四百五十四年後の年初に降下するに如《し》かずです』

『相分かった。要《い》らざることを申したようだな。放念せよ』

王建は鷹揚に云った。

『わたくしのほうこそ、賢《さか》しらな申し立てでご聖慮に泥をかけ、慙愧《ざんき》に耐えぬ思いでございます。何卒、ご寛恕《かんじょ》のほどを。か弱き女の身を案じる殿下の暖かき御心、彼女たちにも有り難く伝わったことでありましょう』

安巴堅は殊勝に頭を下げると、三十一人の女たちに向き直り、

『おまえたちはついに長い訓練を終えて、未来へと派遣されることになった。無事に任務を終えて戻れば、偉大なる高麗国王殿下から高麗英雄称号を授与されることだろう。おまえたちの暗殺行が成功することを願い、祝杯をあげよう』

女たちは、腰帯に手を伸ばし、そこに差し込んでいたものを引き出した。巻き貝の殼である。高さ五寸ばかり、細身の殼の中には紫色に輝く液体が湛《たた》えられていた。

安巴堅も、己の腰帯から巻き貝の盃を抜きあげ、

『逆賊李成桂を殺し、我が高麗王朝を守るために、乾杯！』

『乾杯！』

安巴堅の音頭で、女剣士たちは一斉に叫び、中身の液体を一気に飲み干した。

次の瞬間、王建は我が目を疑った。女たちは貝殼を抛《ほう》り投げたのだが、それは空中でみるみる大きくなって、高さ一丈《じょう》（三メートル）はあろうかという巨大巻き貝が三十一個、砂浜にでんと鎮座したのである。

『では、行って参ります、安巴堅さま』

金新朝が万斛《ばんこく》の思いを込めて云い、腰をかがめて巻き貝の中に入っていった。

『——安巴堅さま』

『——安巴堅さま』

残る三十人の女たちも彼の名を次々と口にして巻き貝の中に姿を消した。

『出撃！』

安巴堅が号令した。

すると三十一個の巨大巻き貝は、一斉に倒立し、回転を始めた。すなわち尖端《せんたん》を砂の中に埋めて、穿孔機《せんこうき》のように旋回しながら、砂煙を盛大に巻き上げ、忽《たちま》ちにしてその姿を地中に没し去ったのである。後には、砂浜に三十一の大きな穴が、ポッカリと口を開けているばかりであった。

九

「……かくして女たちは四百五十四年後、すなわち今年の開京に現われたのですが、年初に降下する予定が、手違いにより四月にズレ込んでしまいました。すなわち鄭夢周が死ぬ直前です。よって鄭夢周を援けるという目的は遂げ得ず、次なる目的——父上の暗殺を目論《もくろ》んで屋敷に斬りこみをかけてきたというわけです」

李芳遠は語り終えた。

李成桂は、馬の尿《ゆばり》をする如く長々と溜息を吐き出した。

「何ともまあ、途方もない話だ！」

「まったくです。それにしても、安巴堅の祖が道詵大師とは驚きました。しかも彼女たちを送り出した安巴堅の子孫が、四百五十四年後の今の世にもいて、同じ名を名乗るその者によって女が自白させられようとは、何たる皮肉！　まさに先祖対子孫の対決ではありませんか。ともあれ父上、お慶《よろこ》びください。暗殺部隊三十一人は潰滅《かいめつ》いたしました。一人生き残った金新朝の話では、初代安巴堅の力は三十一人を送り出すだけで精一杯だそうですから、もはや過去から次の刺客がやって来る恐れはございません。どうかご安心を」

「芳遠！」

李成桂は雷神と化した声をあげた。

李芳遠はビクッと肩を震わす。このような気迫のこもった声を聞くのは久しぶりだ。かつては戦場で幾度も耳にした声である。例えば、あの荒山《こうざん》の決戦で窮地に陥りながら、

——怯者《きようしや》は退《ひ》け。我、且《まさ》に敵に死せんとす！

と叫んで、味方の士気を神の如く甦《よみがえ》らせた時のように。

今年、李成桂は五十八歳である。

〈父上は、戦陣に臨《のぞ》んだお気持ちなのか〉

李芳遠は居住まいを正した。

「安心、と申したな。おめおめと安心するのみですませられると思うか、これが！」

「…………」

「おのれ、王建め！　四百五十年前に死んだ死人の分際で、このわしに刺客を送り込んで参るとは！」

「よいではございませぬか、父上。王建のやつ、女剣士が誰一人帰って来ぬのを気に病《や》んで、やきもきしながら死んでいったことでありましょう。それを思えば、相殺《そうさい》
「――」

「できぬわ！」

李成桂は椅子を蹴倒さんばかりの勢いで立ち上がった。

「高麗の太祖が、和寧《わねい》の太祖に戦《いくさ》を仕掛けてきたのだぞ！　返り討ちにしてやったからとてすむべきや！」

和寧――という言葉については少しく解説が要る。この時点で新しい王朝名はまだ決まっていなかった。前述した通り李成桂の正式な役職は権知高麗国事であって、これは高麗王朝の国事をあくまで臨時に代行する者という意味であり、すなわち彼は厳密にいうと今なお高麗の遺臣に過ぎないのだった。

国名の決定を遅らせていたわけでは勿論ない。李成桂の本心では、新王朝の国号を「和寧」としたかった。和寧とは、咸鏡道《かんきょうどう》にある彼の出身地の名（現在の永興《えいきょう》）である。しかしながら明を宗主国と仰ぐ以上、明の臣下たる彼が己の一存で国名を決めるわけにはいかぬ道理である。そのため史書から「朝鮮」という耳馴《な》れぬ名を探し出してきて、和寧と朝鮮、そのどちらかを択《えら》んでくださいと明に上申する予定であった。

繰り返すが、彼としては、あくまでも和寧が本命である。朝鮮とは、「箕子《きし》朝鮮」「衛満《えいまん》朝鮮」という古代国家名に由来し、孰《いず》れも中国人である箕子や衛満が半島にやって来て開いた諸侯国、すなわち中国の植民地を意味する言葉だからである。これを国名候補として添加したのは、明への阿《おもね》りからに過ぎず、当然のことながら李成桂は和寧を望んでおり、だからこそ今、息子との対話で思わずその本心が飛び出したのだった。自らを称して「和寧の太祖」と。

因《ちな》みに、翌年のことになるが、大明皇帝朱元璋（洪武帝《こうぶてい》）が択んだのは、云うまでもなく朝鮮であった。

――朝鮮・和寧ノ両号ヲ以テ命ヲ請フ。皇帝、之ヲ聴《ゆる》シ、朝鮮ノ称、美ニシテ且《か》ツ由来遠キヲ以テ、其名ヲ本トシ之ヲ祖トセシム。王（李成桂）、帝闕《ていけつ》ニ向ヒテ謝恩ノ礼ヲ行ヒ、国号改称ノ教ヲ下シ、境内ニ宥《ゆる》ス。

と史書にある。

李成桂の新王朝は、古《いにしえ》の箕子朝鮮、衛満朝鮮の如く、今また中国の諸侯国たれ――朱元璋は高らかにそう宣言したのだ。朝鮮という名を刻印することで。どのような気持ちで李成桂は、明の「帝闕ニ向ヒテ謝恩ノ礼ヲ行」なったのであろうか。

十

「暴を以て暴に易《か》う！」

李成桂は獅子吼《ししく》した。目には目を、歯には歯を、という意味である。

「で、では、父上――」

「そうだ！　我らも高麗に暗殺部隊を送り込む！　王建に分からせてやるのだ！」

李芳遠は仰け反った。何と、今度はこちらが刺客を派遣するというのか。四百五十年以上も前の、過去に！

「しかし、そのようなこと、誰が……」

「安巴堅がおるではないか！」

「あっ」

「先祖にできて子孫にできぬという理屈は通らせぬぞ。況《ま》して術は代々継承されるものであろうからな」

「なれど父上、あれは未来に下る術。父上が為さしめんと欲するのは過去に遡《さかのぼ》る術でございましょう」

「昇るも下るも同じことではないか」

直ちに安巴堅が呼ばれた。

「やれ」

李成桂は言下に命じた。やれるか、とも訊かなかった。

水もしたたる美少年――としか見えぬ妖術師は、その刹那、莞爾と笑った。まるで李成桂がそう命ずるのを待っていたかのような晴れやかな笑みであった。

「何が可笑《おか》しいっ」

李成桂は噛みつくように叫んだ。

安巴堅は優雅に点頭して、

「これまでは高麗王朝に仕えて参りましたが、今初めて新国王殿下から王命を拝し奉《たてまつ》るを得ました。それが嬉しさに、笑みが込み上げた次第にございます」

悪びれずに答えた。

内心、李芳遠はあっと叫んだ。今、自分で口にした如く安巴堅は高麗王のお抱え妖術師であった。これを嫌って、殺してしまえと命じたのは当の李成桂である。李芳遠にしても彼を私的に使っているに過ぎない。だが、李成桂の「やれ」の一言は、まぎれもなく新王による王命である。すなわち安巴堅は、新王朝のお抱え妖術師として主君を乗り換えることに見事に成功したのだ。鮮やかな転身ぶりというべきであった。

「できると申すのだな」

今更ながら恠《あや》しむように李成桂は訊く。

安巴堅は小首を傾げた。その何気ない仕種《しぐさ》からも、蠱惑《こわく》的な妖しい官能が蘭《らん》の香りのように滴《したた》り出るようである。

「未来へ下る術――これは確かに先代より受け継いでおります。なれば、昇るも下るも同じこと。要は、時の流れに乗ることなのですから。されど――」

と、さらに考え込む表情になって、

「流れに棹《さお》さすは易く、その逆は難し。過去へと遡るには、時の流れの抵抗を受けざるを得ません。当然、未来へ下るより難事となる道理でございます。四百五十年下るのと四百五十年遡るのとでは、果たしてどれだけの力の違いがあるものか……とはいえ、原理は同じ。やってやれないことはありますまい。謹《つつし》んでお引き受けしとう存じます」

「頼んだぞ」

李成桂は熱い期待を隠そうともせず、意気込んで云った。

「ただし、ある程度の時間は必要です」

「もっともだ。如何ばかり要る？」

「これは王建と殿下の――いわば太祖対決というのみならず、わたくし安巴堅にとりましても、先祖対子孫という妖術師対決にございます。意地にかけても初代に負けたくはありません。同じく二年、いいえ、その半分の一年でやってみせましょう。一年――来年の七月末日までを期限としても宜《よろ》しゅうございましょうか、殿下」

「差し許す」

李成桂は力を込めてうなずき、

「王建暗殺部隊の員数だがな、意趣返しだ、こちらも同じくぴったり三十一人としたい」

「訓練中に死ぬことも考えられますから、もう少し多めに都合していただけると助かります」

「いくらでも出す」

「部隊の訓練と術の開発のため、人目につかない場所が必要です。初代がそうしたように無人島であれば最高です」

「都合しよう。それから部隊名だが、初代の安巴堅は溢以死部隊と名づけたそうだ。何か考えはあるか。わしは仮に育八死《いくはちし》部隊という名称を思いついたぞ。国のため八たび死なんとする気概を育てるという意味だ」

「さすがは殿下。ご賢慮、畏れ入ります」

安巴堅は如才なく賞賛しておいて、

「お言葉ですが、折角の殿下の部隊です。敵と同じ理屈で命名するのは如何《いかが》なものでしょうか」

「それもそうだな。いい名が他にあると?」

「その三十一人は、謂《い》ってみれば、王建を処刑すべく過去へ遡る御使《ぎょし》たちです。これを略して処刑御使というのはどうでしょう」

「処刑御使か！　うむ、いい名だ。よし、安巴堅よ、直ちに処刑御使の育成に取りかかるのだ」

十一

できれば、初代安巴堅に因む泌逸島に訓練基地を置きたいところであったが、何しろ四百年以上も前のことである。島の所在は不明になっていた。おそらく、溢以死部隊を送り出した後、元の無人島に戻ったのだろう。

代わりに、仁川《じんせん》沖に浮かぶ別の無人島が安巴堅に与えられた。その名も誰が名づけたか密試《みっし》島という。秘術の開発実験と、処刑御使の育成試錬の場としては、まことに相応しかるべき島名ではあった。

この無人島に、二百人の大所帯が移住してきた。島の主は安巴堅。彼に従う妖術の弟子たちが十人。教官、指導兵として李成桂の兵の中から厳選された歴戦の武人が二十人。残りの百六十九人が、処刑御使の候補生たちであった。

処刑御使候補生——。彼らは正規の武人ではなかった。建国間もない時期、いかなる事態が起きるやも知れず、それに備えて正規軍の中から武人を割《さ》くことはできなかった。ましてや、過去に遡行《そこう》するという、前途にどんな障害が待っているかも分からない任務である。れっきとした武人をそのような危険な冒険には投入し得ず、その点、李成桂も冷静になってみれば、渋々認めないわけにはいかなかった。代わりに集められたのが、殺人犯、強盗犯、傷害犯、窃盗犯、放火魔、強姦犯という犯罪者たちだった。開京の監獄に犇《ひし》めいていた兇悪囚人の中から、恩赦と爵位の授与を餌《えさ》に、志願を募ったのである。

二十人の武人は、彼らの教官、指導兵であると同時に、彼らを監視する看守の役割をも担《にな》っていた。

訓練は苛酷の一語に尽きた。武術の鍛錬にはじまり、野外で生き延びる訓練、登攀《とうはん》訓練に潜水訓練……教官たちの指導は激烈で、耐えられぬ者には鉄拳が飛び、木刀が振り下ろされた。制裁は容赦がなかった。

「そんな体《てい》たらくで王建の首がとれるか！」

「おまえたちクズは、こうして李成桂さまのお役に立てるだけでもありがたいと思え！」

これで音《ね》を上げない者が出ないはずがない。脱落者は懲罰房に放り込まれた。訓練に復帰してくる者もいたが、戻ってこない者が大半だった。

彼らはどこへ消えたのか──。

時空を超えて過去へと遡る秘術、その開発実験に、いわば人間モルモットとして使われたのである。

やがて候補生たちは知った。自分たちを過去へ送り込む術が実は未完であることを。訓練から脱落すれば、その実験材料とされることを。となれば、訓練に励むより他に彼らの生き延びる道はなかった。

年が明けた。

西紀一三九三年である。

二月十五日、国号が朝鮮と決定した。

これまでの間、李成桂は処刑御使の懸案を片時も忘れたことはなかった。しかし、さらに約束期日の七月末まで、何もせず、ひたすら待ち続けるのは耐えられないことだった。高麗太祖王建に対する恨みを、朝鮮太祖李成桂は別の形で爆発させた。

一つは高麗の王族を皆殺しにしたことである。高麗王室の姓は「王」だ。王建とは、王が姓で建が名である。李成桂は疑心暗鬼にかられ、王族であると否とを問わず全国の王姓の者を根絶やしにした。現在、韓国・朝鮮に王という姓を持つ者が皆無なのはこれが原因であるという。このホロコーストは、勿論のこと正史には一行たりと記録されず、後世になって李肯翊《こうよく》の『燃藜室記述《ねんれいしつきじゅつ》』などの野史が世に暴露した。

二つには、歴代高麗王の陵墓を暴《あば》き、墓誌その他の安置物、埋葬物を一切残らず徹底して破毀《はき》し尽くしたことである。今日、高麗王陵墓群の中で被葬者の特定し得るものの殆《ほとん》どなきは、これが原因であるという。

なお、陵墓破壊の最中、一つの珍事が起きた。太祖王建の陵墓に建っていた亀趺《きふ》が、忽然とどこかへ消え去ってしまったというのである。亀趺とは、亀の形に造型された「石碑の台石」のことだ。破壊部隊が王建の陵墓へ行くと、石碑が倒れ、台座である亀趺がどこにも見当たらなかったという。この珍事は直ちに李成桂に報告がゆき、一時、王宮の話題を集めもしたが、誰もが首を傾げるばかりで、いつしか忘れ去られていった――。

四月末日、李芳遠が密試島を訪れた。父王李成桂の意を受け、進捗《しんちょく》状況を視察するのが目的である。

黒覆面に顔を裹《つつ》んだ李芳遠は、屈強の護衛を従え、主任教官の案内で島内を巡り、処刑御使候補生たちの訓練を具《つぶさ》に見て回った。

訓練の苛酷さは、さすがの李芳遠をして顔から血の気を引かせるほどであったが、覆面をしていたから、それとは誰にも気づかれずにすんだ。候補生たちが襲撃者として最強の域に育っていることは、その目で確実に納得された。

訓練の視察が終わると、百を超える数の真新しい墓石が荒涼と列する断崖を下り、崖下に穿《うが》たれた巨穴を潜《くぐ》って、地下洞窟へと導かれた。

「お待ち申し上げておりました、王子さま」

奇怪な形状の大小の鍾乳石が林立する地底空間で、李芳遠を出迎えた安巴堅は、少しく背が伸びたことを除けば、九カ月前と変わらぬ妖しい美少年ぶりであった。

「あれは何か？」

術の進捗を問う前に、彼の目は、妖術師の後ろに転がった七、八つの白い繭《まゆ》に吸い寄せられた。それは、長径が七尺ほどもあり、そんな巨大な繭など存在するはずがないが、色といい形状といい、どう見ても繭というしかない代物《しろもの》であった。

果たせるかな、妖術師は答えた。

「繭にございます」

「あんな大きな繭があるか。どんな虫が入っているというのだ」

「虫ではございません。人にございます」

「人だと？」

「あの繭は、処刑御使を過去に遡らせる、いわば時間転送装置にございます。初代安巴堅は、未来に降下させる転送装置として巻き貝を用いました。海底で長い時間、悠久の時の流れに身をまかせた結果、貝は巻き貝に進化を遂げました。巻き貝の形状は、ですから、過去から未来への時の流れ、その具象そのものなのです。初代安巴堅はその巻曲《けんきょく》を時間移動の原理に利用しました。すなわち、巻曲を元に戻そうとする力と、そうはさせじとする力との間に生じる反発力、それを時間跳躍の力としたのです。となれば、巻き貝を逆に回転させれば、つまり時の流れは逆になり、未来ではなく過去へ人を送ることができるのではないか——最初、そう考えました。しかしながら、どうしたものか失敗し、百人を失いました」

百人。こともなげに美少年は云った。

李芳遠の脳裡《のうり》に、さっき見たばかりの夥《おびただ》しい数の墓石が群れなす蕭《しょう》殺《さつ》とした光景が浮かんだが、彼は何も云わなかった。犠牲は織り込み済みなのだ。況《ま》してや処刑御使候補生など、社会のクズ、いや毒虫であった。

「そこで、わたくしなりに開発したのが、この通り、繭を用いる方法です。幼虫は糸を吐き、繭を作り、成虫となります。それが時の流れです。しからば、成虫たる人を繭に入れれば、それは時間の遡行です。過去へ行くということであり、これを——」

「原理はもういい」

李芳遠は遮《さえぎ》った。黙って聞いていると、延々と聴講を強いられそうであった。

「術は成功したのか、あるいは失敗を続けているのか。成功しているなら、どの程度まで進んでいるのだ。知りたいのはそれだけだ」

妖術師は微笑して、足元から一抱えほどもある長方形の板を取りあげた。字が彫られている。まだ真新しさが香った。

「版木《はんぎ》ではないか。それがどうした」

「ただの版木ではございません。『初雕大蔵経《しょちょうだいぞうきょう》』の版木にございます」

「何」

李芳遠は思わず叫んでいた。高麗において初めて彫られた大蔵経の版木——いわゆる『初雕大蔵経』の版木は、蒙古《もうこ》の侵入によって灰燼《かいじん》に帰したと云われている。百五十年ほど前のことだ。

「持ち帰ったと？」

「はい」

「では……」

「百五十年を遡ったのは二月《ふたつき》前のこと。三百五十年も突破し、今は四百年の壁に挑んでいるところでございます」

その時、控えていた弟子たちが告げた。

「師よ、戻って参ったようでございます」

李芳遠の目にも、巨大な繭が挙《こぞ》って、内側から振動したように映じた。

「四百年前と申せば、高麗第六代王成宗《せいそう》の時代です。何か証拠になるものを持ち帰れと指示してあるのですが、さて――」

安巴堅はそこまで続けて、弟子たちに指示した。

「繭を開けよ」

大鉈《おおなた》が持ち出され、次々と繭に切れ目が水平に入れられた。上半分を、蓋《ふた》でも持ち上げるように剝《は》がしてゆく。

手近の繭に脚を運んだ李芳遠は、中をのぞきこんで、声にならない叫びをあげ、二、三歩、後ろによろめいた。

繭の中では、人体が肉汁のように溶け、二つの眼球だけが形をとどめて漂い浮き、彼を恨めし気に見つめていたのである。

「四百年の壁、いまだ厚し──か。だが、なお三月《みつき》あり」

安巴堅が冷静に呟く声が聞こえた。

十二

すべての準備は整った、との報《しら》せが安巴堅より齎《もたら》されたのは、約束した期日と一日も違《たが》わぬ三ヵ月後の七月末日であった。時を超えて四百五十年前の世界に王建暗殺部隊を送り込む──その秘術の開発を、安巴堅は丸一年でやってのけたことになる。

李芳遠のほうでも、安巴堅に自ら告げねばならぬ重要決定事項を抱えていた。彼は直ちに船上の人となった。積乱雲が巨大な白堊《はくあ》の城砦のように浮かぶ真夏の空の下、李芳遠の乗った軍船は矢の如く臨津江を下り、彼はその日のうちに、仁川沖合いに浮かぶ密試島に上陸した。前回の訪問同様、李芳遠は覆面で顔を隠している。

「お歓び下さいませ、王子さま。苦心惨憺《さんたん》の末、我が処刑御使の秘術、最大五百年前まで遡行できるようになりました」

波打ち際に出迎えた安巴堅は、声音に誇らしさを滲《にじ》ませて云った。

李芳遠は唖然となって、妖術師の背後に視線を吸い寄せられた。砂浜には、李成桂の望んだ通り三十一人を数える屈強の男たちが整列していた。いや、これを整列といってよいものか――。ともかく男たちは整然と、砂の上に全裸で仰向けとなっていたのである。しかも、陽光に晒された彼らの一物は、孰《いず》れ劣らず猛々しく勃起していた。

処刑御使となった彼らの顔は、苛烈な訓練をやり遂げたという満足感と、想像を絶する作戦に向かう緊張感と昂揚感、戻ってくれば罪を許されるばかりか新王朝で貴族に列せられるという貪欲な期待感によって、磨きたてられた金属のように輝いていた。

安巴堅は李芳遠の視線の先を追って、説明を加えた。

「唯一の瑕瑾《かきん》は、時を遡れるのが自己の肉体のみということです。他には何一つ持ってゆけません。ま、衣類、武器は現地調達ということで何とかなりましょう」

「…………」

「素っ裸なのはそのためです。仰向けになっているのは――彼らはこれから糸を吐くからです。陰茎より噴き上げる精糸で己の身体に繭を作り、前にも一度説明申し上げましたように、時間転送装置たる繭の中で、彼らは王建の時代、すなわち前王朝の草創期へと飛ぶのです。時の流れを遡るのです」

いつもは氷のように冷静な美少年が、この時ばかりは酔ったようであった。彼は白い頬を薔薇色に上気させて、全裸の男たちに命じた。

「征《ゆ》け、処刑御使！」

「待て、安巴堅。作戦は中止だ」

李芳遠は云った。彼はこの決定を告げやるべく島に自ら足を運んだのである。

一瞬、空気が凍結したようだった。寄せては返す波の音ばかりが虚《うつ》ろに響いた。

「――中止？」

妖術師はかすれた声で訊き返した。

「是非もない。これは王命なのだ」

「これも王命のはず。お命じになったのは李成桂さまなれば」

「王が作戦を命じ、その同じ王が作戦の取り消しを命じたのだ」

「なぜでございます」

「詳しくはおれも知らぬが、どうやら無学《むがく》大師が入れ智慧《ちえ》したらしい。高麗太祖を暗殺すると歴史が変わる。そうなれば、李成桂が王になれるかどうかは分からなくなる、とな」

「それで……」

「うむ。それで父上は恐れをなしたのだ。王建を憎む余り、自分が王でなくなっては元も子もないからな。掻《か》いて腫物《はれもの》をつくるというやつだ」

掻いて腫物――藪蛇《やぶへび》ということである。

無学大師とは李成桂の仏師であり、彼がまだ一介の将軍に過ぎなかった頃に、いずれは新王朝の王となると言い当てた予言僧であった。仏教のみならず、風水地理、陰《おん》陽《みょう》図《と》讖《しん》説に長《た》け――早い話、高麗太祖王建における道詵大師が、李朝太祖李成桂にとっての無学大師なのであった。

「無学め――」

美少年は悔《くや》しげに唇を嚙み、きっと顔を振り上げて、

「お言葉ですが、王子さま。わたくしは国王殿下より直々《じきじき》に作戦を拝命いたしました。こたびの中止命令も、やはり殿下より直接お受けしとう存じまする」

「さもあろう。でなくば納得できまい。王宮へ連れてゆこう。おれの船に乗れ」

その時、処刑御使たちを監視していた教官たちが声をあげた。

「あ、貴様ら、何をする」

「戻れ、戻るのだ」

全裸の男が立ちあがり、李芳遠と安巴堅に詰め寄らんとするのを、教官たちは槍を突きつけて押し戻すべく焦《あせ》っていた。

「如何《いかが》します、安巴堅さま」

主任教官が蒼《あお》ざめた顔で指示を仰ぐ。

「ひとまず営舎に戻せ。くれぐれも軽挙妄動は慎《つつし》ませよ」

妖術師は命じ、全裸の男たちに向かって、

「無念の思いはわたしも同じだ。これより王宮に赴き、作戦の再開を国王殿下に直接具申して参る。結果は孰《いず》れにせよ、悪いようにはせぬ。わたしが帰るまで、大人しく待っているのだ」

そう云うと、身を翻して李芳遠の後を追った。彼の背に、処刑御使たちが口々に叫ぶ声が聞こえてきた。

「行かせてください！」

「やり遂げます！」

「この手で、必ず！」

「おれたちだってやれるんだ！」

「クソったれ、行かせてくれ！」

十三

「処刑御使中止の詔勅《しょうちょく》、謹んで拝命いたします」

傍《そば》で李芳遠は唖然とした。断じて納得できませぬ、無学の云うことなど当てになるものですかと、船中、あれほど息巻いていた安巴堅が、李成桂の前に伺候《しこう》するや、この豹変ぶりである。

「王建を亡き者にすれば、今の歴史も亡きものとなる――もっともな仰せ、ご聖慮に恐懼《きょうく》し、そのことに思い至らざりし我が愚かしさを恥じるのみでございます」

美少年は妖しい笑みをたたえて、しゃあしゃあと云った。

「出撃直前だったそうだな。危ういところであった」

李成桂もまた安堵《あんど》の色を浮かべている。

「畏れ入ります」

「いや、わしが迂闊《うかつ》だったのだ。怒りに我を忘れ、已《すで》に死んでおる人間を暗殺してやろうだのと、途方もないことを考えた。人間、逆上すると碌《ろく》なことを考えつかぬ。ともあれ――処刑御使三十一人、無用となった喃《のう》」

李成桂は安巴堅の目を覗き込んだ。

妖術師はうなずいた。

「毒を盛りましょう」

「それがよい。元々、生きるに値《あたい》せぬクズどもだったのだからな」

「御意。殿下の格別の思《おぼ》し召しにより、一年の余命を得たようなもの。感謝しこそすれ、これを恨むは筋違いというものにございましょう。島に戻り次第、直ちに」

「それから、処刑御使の術についてだが」

「殿下の仰せとあらば、豈《あに》、封印破棄するを憚《はばか》りましょうや」

「いや、危険だが、それゆえにこそ捨て去るには惜しい術。ただ、五百年も時を遡れるとは、いささか規模が大きすぎる。歴史を変え放題となってしまい、収拾がつかなくなる恐れがあるからな。処刑は、已に死んでいる者ではなく、今生きている者に限る、というのはどうであろうな」

「はて？」

「つまりな――不日、我が朝鮮を侵略、併合せんと欲する者が現われたとせんか」

「朝鮮を併合？　そのような不吉なこと、かりそめにも――」

「いや、あくまでも譬《たと》え話だ。その者、余程の権力者なれば、近づく隙はあるまい。

されど、少年時代であったればどうだ」

「成程、さすがは殿下。それでこそ処刑御使は有意義な存在となります」

「となると、遡る時間は五十年もあれば充分であろう。万一を慮《おもんばか》ってあと一年延長し、五十一年とするか」

「すべては仰せのままに」

かくて処刑御使の可遡《かそ》時間は、五十一年を以て上限とすることが、王命によって義務づけられたのである。

安巴堅にしてみれば大収穫であった。王のお墨付きを得て、好きなだけ人体実験を行なうことができ、その結果、処刑御使の秘術を開発するを得た。さらに中止命令に従順に従うことで、李成桂のさらなる信任を勝ち得もした。処刑御使候補生たち？実験材料に過ぎず、王の言《げん》の如く、社会にとって無用有害のクズに過ぎぬやつら。彼が失ったものなど何一つないのだった。

安巴堅は微笑を絶やさず、悠々と密試島へ取って返した。三十一人分の毒薬を手にして。

十四

「ど、どういうことだ、これはっ」

安巴堅は白衣の裾《すそ》を翻し、水飛沫をあげつつ汀《みぎわ》を疾《はし》る。つんのめるように足を止め、呆然と立ち尽くした。

砂浜には、長径七尺ばかりの巨大な贔が、巨鳥の産卵場のようにごろごろと並んでいる。その数、四十一。そして周囲には死体が散乱していた。頭を割られ、鼻を削《そ》がれ、首をねじ切られ、四肢を解体され——よほど恨みを買っていたに違いないと思われる、考えつく限りの惨《むご》たらしさ極まりない遣《や》り口で彼らは殺されていた。その数、二十。孰《いず》れも教官たちであった。

——何が、起こったのだ？

彼が不在の間に起きた惨劇。しかも、贔の存在は処刑御使の発動を物語る。では、出発したというのか。高麗太祖王建の首をとりに、四百五十年前の世界へと。だが処刑御使は三十一人。贔は四十一個。

安巴堅は狂ったように周囲を見回し、贔の間を駆け回った。無人。消えている。彼の十人の弟子たちが。

——後を追った？　処刑御使を引き止めるべく？

その時、繭の一つがぐらりと揺れて、

「安巴堅さま、安巴堅さまはおわそうや」

中から声が呼んだ。のみか、繭を突き破って片腕が伸びてきた。

安巴堅は教官の死体から短剣を取り上げると、繭に突き立て、水平に引き回した。

「おお、安巴堅さまっ」

白濁した液が繭の中から溢れ出し、全裸の男が転がり出てきた。それは、十人のうち安巴堅が最も可愛《まな》がっている愛弟子であった。

「呉牟爐《ごむろ》、呉牟爐ではないか」

「ご報告に戻って参りました、安巴堅さま」

呉牟爐は白濁の液にまみれながら、とろんと酔ったような目で云った。

「何が起きたのだ、呉牟爐」

「叛乱でございます」

「何」

「処刑御使たちが叛乱を起こし、教官たちを皆殺しにすると——」

やはりそうであったか。教官たちは、自ら窮極の殺人兵器として鍛え上げた彼らによって、いうなれば逆恨《さか》み的に、嬲《なぶ》り殺しの憂《う》き目に遭ったのだ。

「それから三十一人は、処刑御使の術を使って過去へと――」

「過去へ、王建の首をとりに行ったのだな」

「いいえ、李成桂の首をとるのだと、それは凄い剣幕で」

戦慄《せんりつ》が、安巴堅の背筋を貫いた。

――成程、まさしく叛乱！

彼らはこの一年、王建の首をとるという目的のためだけに地獄の訓練に耐えてきた。王建の首をとり、新王朝の貴族に列せられるという夢。それが、無惨にも潰《つい》え去った。ならば、自分たちの夢を粉々に打ち砕いた者、すなわち中止命令を出した李成桂を殺してやろう、そう思い立っても何ら不思議ではない。

無論、今の李成桂を殺すことなど、殺人兵器となった彼らであっても不可能というものだ。李成桂は新王朝たる朝鮮の国王として王宮の奥深く護衛兵に囲まれている。そこへ行き着くまでには、幾重《いくえ》にも張り巡らされた防衛網を突破せねばならぬ。三十一人では迚《とて》も数が足りない。

だが、彼らは余人ならぬ処刑御使だ。過去に遡れるという恐るべき超絶の異能を身につけた超人、超能力者なのである。

いみじくも、李成桂が王宮で口にしていたではないか。

――その者、余程の権力者なれば、近づく隙はあるまい。されど、少年時代であったればどうだ。

自分を念頭においての発言では、勿論のこと、なかったであろう。だが、彼がそう云っていたまさにその頃、処刑御使が叛乱を起こし、当の李成桂の少年時代に向かって出撃していったとは――嗟乎《ああ》、何たる皮肉!

呉牟爐が言葉を続けた。

「彼らは四十二年前に行くと衆議一決しました。その年だと、李成桂は十七歳。それより下の年齢であれば、相手はまだいたいけな子ども、これを殺すのは、いくら極悪非道な自分たちでも後味が悪い。といって、それよりも上の年齢になると、相手はもうれっきとした大人、難しさが増す。ぎりぎり十七歳が上限であろうと、すったもんだの末に判断したのです」

四十二年前、十七歳の李成桂はどこにいたか。国王の来歴を知らぬ者はない。双《そう》城《じょう》摠管府《そうかんふ》の役人であった李子春《ししゅん》の次男として、咸鏡道の和寧にいたことは周知の事実である。そう、己の出身地名を以て新王朝の国号たらんと欲し、しかして実現を見なかった、あの和寧だ。双城摠管府とは、高麗の宗主国であった元の出先機関で、李成桂の先祖は元々全州《ぜんしゅう》の人であったが、事情あって一族郎党もろとも高麗を脱国し、亡命も同然に元の機関に出仕したのである。李子春の代には、双城摠管府の高官にまで出世し、地方豪族としても隠然たる勢力を振るうまでに成長していた。

すなわち――。

三十一人からなる処刑御使団は、十七歳の李成桂を暗殺すべく、四十二年前の和寧に遡行したというのである。

「わたしたち十人は逃げ隠れ、辛《から》うじて難を逃れ得ました。さて、どうすべき。ここは一刻も早く、王都に行かれた安巴堅さまに急を報ずべきなれど、その間に、彼らが李成桂さまを手にかけてしまっては元も子もありません。よって是非もなく、わたしたちも四十二年前の和寧へと向かうことにしたのです。彼らの暴走を喰い止めるために――」

呉牟爐ら十人は、安巴堅の弟子であり、処刑御使の術の開発に従事した者たちであるから、術が使えたのは怪《あや》しむに当たらない。

「それからどうなったのだ」

安巴堅はもどかしげに先を促した。ここまでのところは、標的が李成桂であったことを別にすれば、彼のほぼ予想通りであった。ならば、四十二年前の和寧で何が起こったのか？　なぜ呉牟爐だけ戻ってきたのか？

その先、呉牟爐の話は、安巴堅の想像を懸絶《けんぜつ》するものであった。

四十二年前――西紀一三五一年、三十一人の処刑御使は和寧に降下した。双城摠管府を訪ね当て、十七歳の李成桂を探し求めた。

すぐに彼らは情報を得た。李子春さまの御次男なら、纔《わず》かばかりの伴《とも》を連れて、近くの川に水錬に向かわれた、という。彼らは川に急行した。そして見た――。

李成桂は、拉致《らち》されるところであった。

この年、元の順帝《じゅんてい》は、属国高麗で猖獗《しょうけつ》を極める倭寇に本腰を入れて対抗すべく、十四歳の役立たずの忠定王《ちゅうてい》を廃し、その叔父の二十二歳になる王祺《おおき》を王位に即《つ》けた。第三十一代恭愍王これである。恭愍王はこうして元の力によって高麗王に即位しながら、しかし反元政策に踏み切った民族派の王として朝鮮史に不滅の名を残す。宮廷から親元派の廷臣たちを叩き出し、元の年号使用を止め――と表立った動きは数年後のことになるが、即位の年から彼は密かに反元の種を播《ま》き始めていた。

当時、高麗の北部地方は、事実上、元の領土として併合されていたも同然だった。

その地を統治すべく元が設置した出先機関が、前述した双城摠管府である。旧領の奪還を企図《きと》する恭愍王は、高麗人でありながら双城摠管府の高官として出仕する李子春に懐柔の手を伸ばした。高麗側に引き入れ、摠管府を内部崩壊させようというのが狙いである。

この誘いを、李子春は無下《むげ》には拒《こば》まなかった。李子春で、もともとは高麗の領土であったこの地方において、元の移住者ばかりが優遇され、高麗の民が差別されている現状に不満を抱いていた。恭愍王の誘いかけは、高麗人としての彼の民族意識を覚醒に導くものであった。

両者はゆるゆると接近を続けた。その動きは、やがて元の諜報機関〝ドルジ〟の知るところとなった。ドルジは再三にわたって李子春に警告を発した。李子春は、しかし表面では従順を装いながら、密かに恭愍王との接触を保ち続けた。

かくてドルジは、李子春を脅迫すべく、その子成桂の拉致に及んだのだった。

河原では、護衛役の従者五人が已《すで》に斬り殺されていた。水錬中を襲われた十七歳の李成桂は、ドルジの工作員たちによって縛りあげられ、馬の背に乗せられたところだった。水に濡れた逞《たくま》しい少年の裸身に、縄が嗜虐《しぎゃく》的に食い込んでいる。

『殺せ！』

緊縛された少年は、気丈にも叫んだ。

『おれは誇り高き高麗の漢《おのこ》だ！　おまえたち蒙古人の辱めは受けぬぞ！　殺せ！　父上もその覚悟はできている！　おれを拉致したところで、父上が云いなりになると思ったら大間違いだ！』

『黙れ、小僧』

工作員の一人が、棍棒《こんぼう》で李成桂の頭を殴りつけた。皮膚が破れ、流れた血が少年の顔面を真っ赤に染めた。それでも李成桂は怯まなかった。

『いいか！　よく聞け、蒙古人！　いつまでも高麗を自分の所有物だと思うなよ！　高麗は歴史と文化のある国だ！　おれはその高麗民族の子だ！　父上もおれも、おまえら蒙古に命乞《ご》いなどするものか！　李成桂は、たとえ殺されても、七度生まれ変わって、高麗独立のために尽くす覚悟だ！』

三十一人の処刑御使が目撃したのは、このような李成桂であった。いや、彼らばかりではない。追撃してきた十人の妖術師も、この熱血の場面を目に入れ、不屈の叫び声を耳にした。

『面倒だ、殺してしまえ。そのほうが李子春のやつにはいい警告になるだろう』

同じ色を、同じ意志を認めると、四十一人は決然とうなずき合った——。

処刑御使団と妖術師団——対峙《たいじ》した両者は互いに顔を見合わせた。それぞれの目に

二人の工作員が薄ら笑いとともに大剣を抜き上げる。

『大口をたたきやがって。一度でも生まれ変わってみな。ほめてやるぞ』

『聞いたか、小僧。お望み通り今すぐ殺してやるからな』

工作員の長《おさ》が云った。

「何と！　李成桂を救っただと？」

安巴堅は頭がくらくらする思いで叫んだ。

呉牟爐は熱っぽくうなずいた。

「気がつけば我ら、醜き蒙古人たちを打ち倒し、李成桂さまをお救い申し上げておりました。これほどまでに熱くなったことは、一度たりとございません。まるで全身の血が滾《たぎ》りたつようでございました。ああ、これが民族の血というものであろうかと、我ら一同、共感し合ったことでございます」

共感——兇悪な犯罪者集団と、秘術を弄《ろう》する妖術者集団が！

「そして決めたのです、我ら四十一名、この時代に留まり、蒙古からの独立を標榜《ひょうぼう》

する李成桂さまを支え、お守りし、守《も》り立ててゆこうと。そのことを安巴堅さまに報告しておくべく、こうしてわたしだけ、ひとまず戻ってきた次第にございます」

「正気か、呉牟爐」

安巴堅は、熱病に浮かされたような呉牟爐の目を覗き込み、叱咤《しった》する声で云った。

「現実に我が民族は蒙古から独立したではないか。しかも、高麗独立というが、その高麗を滅ぼしたのは当の李成桂さまで、李成桂さまは今、朝鮮の王となられたのだぞ」

「だから安心して、愛国独立運動の妙味を追体験できるというものです。こんなに面白いことが他にありますか。では、安巴堅さま、ごめんくださいませ。同志たちを待たせるといけませんので。長い間、お世話になりました」

云うや呉牟爐は、いつのまにか勃起させていた陰茎から白い糸を激しく噴き出し、忽《たちま》ちその糸に全身を包まれて繭となった。

「呉牟爐、行きまーす」

その声は巨大繭の中から聞こえた。繭は一度振動し、それきり静かになった。

しばらくの間、安巴堅は塑像《そぞう》になったように動かなかった。やがて、その美しい顔に冷ややかな、自省的な微笑がそよいだ。

「だから安心して、愛国――か。成程、まったく以て真理だ。いや、病理、おれたちの宿痾《しゆくあ》とこそ云うべけれだな」

皮肉げに呟いて、繭を軽く蹴った。

長径七尺の巨大繭は、中が空洞の如く軽やかに汀を転がって、波に攫《さら》われていってしまった。

十五

李朝太祖李成桂は、在位六年二ヵ月にして王位を次男の李芳果に譲り隠退、十年後の西紀一四〇八年、七十四歳で歿した。

李芳遠は一四〇〇年、兄の李芳果から譲位され、待望の王位に即いた。李朝第三代王太宗《たいそう》これである。

その十三年（一四一三）二月五日のこと、太宗李芳遠は臨津江で水軍の演習を観戦した。倭寇の船と朝鮮水軍の船との一騎打ちという模擬戦である。倭寇の船には、実際に鹵獲《ろかく》した本物が使われた。

対する朝鮮水軍の船はいっぷう変わっていた。甲板《かんぱん》を何枚もの厚板で穹窿型《きゆうりゆうがた》に蔽《おお》い尽くし、その形状は亀の甲羅《こうら》のようであった。それではどちらが前だか後ろだか分からないので、龍の首の模型が舳先《へさき》に取りつけられている。遠目には、巨大な亀が水上に浮いているようにも見えた。事実、『太宗実録』十三年二月甲寅《きのえとら》条は、この奇怪な形状の戦船《いくさぶね》を、

——亀船《かめせん》

の名称を以て記録に留めている。

まだ勢いに衰えを見せない倭寇に対し、朝鮮水軍が考案した特殊戦船であった。かの李舜臣《しゆんしん》の亀船に先立つこと、凡《およ》そ百八十年前の史実である。

扨《さて》、倭寇の船は上流から、朝鮮水軍の亀船は下流から進み、両者が対戦しようとした時、その中間の水面が俄《にわか》に激しく波立って、巨大な甲羅が浮上した。

「ほう、二隻目か。しかも潜水するとは、如何なる構造だ」

李芳遠は、河原に設《しつら》えられた観戦席から興味深げに身を乗り出した。

だが、それは二隻目の亀船などではなかった。亀である。甲羅の全長十丈（約三十メートル）はあろうかと思われる巨大な亀なのであった。突き出された首は、亀船に取りつけてある如き龍頭ではなく、まさしく亀頭そのもので、下顎《あご》から左右二本の牙《きば》を上向きに突き出し、生ける目が無気味に動いている。

巨亀は亀船に体当たりを喰らわせた。この一撃で亀船は船体をバラバラに破壊され、哀れ、臨津江の浮遊物と化した。

倭船から轟音とともに火砲が放たれた。だが巨亀はこれをものともせず、巨大な手足で水をかいて進み、倭船にのしかかった。

一瞬で二隻を葬り去った巨亀は、河岸に上陸すると、尾を巧みに使って二本の足で直立し、虎のような雄叫《おたけ》びを放った。そして観戦席に向かって前進し、李芳遠の心胆《しんたん》を寒からしめると、まもなくその姿は消えた。夢幻ではなかった証拠に、観戦席の十間《けん》(約十八メートル)手前まで迫った巨大な足跡が残されていた。

李芳遠は療養のため平州《へいしゅう》温泉に向かう予定を取り止め、王都漢城に逃げ帰った。巨亀に対処すべく、湯治《とうじ》どころではなかった。

果たせるかな、巨亀は翌日も臨津江から姿を現わした。漢城に向かって進み、途中で姿を消した。翌日も出現、前日よりも王都に迫って消えた。

両日ともに、李芳遠は軍隊を出動させている。しかし直立二足歩行する巨大な亀に対しては、弓矢、槍など役に立たず、火砲も効果をあげ得なかった。鷹揚《おうよう》軍、龍虎《りゆうこ》軍、左右《さう》軍、上寅《じようい》軍、興威《こうい》軍——李芳遠自慢の虎の子の部隊が次々に潰滅していった。このままでは巨亀によって漢城が火の海にされてしまうのは必至である。

さらに翌日、

「かような次第で、もはやそれがしの手には負いかねまする」

ほうほうの態《てい》で逃げ帰ってきた金吾《きんご》軍の将軍が報告した。明日も出現すれば、巨亀は漢城まで到達するかと推定された。

「そうか――」

李芳遠が考えを巡らしていた時間は短かった。彼は手をぽんと叩いて云った。

「では、妖術に頼ろう」

処刑御使一件から今年でちょうど二十年が過ぎたというのに、安巴堅は二十代前半の美青年としか見えなかった。

「あの亀の正体は何か」

李芳遠は訊いた。

安巴堅は持参した水晶髑髏《どくろ》を覗き込んでから答えた。

「亀趺《きふ》、でございますな」

「亀趺だと?」

「高麗太祖王建の陵墓の亀趺――その化身らしゅうございます」

「おお、そう云えば」

李芳遠は二十年前、王宮で話題になった亀趺消失の一件を思い出し、手短に物語った。

「そんなことがございましたか。密試島に一年間籠《こ》もっておりましたから、存じ上げませんでした」

「では、その時の亀趺が――」

「金新朝という女剣士の話を覚えておいでてでしょうか、殿下。初代安巴堅は、溢以死部隊が失敗し、高麗王朝が滅びた場合に備え、亡国の恨《ハン》を晴らすべく今一つの妖術を開発中と云ったとか。それが、あの巨亀に違いありませぬ。石の亀趺をして生ける巨大亀獣に化身せしめ、亡国の恨を原動力に暴れ回らせる」

「撃ち破る術は？」

「お任せを。この術は代々継承されておりますれば、からくりには通じております」

翌日、巨亀は漢江《かんこう》から出現した。上陸して北上し、千牛軍《せんぎゅう》の精鋭を蹴散らし、竟《つい》に南大門《なんだいもん》に迫った。

門の屋根の上には、白衣を風に翻して安巴堅が立っていた。迫り来る巨亀に向かい、呪符《じゅふ》を擲《なげう》った。一片の呪符は、巨亀の額に貼りついた。と、不思議なことが起きた。
甲羅の、いわゆる亀甲紋《きっこうもん》の一つ一つに、人の顔が浮かび出たのだ。三十四の顔が。
「おお」
と叫んだのは李芳遠である。
「何と、あれは恭譲王ではないか。禑王の顔もある。昌王も見えるぞ。それから……
幼い時の記憶に間違いがなければ、あの顔は恭愍王だ」
甲羅の各処を次々に指差し、四人の高麗王の名を挙げた。恭愍王が弑逆《しいぎゃく》されたの
は、李芳遠が八歳の時の出来事である。
「やはりそうでしたか」
安巴堅はうなずいた。
その瞬間、いつものように巨亀の姿はかき消えるように見えなくなった。
「あの亀は、高麗の歴代三十四王の霊が乗り移り、操っているのです。蓋《けだ》し亡国の霊
獣と申せましょう。倒す方法はただ一つ、この霊矢を以て——」
と安巴堅は、篆字《てんじ》とも似て非なる奇怪な古代文字めいた図象《ずしょう》の刻まれた矢を李芳遠
に指し示し、

「太祖王建の眉間を射貫《いぬ》けば、あの巨亀は二度と現われません。ただし、的《まと》は王建の眉間に限ります。他の三十三王ではだめです。何より肝心なのは、失敗すれば二度目はないということです」

「無理だ！」

李芳遠は絶叫した。

「王建は四百五十年も前に死んだ。顔を知っている者など、いるものかっ」

がっくりと肩を落とし、

「処刑御使が五百年遡れるなら、急いで王建の面《つら》を拝みに行くところだが、父上が五十一年を上限としてしまわれたからなあ」

安巴堅は微笑した。

「一人、おります」

翌日も巨亀は漢江から出現した。もはやこれに立ち向かわせる軍隊を李芳遠は持っていなかった。巨亀の甲羅に浮かび上がった三十四の顔が陰気な笑い声をあげた。

巨亀は南大門に迫った。

この時、漢城の地下牢から、一人の女囚が引き出されてきた。二十一年前、李成桂を暗殺すべくこの時代に侵入し、武運つたなく目的を達成するを得ず、独《ひと》り囚《とら》われの身となっても、なお頑として朝鮮への思想転向、帰順を肯《が》ぜ《え》ずに《ん》、地下牢に繋《つな》がれ続けていた筋金入りの女闘士——金新朝であった。安巴堅の妖術によって舌を移植され、己の意志に反して自白する口に作り変えられてはしまったが、その心は——一片丹心は、気高くも、祖国高麗に捧げたままであった。

「さあ、答えるのだ、金新朝。王建の顔は甲羅のどこにある」

神弓に霊矢をつがえ、安巴堅が訊く。

金新朝の両腕は、肩から斬り落とされている。二十一年間の腕なし女である。己が手で舌を引き抜かんとするのを防ぐ、窮極の拘禁措置であった。

金新朝は激しくかぶりを振った。安巴堅の意図を見通している。しかし無惨なり、彼女の下の口が勝手に答えていた。声は哀しくも股の間から聞こえた。

「右から二番目の列、上から五番目の顔が王建さま——」

びゅうと、安巴堅の放った矢が飛んで、見事その顔の眉間に突き立った。

巨亀は消失し、二度と現われることがなかった。

翌日、破壊された王建の陵墓址《し》で、亀趺が横転しているのが見つかった。その甲羅には、不思議な文字を書き連ねた矢が突き立っていたそうである。

さらに翌日、金新朝が亀趺の上で毒盃を仰いで自ら命を絶った。彼女がそうしたいと歎願し、憐《あわ》れんだ安巴堅が李芳遠に取り次いでやって、特に許可を得たものという。

李芳遠の「何如歌」、鄭夢周の「丹心歌」は、尹学準氏の『朝鮮の詩ごころ』(講談社学術文庫)より田中明先生の訳詩を引用させていただきました。また、イ・スグァン『シルミド　裏切りの実尾島』(米津篤八訳、早川書房)、キム・ヒジェ『シルミド』(伊藤正治編訳、角川書店)の両書からも適宜引用させていただきました。謹んで御礼申しあげます。

――著者

対馬《つしま》はおれのもの

一

流砂を思わせる星々が満天を彩《いろど》り、銀の光がきらめき降りそそぐ夜だった。

「あの木陰にございます」

男の武骨な指が、闇の彼方《かなた》を指し示した。

李禂《りとう》は、その方角に視線を向けた。鬱蒼《うっそう》たる樹林が黒々と蟠《わだかま》っている。造営されて間もない景福宮《けいふくきゅう》は、人の手の入らぬ原生林が奥苑にかけて広く残されていた。

月は出ていないが、星明かりだけで充分だった。ケヤキと思《おぼ》しき巨木の根元に、星影をつややかに浴びた一対《いっつい》の人影が、ひっそり寄り添うように腰をおろしている。

五月初めの夜風は生暖かく、微《かす》かに酒の匂いが運ばれてくるのを禂は嗅《か》いだ。

「ご苦労だった。あとはわたしが――」

一旦、男を去らせかけたが、

「いや、ここで待っておれ」

命じ直すと、相手は無言でうなずき、片膝を折って、その場に控えた。

禂は胸いっぱいに息を吸い込み、決然と足を踏み出した。わざと足音を大きくたてて近づいてゆく。

一対の人影は、男女だった。男は瞳に星を映して無心に夜空を仰《あお》ぎ、その肩に頭を預けて女がうっとりと目を閉じている。眠りに落ちているものらしい。二人はともに半裸の姿だ。周囲には酒瓶《さかびん》と盃《さかずき》が転がって、一見すると、愛欲を貪《むさぼ》り合った後の生々しい残り香《が》が濃くたちこめているかに思われたが、夜気に露《あら》わになった二人の肌は、星影が白磁《はくじ》の如く照らし出しているためだろうか、意外にも清雅な感じで禑の目に映じた。

男はもうこちらに気づいているはずだ。なのに振り向こうともしない。髷《まげ》をほどき、長い黒髪を無造作に背中に垂らしている。母親譲りと評判の美貌は、その髪のせいで、いっそう女のように見えた。禑は、間近に見下ろすまでに近づき、彼を呼ぼうとした。実際に声になって出ていれば、苛立《いらだ》たしさに後押しされたその声は、叱咤《しった》に近いものとなっていただろう。だが、寸前、半裸の男が顔を向けて、己《おのれ》の唇の前に左手の指を立てた。

「起こさないでくれるかね。寝入ったばかりなんだ」

繊細な容貌に似つかわしい、やわらかな声だった。彼の右手は、眠れる女の頭をやさしく撫《な》でていた。乱れた薄絹の衣から、まろやかな乳房が透《す》けて見えている。禑は

目を吸い寄せられ、すぐに視線を逸《そ》らせると、

「兄上、どうかお慎《つつし》みください」

声をひそめ訴えた。

「慎む？　何を慎めばいいと」

「お分かりのはずです。あの者が――」

背後を振り返り、彼をこの場所まで案内してきた従者が、命じられたまま静かに控えているのを一瞥《いちべつ》し、

「わたしの手の者です。彼がこうして密かに注進に及んだからよかったものの、誰か他の者にでも見咎《みとが》められたら――」

「だったら、どうだというんだね」

彼の兄――譲寧大君《じようねいたいくん》李禔《てい》は穏やかに反問を重ねた。

「おれは、そうなったところで何も構やしないんだよ」

「お立場をお弁《わきま》えくださいと、そう申し上げているのです。かかる深夜、王宮の奥苑に女を引きずり込み――しかも、その女、例の於里《おり》とかいう、人の妾《めかけ》でありましょう」

「ほう、知っているのか。おれたちの浮き名は、堅物のおまえの耳にも入るほど盛んに流されているようだな」

「兄上——」

「如何《いか》にもこれが於里だ。さる廷臣の妾だったのを、おれが懸想《けそう》して、譲り受けた女さ」

「兄上！」

「大きな声を出すな、禑。於里が目を覚ますじゃないか。見てみろ、このあどけない寝顔を。夢の中でもおれに抱かれているつもりなんだよ」

一瞬だが、禑は気勢を挫《くじ》かれた。兄を誑《たぶら》かした淫乱な売女《ばいた》——そう思い描いていたのとは違い、彼の肩でやすらかな寝息をたてているのは童女のような女だった。

「……どうかお慎みを。兄上は王世子《おうせいし》、次代の朝鮮国王になりあそばすお立場であらせられます。このようなことばかりお続けになられていては、いつか必ず父上の逆鱗《げきりん》に——」

「触れているさ、とっくにね。いずれ父王はおれを見限るだろうよ。もっとも、おれのほうでも父上を嫌ってはいるがね」

「何ということを——」

「いいか、禑。あの男の生き方は謀略と同義語だ。やつのため、いったい幾人の血が流されたと思う？　王位に即《つ》くためなら、幼い異母弟たちを平然と殺し、同じ母から生まれた兄と争い、実父すら斥《しりぞ》けることを厭《いと》わなかった男だぞ。この身体に、やつの血が流れていると考えただけでも忌《い》まわしい。身震いしそうだよ。そんな父を——李芳遠《ほうえん》のやつを、禑よ、おまえは好きになれるのかね」

傍《かたわ》らに憩《いこ》う愛する女を気づかって、声こそ夜気をくすぐるようなやわらかさで流れ出たが、それは父に対する激烈な弾劾《だんがい》以外の、何ものでもなかった。

父——当代の朝鮮国王たる李芳遠は、太祖《たいそ》李成桂《せいけい》の五男に生まれ、若くして父の帷幄《いあく》に参画、権謀術数《けんぼうじゅっすう》を駆使し、その権力奪取に誰よりも貢献したこと、万人の斉《ひと》しく認めるところである。かくして李成桂は高麗《こうらい》王朝にとどめを刺すを得、自ら李氏《りし》朝鮮王朝を創始して初代王となったが、その父が王位を最愛の末子に譲らんとする動きを見せるや、李芳遠は叛乱《はんらん》討伐の名目を以《もっ》て果断に私兵を動員、異母弟二人を葬り去って父王に譲位を強要した。いったんは兄を二代王の座に推戴《すいたい》し、その間、政敵であったもう一人の兄との間に戦《いくさ》を交えてこれを屈服させると、完全に実権を掌握して兄王を退位させ、誰憚《はばか》ることなく三代目の王位を自分のものとした。それが十八年前のことである。

その李芳遠は、二歳年上の元敬王后閔氏《げんけいおうごうびんし》から四人の男児を得た。上から順に譲寧大君禎、孝寧《こうねい》大君補《ほ》、忠寧《ちゅうねい》大君禑、誠寧《せいねい》大君褈《ちょう》である。禎が王世子に冊封《さくほう》されたのは、十四年前、十一歳の時だったが、彼の性格は自由奔放——というより生来の奇行児であって、父王の附した学師に対し犬の物真似で応じ通すなど、帝王教育をまったく受けつけようとはしなかった。のみか厳格な宮中生活に適応できず、王宮を抜け出しては狩猟や女遊びに明け暮れた。無論、王世子にあるまじきその不品行を隠し通すことはできず、父王は幾度も激怒し、厳罰を与え、時には側近たちの責任をも問うて彼らを流罪に処すなど、更生に肝胆《かんたん》を砕いてきた。だがその甲斐《かい》なく、最近では、こともあろうに臣下の妾を愛人として、ますます風流の道に惑溺《わくでき》するありさまだった。

そんな禎の、禑は三歳年下の弟である。兄とは違って常識を弁え、学問を好み、父王の教えにも素直に従った。性格も考え方も行動も正反対の兄と弟ではあったが、不思議と兄弟仲はよかった。だからこそ禑は兄の放縦《ほうじゅう》と淫行に心を痛めずにはいられなかった。僭越《せんえつ》にも弟の立場でありながら、いや、弟なればこそ、愛する兄に対し衷心《ちゅうしん》からの諫言《かんげん》をしなければ——。ずっとそう思い定めてきた。その機会は、この夜、従者の密かな報告によって、ゆくりなくも実現したのである。

「——好きとか嫌いとか、父上を、そんなふうに考えたことはありません。好きであろうと嫌いであろうと、父親を替えることはできないのですから」

兄を諭《さと》すように、穏やかな声を出そうと努めながら祹は静かに答えた。

「おまえらしいな。現実を現実として受け容《い》れ、誠実な対処をする——」

讓寧大君は微笑した。

「だが、父は子を替えられる。王世子たるおれを廃するはずだ。それも近いうちに」

祹は声を呑んだ。その危惧《きぐ》を、祹としても抱いているからこそ、こうして気づかい、諫《いさ》めているのだ。しかし兄は、それを含んだうえでの放埓《ほうらつ》だというのである。

「お嫌《いや》なのですね、王世子であることが」

「おれは国王の器《うつわ》じゃないよ。おまえの目にだって、それぐらいわかるだろう」

「兄上は嫡男です」

「だから？」

「運命だと云《い》っているんです」

「王の長男だからって、その任じゃない者が王になるのは理不尽の極《きわ》みだ。当人にとっても民にとっても、これ以上の不幸はない。父上の後は、祹、おまえが継ぐべきだ」

「何ですって」

叫び声が迸《ほとばし》り出た。思ってもみないことだった。

「静かに」

譲寧大君は、今一度、指を唇の前に立ててみせると、

「驚くことはあるまい。父上は十中八九《じっちゅうはっく》そうお考えのはず。おれも、王にはおまえが相応《ふさわ》しいと思う。現実を現実として受け容《い》れ、誠実な対処をする。それこそ、国を率《ひき》いてゆく治者に備わるべき資質だからな」

「なぜわたしが。だって、万が一、兄上に何かがあっても、その時は――」

「補か」

孝寧大君補は、裪より一歳年上の次兄である。

「父上は容れないさ。仏教に淫《いん》したあいつなんか、おれ以上に父上にとって鼻つまみ者じゃないか」

「でも……」

裪は反論の言葉を見つけられなかった。彼らの父王は、儒学の国教化を推進し、その一方で、前王朝の国教であった仏教を徹底的に弾圧している。その息子が、こともあろうに仏教に心を寄せているなど、許し難いに決まっていた。

「だからなのですね……世子を廃されることを自分から望んで？」

「まあ、そんなところだ。さもあればあれ、というやつさ」

「でも、人の妾にまで手を――」

「於里だけは違う」

不意に、譲寧大君の声が鋭いものに切り替わった。

「そのため於里を抱いているんじゃない。これは、おれが心を込めて愛した女だ。おれは命がけで……いや、やめておこう。情痴の道に生きると決めたおれには、気恥ずかしい言葉だよ、命がけなんて」

「情痴――」

祹は小声で繰り返した。そのような不潔な言葉をすがすがしく口にできる兄は、彼の理解からは遠いところにいた。

「父は嫌いだが、祹、おまえは好きだ。おまえを弟に持ったことを、おれはずっと誇りに思っている」

皮肉など微塵《みじん》もない真摯《しんし》な声だった。

「わたしもです。なさっておられることは共感できませんが、兄上の弟でいることは、わたしにとって何よりの誇りです」

「うむ」

譲寧大君はうれしそうにうなずいた。

そろそろ潮時のようだった。禑は促《うなが》した。

「さあ、いつまでもここにいるわけにはいきません。ひとまず、わたしの部屋へ。このままでは風邪《かぜ》をお召しになってしまいます」

「そうだな、於里に風邪を引かせるわけにはいかないな。だが、起こしたくもない」

眠れる女の顔を慈《いつく》しむようにのぞきこんで譲寧大君は心を決めかねるように云った。

「ご安心を。懐良《かいりよう》なら、眠ったままで運んでくれるでしょう」

「懐良?」

「金《きん》懐良、わたしの従者です。不思議な術を心得ていて、その程度のことならお手のものですよ。兄上がここにいるのを見つけたのだって——」

禑は振り返った。

控えていた黒い影が、まだ呼びかけてもいないのに、動く気配を示した。

二

それから一ヵ月ほどを経た六月三日、王世子禔は、自ら予言した如《ごと》く父王の命により廃された。代わって世子には、忠寧大君祹が冊封された。次兄の孝寧大君補は、仏教に専心すべく出家した。

〈何と、すべては兄上の云う通りになったわけか〉

京畿道広州《けいきどうこうしゅう》に追放された兄の身を案じつつ祹は感慨を禁じ得ない。

しかし、その禎すら洞察できなかったことが二ヵ月後に起きたのだ。輒《すなわ》ち八月十日、祹は早くも王座に即き、第四代朝鮮王となったのである。父王李芳遠が電撃的に王位を譲っての即位であった。時に祹二十二歳。

創業してさほど日を経ぬこの王朝では、譲位による王位の交替劇は珍しいことではなかった。抑《そもそも》、初代の李成桂にしてからが在位すること六年二ヵ月にして次男の芳果《ほうが》へと禅譲し、芳果は在位二年二ヵ月を以て弟の芳遠に王座を明け渡した。譲位後、李成桂はなお十年を生き、芳果は六十二歳を数える今も存命である。つまり譲位は珍しくないどころか李王朝は譲位のみによって王系を伝えてきたわけである。

しかしながら、五十二歳で三男の祹に王位を譲った芳遠が、これまでの父王、兄王と違っている点があった。上王《じょうおう》となってもなお国の実権を手放さなかったことである。

「主上《しゅじょう》、未《いま》ダ壮《そう》ナラザル前、軍事ハ親《みずか》ラ聴断シ、国家断ジ難キノ諸事ハ、議政府《ぎせいふ》・六曹《りくそう》ヲシテ各々可否ヲ陳ジテ施行シ、当《まさ》ニ親シク可否ノ一《いつ》ニ参与スベキヲ命ズ」（『太《たい》

宗《そう》実録』十八年八月丁亥《ひのとのい》条）

　新王はまだ若く経験が足りぬゆえ、軍事は上王たる余自ら掌《つかさど》り、国家の重要案件は新王の独裁を禁じて諸大臣の衆議を重んじ、且《か》つ余も可否権を有して廷議に臨《のぞ》む、と宣言した——そう史書に記《しる》された如く、李芳遠は譲位しても人事権、軍事権を握って手放さず、国家の大事にも親裁する権限を留保したのである。そのうえ、新王を支える廷臣は皆、彼の息のかかった股肱《ここう》の旧臣ばかりであったから、新たに王になったとはいえ祹には、これを如何《いかん》とすることもできなかった。

〈ならば、どうして父上は突然、譲位などなされたのであろうか？〉

　首を傾《かし》げざるを得ない。これまでの通り王として国政を総覧すればそれでよいことなのに、王位を譲る必要が奈辺《なへん》にあったのか、祹には分からない。父からも充分な説明は得られなかった。

〈だが、よしとしよう。王世子とは、謂《い》わば王の見習い期間、わたしにはそれが二ヵ月余しかなかったのだ。王として、上王の下で王たるの修行をする——名ばかりの王だが、今はそれでいい〉

　謙虚にも彼は自分をそう納得させた。格段の不平は感じなかった。三男たる自分が王位に即けただけでも慮外《りょがい》のこと、以て果報とすべし、なのである。しかも天下は太平で、ことさら王の出番はなかった。臣下の上奏に耳を傾け、その通りに允可《いんか》していれば、常に政事は滞《とどこお》りなく進行していった。

かくしてその年は何事もなく暮れ、明けて西紀一四一九年となった。日本暦で云えば応永《おうえい》二十六年である。

五月七日、忠清道観察使《ちゆうせいどうかんさつし》鄭津《ていしん》からの急報が突如として王宮を震撼《しんかん》させた。倭寇《わこう》が出現したというのである。

時を移さず御前会議が開かれた。急を知らされ祹は直《ただ》ちに勤政殿《きんせいでん》へと急ぎ赴《おもむ》いた。已《すで》に主だった重臣たちが顔を揃えていた。会議を召集したのは、軍事権を握る上王の李芳遠である。

劈頭《へきとう》、鄭津の報ずる内容が披瀝《ひれき》された。さる五日暁、倭寇の船五十余艘《そう》が忠清道庇《ひ》仁県《じんけん》の都豆音串《とどんかん》に侵入し、朝鮮水軍の兵船を囲んでこれを焚《や》いた。しかし戦況は、煙《えん》霧曚暗《むもうあん》ニシテ未ダ彼我《ひが》ヲ弁《べん》ゼズ——とあった。

「今はまだこれだけだ。続報が待たれる」

李芳遠は廷臣たちを見回して重々しく云った。五十歳を超えているとは見えぬほど、その風貌は若々しい。目は常人ならざる鋭い輝きを帯び、白髪の一本だになく、その威風は重臣たちを圧し、宛《さなが》ら全軍に号令する猛将の如き迫力を漲《みなぎ》らせている。

〈父上は、戦陣に臨んだお気持ちなのか〉

禑は居住まいを正した。水際立った現役ぶりに、自分の出る幕などないと思わざるを得ない。

「全羅道都節制使《ぜんらどうとせつせいし》、忠清道都節制使からも同じく、倭寇の大船団北上すとの目撃情報が相継ぎ寄せられた。間違いない、倭寇は再び動き始めたのだ。諸卿よ、対策は急を要するぞ」

芳遠の断に異論は出なかった。直ちに緊急人事が発動された。

――成達生《せいたつせい》を京畿・黄海《こうかい》・忠清の三道水軍都処置使《さんどうすいぐんとしょちし》に、

――李恪《かく》を京畿水軍僉《せん》節制使に、

――李思倹《しけん》を黄海道水軍僉節制使に、

――王麟《おうりん》を忠清道水軍都節制使に、

――朴齢《ぼくれい》を黄海道兵馬《へいば》都節制使に、

それぞれ任命する辞令が下された。忠清道よりも北に位置する京畿、黄海の二道が防衛区域に含められたのは、倭寇がなおも北上し続けると想定しての措置である。また、各道の侍衛別牌、下番甲士、守護軍を徴集し、当番の水軍兵士とともに厳しく備えをかためるよう命令を伝えさせた。

「愚臣に策がございます」

左議政《さぎせい》の朴訔《ぼくぎん》が発言を求めた。訔は芳遠と同い年の五十三歳。だが、その髪は銀鼠の如き趣《おもむき》だ。かつて芳遠が弟王子、兄王子と二度に亘《わた》り軍事衝突するや、孰《いず》れの時も彼を佐《たす》けて功あり、佐命功臣《さめいこうしん》の号を賜り、潘南君《はんなんくん》に封ぜられた。謂わば芳遠の謀略の智慧嚢《ちえぶくろ》であり、自他ともに認める筆頭重臣であった。

「周知の如く、我が朝鮮には、王徳を慕って帰化を願い出る倭人《わじん》少なからず。その中に対馬島《つしまとう》出身の平道全《へいどうぜん》と申す武人がおります。官は上護軍《じょうごぐん》に至っておりますが――」

上護軍とは正三品《しょうさんひん》の堂上官《どうじょうかん》。帰化倭人にしては破格の待遇というべきであった。

「倭を以て倭を制す――平道全を用いるは今この時であります。彼としても、日頃の聖恩に報《むく》いるべく、勇躍して出陣するでありましょう」

芳遠は躊躇《ためらい》も見せずこの案を採用した。平道全を忠清道助戦《じょせん》兵馬使に任じる出動命令書が作成された。――以上、一通りの対策を講じ終えると、後は鄭津からの続報を待つ以外に、なすべきことはなかった。

「こうして諸卿《しょけい》の面《おもて》を眺めていても埒《らち》があかぬわ。王よ、父に従え」

上王は禍にきびきびと声をかけ、席を蹴って立ち上がった。何と王宮を出て続報を迎えようというのである。前代未聞であった。父が、如何にこの事態を重視し、国家の危殆《きたい》と見なしているか、禍にも痛いほど伝わった。

かくして御座《ぎょざ》は王宮を離れた。王都漢城《かんじょう》を出御して街道を下り、高陽県《こうようけん》の街屯院《がいとんいん》前に駐駕《ちゅうが》した。待つほどもなく、鄭津からの第二報を携《たずさ》えた使者が飛び込んできた。

続報には、戦況のその後が詳細に記されていた。それに拠《よ》れば、倭寇の船数は正確には三十八艘で、都豆音串に侵入してきた時、近海を担当する水軍指揮官の金成吉《きんせいきつ》は酒に酔って備えを怠《おこた》っていたため、兵船七艘を奪われて焚かれ、成吉の息子の倫《りん》をはじめ大半の兵士が戦死したという。さらに倭寇は勝ちに乗じて上陸し、庇仁県の県城を囲んだ。庇仁県監の宋虎生《そうこせい》は城を守って奮戦したが、辰時《ほしいまま》（午前八時）から正午まで二刻に及ぶ激戦を経て城は陥落し、城内外の民家は倭寇の擅なる侵掠《しんりゃく》を受け尽くした。漸《ようや》く掠奪の終わる頃、危急を知った舒川《じょせん》郡知事の金閨《けい》、藍浦鎮《らんほちん》兵馬使の呉益生《ごえきせい》らが手勢を率いて相継ぎ来着、干戈《かんか》を交え何とか倭寇を撃退した——というのが報告の大要であった。忠清道防衛の最高責任者は都節制使の金尚《しょう》だが、その名は報書のどこにも登場しなかった。

「無能者めが！　やつには急変に応ずべき才がないのだ！」

上王は金尚を罵倒すると、李中至《ちゅうし》を忠清道助戦兵馬都節制使に、趙蓄《ちょうさい》を同都体覆《とたいふく》使《し》に任ずる辞令を下した。

命を受けた将軍たちは、この日のうちに兵を率いて王都を出撃していった。

六日後の十三日、今度は黄海道観察使の権湛《けんたん》から飛報が齎《もたら》された。果然《はたせるかな》、倭寇は針路を北へと向けていたのである。――さる十一日。倭寇三十八艘が濃霧に乗じ海《かい》州《しゅう》の延平串《えんぺいかん》を来襲した。兵船五艘を指揮して警戒にあたっていた黄海道水軍僉節制使李思倹は彼らに包囲された。倭寇は糧食を要求し、その言い分たるや、「我等非為朝鮮来、本欲向中国、因絶糧而至此、若給我粮、我当退去矣」(『世宗《せいそう》実録』元年五月丁巳《ひのとのみ》条)

輒《すなわ》ち、自分たちの目的は中国である。たまたま食物を失ったので、かかる次第と相なっただけだ。糧食を給してくれるならば直ちに立ち退《の》こう。

さらに云う。――先日の都豆音串における戦いは、朝鮮人の側からまず手を下したのであって、我らとしては已《や》むを得ず応戦したまでである、と。

盗人猛々《たけだけ》しいとはこのことであった。

しかるに李思倹はこの恫喝《どうかつ》に屈し、吏《り》を遣《つか》わして米五斛《こく》、酒十瓶を贈ったという。味をしめた倭寇は吏を拘束、さらなる糧食を求めてくる。李思倹はこれにも応じ、米四十斛を追加支給した。ところが、倭寇は吏を返したものの、なおも船団をとどめて黄海道水軍と対峙《たいじ》中である――と権湛の報告書は告げていた。

「莫迦《ばか》め！　腑《ふ》抜けめ！　能なしめ！」

李芳遠は吐き捨てた。李思倹への罵詈《ばり》である。倭寇を撃つべく遣わされた将軍が、倭寇に命ぜられるがまま唯々諾々《いいだくだく》として米と酒を振る舞うなど、あり得べからざる失態、いや屈辱であった。

上王はさらなる人事を発令する。

――金孝誠《こうせい》を京畿・黄海道助戦兵馬使に、

――張友良《ちょうゆうりょう》を黄海道敬差官《けいさかん》に、

――李之実《しじつ》を黄海道助戦兵馬都節制使に、

――金萬壽《まんじゅ》を平安道《へいあんどう》兵馬都節制使に、
それぞれ任命した。

次々と的確に指令を下してゆく父を傍らで眺めやりつつ、なぜか禑は奇異の感に襲われていた。緊迫した気配を漂《ただよ》わせながらも、上王からは隠しきれぬ昂揚《こうよう》感が伝わってくるのだ。平たく云えば、いきいきとして、どことなく嬉しそうなのである。

〈知っておられるからだろうか、戦場を〉

建国六年目にして生まれた禑には、戦争体験がない。戦場に臨むということが感覚として摑《つか》めない。理解の範疇《はんちゅう》外にある。

かたや父は武人あがりである。幼い頃より戦塵《せんじん》の中で育った、そう聞いている。裪には祖父にあたる父の太祖李成桂に従い、各地を転戦して倭寇を撃退したのだ、と。

〈――倭寇討伐か。その時の感覚を甦《よみがえ》らせておられるのか？〉

生粋《きっすい》の武人としての血が、旧敵の復活を前に、眠りから目覚めたということなのか。成程《なるほど》、ならば説明が……いいや、つかぬ！

父から感じられる奇異の念は、もっと非合理で、底知れぬ、無気味なものだった。ぞくりと、寒気のようなものさえ覚えている自分に彼は気づいた。

不意に、兄の言葉が脳裡《のうり》に閃《ひらめ》いた。

〈――あの男の生き方は謀略と同義語だ。やつのため、いったい幾人の血が流されたと思う？〉

三

「対馬を征伐する」

翌日――五月十四日、第二回目の御前会議の冒頭、上王李芳遠は高らかに宣言した。

裪は我が耳を疑った。

「対馬を？」

思わず訊《き》き返していた。

「こたびの倭寇は、対馬の倭奴《わど》の仕業《しわざ》と判明したればです、殿下」

上王に代わりすかさず答えたのは、兵曹判書《へいそうはんしょ》の趙末生《まっせい》だった。彼こそは、軍政を掌握する上王の懐刀《ふところがたな》というべき利《き》け者である。

「黄海道兵馬都節制使の朴齡が倭寇の一人を生擒《いけどり》にして送って参りました。我が兵曹にて取り調べましたるところ、対馬島の者と自白したのでございます」

「対馬が――信じられぬ」

「本年、対馬は危機的な飢餓《きが》に見舞われ、彼らの本性である倭寇を働くべく、船団を組んで明《みん》の浙江《せっこう》を目指し出発したとの由《よし》にございます。途中、糧食が乏《とぼ》しくなり、やむなく都豆音串を襲撃することになった――と、これは権湛からの報告とも符合しております」

「だが、対馬が倭寇を働いたのは昔日《せきじつ》のことではないか」

なおも抗《あらが》うように祹は云った。

対馬が一時、倭寇の巣窟であったのは、成程、確かなことであるらしい。だが、高麗末期、李成桂と李芳遠父子の果敢な反撃に遭《あ》って、その勢力は次第に弱体化し、さらに朝鮮建国後は対馬島主を懐柔することにも成功して、両者の関係は、少なくとも禑の知る限り友好状態を保ってきたはずである。現に、毎年使者の往来が礼に則《のっと》って交わされ、交易も盛んに行なわれている。九年前、対馬島主宗貞茂《そうさだしげ》が朝鮮との修好に専心し、倭寇の禁圧にも努力しているとして、米百五十斛、黄豆《こうとう》百五十斛を贈ってやり、深甚《しんじん》の謝意を表したのは、他ならぬ時の王であった今の上王李芳遠ではないか。その後も対馬への贈米贈豆は毎年のように続けられている。

対馬が属する日本国との関係とても同様である。以前は倭寇の禁絶を求むべく縷々《るる》として日本に使者を派遣したが、二十三年前を最後に終わっていた。それは禑が生まれる三年も前のことだ。輒《すなわ》ち、高麗後期から李朝初期に猖獗《しょうけつ》を極めた倭寇の跳梁《ちょうりょう》は、この西紀一四一九年の時点において已《すで》に終熄《しゅうそく》して久しかったのである。ゆえに後の成宗《せいそう》、燕山君《えんざんくん》時代に文名高き成俔《せいけん》が、この当時の状況を指して「倭変、稍《よう》ク息《おさ》マル」と『慵斎叢話《ようさいそうわ》』に記すことになるのも宜《む》べなる哉《かな》であった。

「対馬は、我が朝鮮に恭順なる宗貞茂が島主であったればこそ平穏に治まっていた。その貞茂が死んだことは、王よ、おまえも知っていよう」

上王が自ら云った。

禑はうなずいた。ほぼ一年前のことだと記憶する。まだ王位にあった父李芳遠は、

特使を派遣し、宗貞茂の死を厚く弔《とむら》った。その祭文に曰《いわ》く、
「貞茂ノ対馬島ニ在《あ》ルヤ、威《い》ハ諸島ニ行ナハレ、国家（朝鮮）ヲ向慕シ、群盗ヲ禁制シテ数《しばし》バ辺境ヲ侵スヲ得ザラシム。故ニ其ノ死ニ特ニ厚ク賜ル」（『太宗実録』十八年四月甲辰《きのえたつ》条）

上王は続けた。
「後を継いだ子息の都都熊丸《ととくまる》とやらは、まだ幼齢という。途端に一族、重臣たちの間に内紛が相継いだ。だが、都都熊丸にはこれを抑《おさ》えるだけの権威も器量もない。そこへ今年の飢饉《ききん》だ。今、趙末生も申した如く対馬島人の本性は倭寇である。兇悍《きょうかん》野卑《やひ》な海賊である。旧に復してその卑《いや》しき本性を露わにしても、これを疑うには足りぬ」

そう説かれても禑には納得し難かった。飢饉に見舞われているのならば、まず朝鮮に米を要求すればよいのだ。それを断られたならまだしも、いきなり倭寇に変じて暴発するという短絡は解《げ》せなかった。

「対馬というのは間違いないのですね？　例の高麗の者どもを見誤ったということは考えられませんか？」

倭寇は終熄した——しかし、偽《にせ》の倭寇が今なお散発的に横行しているのだ。倭寇、その実、高麗王朝の残党たちの仕業である。

高麗が滅ぼされて二十七年。李朝に恨《うら》みを含む残党たちは、沿岸の島々を拠点に細々とながら海賊行為を繰り返していた。かつて元《げん》の高麗支配に叛乱を起こし、結果として海賊に落魄《おちぶ》れていった三別抄《さんべつしょう》の悲運をなぞるが如く、彼らも当初は高麗の復興という崇高な大義を掲げて李朝軍に挑んだものの、時の流れとともに精彩を欠き、民衆の支持を失い、戦法も正規戦からゲリラ戦となって、今では海賊も同然に成り果てているのだった。そしてゲリラゆえ、その討伐には手を焼き、未だ彼らの根絶は成し得ていないのである。

「誤認だと云うのか。あり得ぬこと。捕虜自ら対馬の倭寇と認めているのだからな」

上王はにべもなく一蹴した。

「…………」

もはや裥は反駁《はんばく》するに足る材料を持たなかった。翻《ひるがえ》って高麗の残党が自分たちを対馬の倭寇と偽《いつわ》るはずもなかった。彼らがそうしたことは一度たりともない。落魄れ果てたとはいえ、高麗復興軍の旗印を頑固にも降ろそうとはしない連中だった。そんな彼らを倭寇と決めつけているのは、実は李朝の側なのである。輒《すなわ》ち、人心が李朝に叛《はん》し高麗に寄せることを恐れ、それゆえにこそ彼らが高麗の残党だと断じて認めず、名乗ることすら許さず、一方的に倭寇の濡《ぬ》れ衣《ぎぬ》を着せているのだ。これぞ政治上の配慮というやつである。

「しかし、対馬を征伐するのは如何《いかが》なものでしょうか」

祹は角度を変えて反論を試みた。

「なんとならば、権湛の報告によると倭寇は今、黄海道に――北におります。対馬は南です。軍船は南ではなく北に向けてこそ、倭寇の撃滅を図《はか》れるのではありませんか？　なぜ対馬を？」

「王よ。だからおまえには、まだ軍事を任せられぬというのだ」

上王は冷たい眼で息子を一瞥《いちべつ》した。

父だけではなかった。重臣たちの視線までもが一斉に突き刺さってくるのを祹は肌で感覚した。

「どういうことです」

「考えてもみよ。倭寇が出撃している今、対馬の兵力、防備は虚にも等しい。この虚に乗じて対馬を殄殲《てんせん》し、寇掠《こうりやく》を終えて帰ってくる倭寇を迎え撃つのだ。これ以上の上策が他にあろうか」

「その通りですぞ、殿下。蛇のいない隙にその巣を叩き、退路を断つの策です。逃げ場を失った蛇は、以て命運を制せられたも同然と申せましょう」

趙末生が賢《さか》しらげに云い添える。

「対馬は、日本国の領土です」

禑は屈せず、弁駁《べんばく》の声を励ました。

「つまり、これは外征、日本に対する攻撃に他なりません。先方の諒解《りょうかい》もなく対馬に兵を送っては、当然ながら不和が生ずるのを免れ得ず、最悪の場合、日本への攻撃と見なされて、両国間の戦争に発展することも考えられましょう。性急に過ぎます。あまりに性急だと思うのです。対馬征伐は、あくまで倭寇の根絶、それのみに目的があることを事前に通告したうえで、慎重かつ周到に挙行すべきではないでしょうか」

「そのような時間はない」

上王はぴしゃりと云った。

「戦いには潮時というものがある。それを逃しては、勝ちは得られぬのだ」

戦場経験者らしい満々たる自信を込めた言葉だった。

傍らから趙末生がまたも口を開いた。

「日本に通告していては、征討計画が対馬に洩《も》れることも考えられましょう。殿下、この策の真価は、あくまで虚に乗ずるという、その一点にかかっているのです」

「さこそ兵法なり」

もはや祹の反論を厳封する重々しさで上王は云うと、

「では、卿らの考えを問おう」

闘志を剝《む》き出しにして、席上を見回した。

独《ひと》り趙末生のみ乗虚殲滅《じょうきょせんめつ》ノ策に賛意を表明し、朴訔以下の諸大臣はその強攻策を危ぶんだ。とはいえ彼らが祹の積極的な支持にまわったわけではなかった。

上王は己の決意を告げた。それは、

「若《も》シ掃除セズンバ、毎《つね》ニ侵擾《しんじょう》ヲ被《こうむ》リ、則《すなわ》チ何ゾ漢《かん》ノ匈奴《きょうど》ニ辱メラルルニ異《こと》ナラン乎《や》。虚ニ乗ジテ之ヲ伐《う》チ、其ノ妻孥《さいど》ヲ取リ、師ヲ巨済《きょさい》ニ退ケ、賊ノ還ルヲ待チテ之ヲ邀撃《ようげき》シ、其ノ船ヲ奪ヒテ之ヲ焚クニ如《し》カズ……弱キヲ示スベカラザルナリ。後日ノ患《うれ》ヒ、庸《なん》ゾ極ミ有ラン乎」（『世宗実録』元年五月戊午《つちのえうま》条）

という文言で史書に記されている。――虚に乗じて対馬を征伐し、倭寇どもの妻子を人質にとり、巨済島で迎撃すれば、必ず勝利を収められる。弱気は禁物である。対馬を討ってこそ、後日の憂患《ゆうかん》はなくなるであろう。

そのうえで李芳遠は、昂《たかぶ》りを抑えかねる声で宣した。

「これは、倭寇鎮圧の結末をつける最後の聖戦なのだ」

かくて衆議は一決し、対馬征伐はここに決定を見た。祹には如何《いかん》ともし難かった。

続いて征討軍の編制が議せられた。全軍を中、左、右の三軍に分けることとし、総司令官たる三道都体察使《とたいさつし》には李従茂《じゆうも》を擢《ぬ》いて、中軍の総指揮官を兼任《よ》させた。李従茂は、李芳遠と似た経歴の持ち主であった。輒《すなわ》ち、若くして弓射を能くし、高麗の将軍だった父に従って倭寇討伐に名声をあげた。後に李成桂の麾下《きか》に入って芳遠と親交を結び、三代王の座を巡って芳遠が実兄の芳幹《ほうかん》と争いになり双方の私兵が当時の王都開京《かいけい》で武力衝突した時には、李従茂が芳遠軍の実質的な指揮を執《と》って勝利に導いた。その功績を以て長川君《ちょうせんくん》に封ぜられている。つまり、上王の信任最も厚き生粋《きっすい》の武人であった。

左軍の総指揮官である都節制使には柳湿《りゅうしつ》を、右軍都節制使には李之実《しじつ》を据えた。さらに中軍には禹博《うはく》、李叔畝《しゅくぼう》、黄象《こうしょう》の三将軍を、左軍には朴礎《そ》、朴実《じつ》の二将軍を、右軍には金乙和《おつわ》、李順蒙《じゅんもう》の二将軍を副将として、それぞれ配置した。

兵力は、慶尚《けいしょう》・全羅・忠清三道の下番甲士、別牌、侍衛牌――輒《すなわ》ち水陸両軍の常備兵に加え、守城軍営属、才人、禾尺、閑良、人民、郷吏、日守からも員数を割《さ》き、さらに両班《やんばん》の中よりも有能騎船者を抜擢するなどして編制し、兵船は二百艘。以上の大軍を、来る六月八日までに巨済島北端の見乃梁《けんだいりょう》に集結を終え、待機させることとなどが一気に決められていった。

朝鮮王たる禍の出る幕はなかった。彼にできたのは、父が征討の指示を果断に下してゆくのを、暗然として見守ることだけだった。

四

かくして朝鮮王朝は、国を挙《あ》げて臨戦態勢に突入したのである。

十六日、左軍節制使の朴礎、中軍節制使の禹博が先行して王都を発した。忠清道、全羅道の兵船、軍卒、兵器を整点し、遠征軍を編制するためである。十八日には中軍、右軍が漢城を出撃し、十九日、左軍が出陣していった。

遠征の準備が上王の命令に従って着々と進められてゆく一方、今一つの厳然たる戦時措置が全土に発令された。防諜である。

已《すで》に日本とは友好が保たれて久しく、朝鮮国内には貿易商、貿易船の船乗りをはじめとする多くの日本人が、在住あるいは在留していた。朝鮮が対馬を討つべく大がかりな遠征軍の準備にかかったことは、当然、彼らに隠しようもない。その彼らが帰国して、風雲急を告げたが最後、虚ニ乗ジテノ撃滅——輒《すなわ》ち、奇襲を至上命題とする対馬征伐の勝算は一気に低下する。さはさせじと、日本人の拘禁、拘留が全土で一斉に実施されたのだった。

対馬征伐が決定された翌日である十五日には早くも、

「各官ニ安置セル倭人ノ擅《ほしいまま》ニ自ラ出入スル者アラバ即《ただ》チニ囚《とら》ヘヨ」（『世宗実録』元年五月己未《つちのとのひつじ》条）

との通達が上王の宣旨として布告され、下って二十四日には、

「今、倭寇方《まさ》ニ盛リニシテ、間諜ノ恐レ有リ。要害ノ地ヲ守リ、行人ヲ検考シ、其ノ文憑《もんぴょう》無キ者ハ、随《したが》ヒテ即《すなわ》チ之ヲ捕ラヘヨ」（同 戊辰《つちのえたつ》条）

と、さらなる追加措置が、同じく上王の名で宣布された。間諜対策であることを、より明瞭に打ち出している。

その対象となったのは、商人たちだけではなかった。時あたかも九州探題《たんだい》渋川《しぶかわ》満頼《みつより》より遣わされた使僧正祐《しょうゆう》ら四人が滞在中であったが、彼らも足止めされ帰国を禁じられた。笑うべきは、正祐のほうから在留延長を願い出て許された、という穏健的欺《ぎ》瞞《まん》の形式が取られたことである。

二十日には、対馬からの使者八人が帰国のため暇乞《いとまご》いに王宮を訪れた。祹は、新島主が海賊禁圧を徹底するよう望む旨《むね》、さりげなく告げて彼らを見送った。この時点では、朝鮮が対馬征伐を決定したことが彼らの耳にはまだ入っていまいと判断したか

らだったが、上王の命により彼らも拘留を免れず、北辺の咸吉道《かんきつどう》へと移送されていった。

かかる慮外の災厄が、已に入国していた者だけに限らなかったことも当然である。その間にも、事情を知る由もない日本人が続々と来航してくるからだ。彼らも片端から拘束されていった。一例をあげる。——貿易船来航の指定港である乃而浦《だいじほ》に特派された三軍都節制使崔閏徳《さいけいとく》は、兵を厳にして入国者を次々に捕らえ、内陸奥深くの収容所へ護送するを任務とした。その際、抵抗して殺された日本人は実に二十一人にのぼったという（『世宗実録』元年六月甲戌条《きのえいぬ》）。

かくも厳戒を極めた防諜措置が全国規模で徹底されたことは、三軍都統使《ととうし》に任ぜられた柳廷顕《りゅうていけん》からの状啓《じょうけい》にも瞭《あき》らかである。それに拠《よ》ると、水路は兵船、陸地は馬と歩兵を以て日本人を追いつめ、ことごとく捕らえ、収容所へと送致した。その数は、慶尚道が三百五十五人、忠清道が二百三人、江原道《こうげんどう》が三十三人の総計五百九十一人であり、捕縛に際し抵抗して殺された者、逃亡を図って溺死した者は百三十六人を数える。なお、収容所に送ることを『世宗実録』は「分置《ぶんち》」の二文字で記している。

これら夥《おびただ》しい数の分置倭人を、扨《さて》どう処理すべき——。御前会議は紛糾した。

「婦女の他は、すべて殺してしまうのがよいでありましょう（以為婦女外皆殺之）」

という主張もあれば、

「壮健な者は、全部殺すのが最良かと思います（以為壮実者皆殺之）」

と唱える者もあり、

「従わない者のみ誅《ちゅう》すべきです（以為只誅不順者）」

との意見も出された。

「悉《ことごと》く皆殺しにするに如《し》かず（宜尽殺之）」

そう云い募ったのは、遉《さすが》にあの趙末生のみであった。

壮健な者を殺す――という案に衆議は傾いたが、結局のところ上王が命じた処置に決まった。

「二十歳以下の男と諸能巧芸なる者を重臣たちに分け与えて私奴《しど》とし、その他は各官に分給して官奴婢《かんぬひ》とする。従わない者は、それぞれの官の処置に任せる（男二十歳以下及諸能巧芸者悉皆分賜朝臣其余分給各官以為奴婢有不順者許令所在官処置）」

拘留日本人は、奴隷にされたのである！

遠征軍の準備と日本人の相継ぐ拘束に、世情は日増しに騒然の度を加えていった。

五月二十三日――。

黄海道方面へ出撃していた三道水軍都処置使の成達生、黄海道兵馬都節制使の朴齢から飛報が届いた。それに拠れば、さる十八日未時（午後二時）、白翎島《はくれいとう》近海において、平道全は兵船二艘を以て倭寇二艘と遭遇、激戦の末、首領の乗る一艘を捕獲、三人を斬り、十八人を生擒《いけどり》とし、その他は全員溺死、他船は逃走した――とのことであった。平道全は忠清道助戦兵馬使として出陣したが、倭寇を追撃して北上し、黄海道の白翎島に到ったものらしい。

この捷報《しょうほう》は即日、兵曹から祹のもとに伝達された。

〈平道全と云えば、対馬島出身の帰化武人ということであったな……〉

祹は、御前会議で聞いた「倭を以て倭を制す」という言葉とともに、彼の出自《しゅつじ》を想起した。その平道全は翌二十四日、捕虜を連れ漢城に凱旋《がいせん》するという。

〈会わねばならぬ。平道全に会って、なぜ対馬島人が倭寇に再び手を染めたか、詳しい事情を訊かねばならぬ〉

翌日、平道全は予定通り漢城に到着。上王は彼の奮闘を嘉《よみ》し、直ちに歓迎の宴を命じると、鞍馬《あんば》、米豆四十斛を厚く賞賜した――祹はそう伝え聞いた。だが、祹の招きに平道全は応じなかった。応じられない旨、兵曹から通知があった。何と、平道全は宴の後、兵曹に拘束されて、厳重な取り調べを受けているというのである。嫌疑は

〝詐謀《さぼう》〟とのことであった。

「詐謀だと？」

兵曹の使者に問い質《ただ》したが要領を得ない。

「判書を呼べ」

たまりかねて裪は命じた。

夜遅く、兵曹判書趙末生は国王をたっぷり待たせてから参内《さんだい》し、悪びれた色もなく云った。

「上王殿下と征討計画を打ち合わせておりましたので」

裪は苛立ちを抑え単刀直入に訊いた。

「平道全を詐謀の疑いで取り調べていると聞いた」

「さようにございます」

「どういうことか？」

「平道全の報告は真っ赤な偽りでございました。あやつは僚将の為した倭寇斬獲の功を、偽って己《おの》が手柄としたのです。それだけでも重罪に値しましょうが、さらに平道全は対馬征伐の情報を対馬に漏洩《ろうえい》せんと謀《はか》っていた疑いが浮上し、目下、その件を特に厳しく調べておるところにございます」

裲は呆気《あっけ》にとられた。いったい何がどうなっているのだ。

「わたしが直々《じきじき》に平道全を調べよう」

「それは我が兵曹にお任せくださいませ」

「王たるわたしが口にしているのだぞ」

「取り調べ中は、何人《なんびと》たりとも平道全に会わせるなと――これは、上王殿下の厳命にございまする」

「な……」

「されば殿下」

趙末生は蛇のような目を向け、慇懃《いんぎん》な口調で云い添えた。

「御心配はごもっともなれど、軍事は上王殿下の親裁事項でございますゆえ、何卒《なにとぞ》、殿下におかれましては、軍事以外の諸政務に御専念なされますよう、御《おん》願わしゅう存じ奉《たてまつ》りまする」

五

「畢竟《ひっきょう》、わたしは名ばかりの王なのだ」

翌日――五月二十五日、祹は鄭麟趾《ていりんし》を呼んで胸の憤懣《ふんまん》をぶちまけた。

鄭麟趾は祹より一つ年上の是年《このとし》二十四歳。五歳にして書を読み、十九歳で科挙《かきょ》に合格した大秀才である。かつて上王李芳遠は祹に云ったことがある。

「国ヲ理《おさ》ムルハ、人ヲ得ルヨリ先《せん》ナルハナシ。麟趾ハ大用スベキナリ」

しかし父にそう云われる前から、祹は鄭麟趾の才能、器量、人品に好意を寄せ、謂わば師友として敬し、ことあるごとに彼を呼んで親交を深めていた。一年前に王に即位した後もそれは変わらず、いずれ親政を開始するにあたっては、父に取り立てられた重臣たちを斥《しりぞ》け、麟趾を最側近として起用する腹案を練《ね》っているほどだった。それを口に出したことはないが、以心伝心、彼の企図《きと》は確実に伝わっているはずだ。輒《すなわ》ち、鄭麟趾にとっても祹に見込まれたということは、栄達の糸口を摑んだに等しいのである。祹は彼を相手に心おきなく己が存念をぶちまけることができた。

「王であって王ではない。今は修行期間なのだ。そう自分を納得させてきた。だが、どうも変だ。わたしの知らぬところで何かが進行しているような気がする」

「例えば、どのような点にそうお感じになられるのでしょうか、殿下」

聞き役に徹するというより、寧《むし》ろ祹の疑念を引き出そうとするかのように鄭麟趾は応じた。朝鮮王朝創業以来の大天才と賞されるその白皙《はくせき》の顔には、うっすらと緊張の色が刷《は》かれている。

「倭寇が終熄して久しい。今、突然それが出現したからと、真相をろくに調べもせず、いきなり対馬を征伐するとは、過剰反応にもほどがあろう」

「……」

「遠征軍の規模は頗《すこぶ》る大がかりなものだ。その準備が何の滞《とどこお》りもなく進んでいる。これではまるで……」

しかし禑はその先を続けず、鄭麟趾も強《し》いて訊こうとはしなかった。

「それから、平道全の一件がある。実に理解に苦しむ展開を見せた。わたしはなぜ彼に近づけないのだ？」

「……」

「麟趾よ、きみは兵曹に出仕している。何か知っていることはないか」

「わたくしは最下級職の佐郎《さろう》です。かの者の訊問は趙判書が自ら行なわれました。佐郎の如きが関知するところではございません」

「そうか……」

「殿下。殿下は王に即位されましたが、軍事はいまだ上王殿下の手にあります。ここはお父上のなされることに疑義を挟むより、上王殿下を信頼し、殿下は内政にお励みになっては如何《いかが》でしょうか」

鄭麟趾の声は、しかし説得というより挑発の響きを帯びていた。

「きみまでそう云うか、麟趾!」

祹は声を荒らげた。

「如何にもわたしは名ばかりの王だ。だが、かりそめにも王たる身、大事より遠ざけられていてよいはずがない。父上と諸大臣は、わたしを除《の》け者にして何を企《たくら》んでいるのだ」

「なぜ、そこまで気になさいます?」

「わたしにもいずれ名実ともに王となる日が来る。その時、父上の起こした外征の結果を一身に引き受けるのは、この李祹なのだ。その時になって真相を知らされたくはない」

「真相――。さきほど殿下は、口をお噤《つぐ》みになられましたな。これではまるで……と」

「臆断を口にせよと申すのか。麟趾、わたしを煽《あお》るのはよせ。知っていることを包み隠さず話してくれ。さもなくば去れ。わたしのもとを去って、上王に注進するがよい。国王殿下は、上王殿下にあらぬお疑いをおかけになっておりますと、下司《げす》のようにな」

鄭麟趾は蒼《あお》ざめた顔色になって、決然と首を横に振った。

「殿下、麟趾は国王殿下の臣にございます。されば心を決めて、わたくしの知るすべてを申しあげましょう」

「頼む」

「昨年四月、対馬島主宗貞茂が亡くなりました。その死の直前、当時国王であらせられた今の上王殿下が、貞茂の求めに応じ薬を給付したることは御存知でしょうか」

「いいや」

禑には初耳であった。もっとも、彼はその時、王世子ですらなく、政務には関知しなかったから当然といえば当然だが。

「それがどうしたのだ？」

「上王殿下が給せしは、薬に非《あら》ず、毒なりとの噂が――」

「何と！」

禑は我を忘れて叫んだ。

「父上が対馬島主を毒殺したと申すか」

「あくまで噂にございます」

「莫迦な。宗貞茂は我が国を慕い、倭寇の禁圧にも積極的であった。父上もそれを嘉《よみ》せられ、米豆を贈っていたのだぞ」

——対馬は、我が朝鮮に恭順なる宗貞茂が島主であったればこそ平穏に治まっていた。

先日の御前会議での父の言葉を思い出しつつ禑は言葉を続ける。

「その貞茂を、なぜ殺す必要がある。貞茂あるがゆえに、対馬の倭寇は鎮《しず》まっていたという。現に、見よ。彼が死ぬや倭寇は再発いたしたではないか」

「貞茂が急死すれば幼い後継ぎの下で対馬の統制は乱れる——。いいえ、現実に乱れたかどうかはわかりません。しかし、上王殿下には対馬が乱れるという口実が欲しかった。だから宗貞茂を毒殺した——そう噂は云っております」

「対馬を乱すために宗貞茂を亡き者にしただと？　正気か、麟趾。だからそれは一体なぜなのだ？」

「倭寇を起こすため——。いいえ、現実に倭寇が起きるかどうかはわかりません。しかし、高麗の残党たちが沿岸を襲った時、これは対馬の倭寇の仕業だと決めつけるに足る状況が欲しかった——そう噂は云っております」

「噂、噂、噂、そんなまだるっこしい言い方はよせ。父上の最終目的は何なのだ」

「対馬征伐」

鄭麟趾は言下に口にし、すぐにこう云い添えた。

「──殿下も已《すで》にお疑いの如く」

裿は長々と溜息を吐き出して、

「やはりそうか。疑っていたのは、わたし一人ではなかったのだな」

戦慄《せんりつ》するようでもあり、安堵《あんど》するようにも聞こえる口調だった。

「うむ、確かにその通りだろう。父上の目的は対馬征伐にあった──それも、以前から密かに計画を進めていたに違いない、一部の重臣たちを引き入れて。だから準備万端、何の支障もなく征討に向かって進行中なのだ。それゆえの手際のよさなのだ。倭寇の出現など口実にすぎぬ」

裿は胸中に溜まった澱《おり》を吐き出すように一気に云った。

「おっしゃる通りです、殿下。忠清道の都豆音串、黄海道の延平串を襲った倭寇とは、おそらく高麗の残党たちでありましょう。彼らと白翎島で戦った平道全はそれに気づき、真相を注進すべく、漢城に急ぎやって来たのです。そして──」

「兵曹に拘束された。口封じのために」

鄭麟趾はうなずいた。

「いずれ殺されることになりましょう」

「ああ、何と云うことだ。これでは国を挙げて、父上の書いた自作自演の芝居の筋書き通り外征に——異国との戦争に突き進んでいるようなものだ。こうしてはおられぬ」

「殿下、どちらへ？」

「知れたこと。父上に会《お》うてくる」

六

上王李芳遠は、着替えの最中だった。常服を脱ぎ、正装である袞龍袍《こんりゆうほう》をまとって、翼善冠《よくぜんかん》をかぶり、玉帯《ぎよくたい》を巻いているところへ禑は入っていった。踏み込んでゆく——そんな表現が相応しい勢いだった。

禑のただならぬ顔色から芳遠は目的を察したようだ。五人の衣裳係を下がらせると、椅子も勧めず云った。

「手短に話せ。これから柳廷顕を見送らねばならぬのだ」

領議政《りようぎせい》柳廷顕は三道都統使に任じられ、遠征軍の集結地である巨済島へ赴くことになっていた。総司令官は李従茂だが、武官の上に文官を据えるのは、李朝の軍制がシビリアンコントロールだからである。

「では率直に申し上げます。父上、こたびの対馬征伐、どうか延期なさってください」

「何を申すかと思えば」

上王はそっけなく鼻を鳴らした。

「已《すで》に決まったことだ」

「考え直していただきたいのです。対馬の実情を詳しく探ってからでも遅くはないと、申し上げているのです」

「要らざる口出しは控えよ、祹。王位は譲ったが、軍権はわしの手にある」

「いいえ、控えません。こたびの出兵は拙速に過ぎます。何よりも日本との和を損じ、恨みを千載《せんざい》に遺《のこ》すことになるのを、わたしは懼《おそ》れるのです」

「拙速だと？」

上王は蔑《さげす》むように祹を嗤《わら》った。

「その程度の挑発に乗る父と思うか。わしはな、祹、狡賢《ずるがしこ》い倭寇と幾度も戦場で命のやりとりをしてきた男だぞ。この国の覇王となるためなら父を逐《お》い、弟を殺し、兄とも戦ってきた男だ。そのわしを挑発しようなど、十年早いわ」

祹は唇を嚙んだ。やはり器量の差は如何《いかん》ともし難かったのか。

だが、上王は意外な態度を見せた。

「まあよい。わしに楯突《たて》こうとの心意気は買ってやる。この国の未来を憂《うれ》えて父に諫言しに参るとは、朝鮮の王たるを自覚している証《あかし》だからな。それでこそ長子の禎を替えておまえを王座に据えた甲斐があるというものだ。よし、すべて話してやろう。父自らの帝王教育と心得て聞くがよい」

李芳遠の口調に父性が滲《にじ》んだ。

「恨みを千載に遺すと申したな。だが、今この機会に対馬を討たぬほうが、恨みを千載に遺すとわしは考えるのだ。理由か。理由は倭寇の根絶だ。云ったはず、倭寇鎮圧の結末をつける最後の聖戦だと。あの言葉に嘘偽りはない」

「しかし倭寇は――」

「黙って最後まで聞け。成程、倭寇の災厄は熄《や》んでおる。こたびの倭寇は――おまえも見抜いていよう通り、対馬の倭寇には非《あら》ず、高麗の残党どもの仕業だ。だが、偽りの口実を掲げてでも対馬は断乎《だんこ》征伐せねばならぬ。息子よ、おまえは倭寇を知らぬ。倭寇がどれほど残忍で、悪辣《あくらつ》で、狡猾《こうかつ》たるかを知らぬ。彼らは悪魔だ。そして倭寇こそ日本人の本性なのだ。彼らは友好平和の仮面をかぶっていても、一朝《いっちょう》ことあらば忽《たちま》ち倭寇に変じ、朝鮮を襲ってこよう。確かにこの二十年、倭寇は絶えている。だが、見せかけの平和に欺《あざむ》かれてはならぬ。やつらは来る。いつの日にか必ずやって来る。対馬はその前線基地なのだ。よって倭寇を根絶するためには、対馬を討たねばならぬ。いいや、討つだけでは足りぬ。対馬を我が朝鮮のものとするのだ。未来永劫《えいごう》にな」

禑は息を呑んだ。

「——対馬を、占領すると？」

「どれほど攻撃しようとも、倭寇は性懲《しょうこ》りもなく復活する。蛆虫《うじむし》が湧くように。それが日本人の本性だからだ。対馬を朝鮮領としてこそ、倭寇は絶える。倭寇が絶えてこそ、日本との間に真の友好も築かれよう」

「…………」

「そのために、わしは何年も前から用意周到に計画を練ってきた。おまえに王位を譲ったのもそれがゆえだ。上王となって日常の煩瑣《はんさ》な政務から解放され、軍事にのみ専念するためにな。よって、拙速には非ず。偶発事に応戦するを装っているが、これは一朝一夕《いっちょういっせき》に立てた作戦ではないのだ。案ずるな、対馬は必ず征服してみせようぞ」

「対馬征服……」

「思え、禑よ」

上王の声音が微妙な変化を帯びた。

「我が民族は、聖なる朝鮮の地は、高麗末の百五十年間の長きに亘《わた》り、蒙古《もうこ》による屈辱的な支配に甘んじてきた。その蒙古の覇王クビライ・カーンですら成し得なかったことが一つある。日本征服だ。十万余の軍勢を繰り出しながら、一島だに手中に収めることが叶わなかった。今わしは、二万の朝鮮兵を以て対馬を征せんとする。成功すれば、この李芳遠は蒙帝クビライ・カーンを凌駕《りょうが》した偉人として、歴史に赫々《かくかく》たる名を刻むであろう」

禂は戦慄した。酔った如く語り続ける父の双眸《そうぼう》に、妖しい光を見たからである。

——狂気、という名の光を。

七

「無謀だ！　無謀に過ぎる！　対馬征服などと——」

自室に戻った禂は、待機していた鄭麟趾を再び招じ入れ、憔慮《しょうりょ》を隠さぬ声で訴えた。

「父上のなさろうとするのは、疑う余地なく侵略だ。明々白々たる侵略行為ではないか」

「仰せの如く」

鄭麟趾が深々とうなずいた。彼の顔面は蒼白変じて紫色となっている。ある程度まで上王の秘謀は見抜いていたつもりだが、その真意が対馬征服にあるとは、思い到らなかったのだ。

「仮に対馬を占領できたとしても、二万もの兵力をいつまでも一島に駐《と》めておけるものではございませぬ。また、日本は当然、反撃して参りましょう。足利《あしかが》幕府は武人の政権と聞き及びますれば、武力を以て対馬奪還に乗り出さないはずがありませぬ。そうなれば、殿下、日本との間に全面戦争となるは必至でございますぞ」

「わたしもそう説いて、何とか諫めようとしたのだ。だが、父上は己の夢に酔っておられる。耳を貸そうともしてくれなかった」

「まさしく憂慮すべき事態としか……」

「嘆きなら要らぬ。智慧だ、智慧を出してくれ、麟趾。わたしは朝鮮の王だ。だが、名ばかりの王だ。何の権限もない。重臣たちは犬のように父上の云いなりで、こちらには見向きもしない。どうすればいい。どうしたら父上の暴挙を止められる？」

「…………」

鄭麟趾の額に脂汗《あぶらあせ》が刷かれた。だが、いくら待ってもその口は開かれなかった。

う。
宜《むべ》なる哉《かな》、国王すら手をつけられないのだ。不世出の大秀才と称せられてはいても、現実にはたかだか正六品の兵曹佐郎という下級官吏に過ぎない彼に何ができるだろう。

重苦しい沈黙が室内を支配した。

「抑《そもそも》、倭寇はなぜ起こったのか――」

軈《やが》て、裪は自分が呟《つぶや》く声を聴いた。

「歴史を真摯に省察すれば、高麗が宗主国の蒙古を唆《そそのか》し、二度に亘って日本遠征を強行した――その侵略行為への復讐戦として始まったことに弁明の余地はない。これに高麗は謝罪も補償も行なわなかったのだからな。その高麗を継いだ我が朝鮮とて同罪だ。倭寇の禁圧を声高に要求するのみで、彼らの心を省《かえり》みようとはしてこなかった。ここだ！　ここにこそ根本的な原因が潜《ひそ》むのだ！　これなる根源に思いを致さず、それどころか、倭寇討伐のため再び日本に遠征するとは、本末転倒も甚《はなは》だしい！　況《いわん》や、最終目的が対馬征服にあるというに於《お》いてをやだ！」

初め、独り言のように始まった声は、次第に高調して、いつしか裪は日頃の存念を一気に吐露《とろ》していた。日本との外交は如何にあるべきか、朝鮮王たる身として、彼は彼なりに日々思索を進めているのである。

「クビライ・カーンを凌駕した偉人として歴史に我が名を刻まん——父上はそう仰せられた。こともあろうに高麗を踏みにじったクビライを偉人だとは！　支配された者は、支配者を逐《お》った後、その真似をしたがるというが、父上は徒《いたずら》な英雄願望に取り憑《つ》かれているとしか思われぬ。わたしはな、鱗趾、隣国日本との間に平和の礎《いしずえ》を築いた偉大な王としてこそ歴史に名をとどめたいのだ」

「つまり上王殿下を——」

鄭麟趾が口を開いた。その声は苦しげに掠《かす》れていたが、祹の覚悟を問うつもりか、ただならぬ響きを帯びてもいた。

「上王殿下を、お父上を、殿下は敵にまわされると？」

刹那《せつな》、祹の脳裡を兄譲寧大君禔の言葉がまたしても搏《う》った。

〈——あの男の生き方は謀略と同義語だ。やつのため、いったい幾人の血が流されたと思う？〉

兄上——と祹は心の中で呼びかけた。父上の正体をそこまで見抜きながら、結局あなたは父上から逃げたのです。しかし、わたしは違う。わたしは朝鮮の国王なのだ。朝鮮という国に、その民に、そして未来に責任を負う身。あなたのように逃げたりなどしない。わたしは戦う。戦ってみせよう。

「たとえ父上を敵にまわそうとも！」

最後の思いのみ、迸《ほとばし》るように力強い声となって出た。

「臣麟趾、命を捧げて殿下に従います」

打てば響けとばかりに鄭麟趾は云った。こちらも火を噴くような熱い音声だった。

「と申しながら、然《しか》るべき良策の浮かばぬ我が頭脳を慙《は》じるばかり。ただ……いや、これは一笑に付されましょう――」

「かまわぬ。云ってくれ」

「思いつきに過ぎませぬが、されば――殿下は今、お父上と敵対なされ、危機に陥《おちい》っていると申し上げて過言ではありませぬ。状況は違えども、以前にも殿下が絶体絶命の危機に陥らんとしたことが――。お忘れでしょうか、あの落馬の一件にございます」

「おお、覚えているぞ」

祹はうなずいた。遡《さかのぼ》ること二年――王になるさらに一年前のことだ。初夏の某日、祹は鄭麟趾を誘い、暑さ凌《しの》ぎに遠乗りに出た。漢江《かんこう》の汀《みぎわ》を夕暮れの風を受けながら心地よく疾走している時、突然、馬が前肢《まえあし》を折り、彼の身体は前方に大きく投げ出されたのである。下手《へた》をすれば首の骨を折って死んでいただろう。運がよくても、足か腕の一本を折らずには済まなかったはず――それほどの落馬だった。しかし、彼はかすり傷ひとつ負わなかった。背後につけていた従者が自分の馬から咄嗟《とっさ》に飛び降りて、彼を両腕に受け止めたのである。奇蹟のような離れ業《わざ》だった。

「あれは常人にできることではございませんでした。目を丸くするわたくしに、殿下はこうお答えになられましたな。――この者、不思議な術を心得ていて、この程度のことならお手のものなのだ、と」

「金懐良か」

「ただの従者とは迚《とて》も考えられませぬ。いつかお訊きせねばと思っておりましたが、あの者、如何なる素性にございます」

「素性と申して――あれは無学《むがく》大師からの授かりものだ」

無学自超《じちょう》は、高麗末期から李朝初期にかけての名僧である。李成桂がまだ無名の頃、将来の王たると予言したことで知られ、その予言通り朝鮮太祖となった李成桂に王師として迎えられた。漢城遷都の選定に参画するなど李朝創業に大きく貢献し、十四年前、七十九歳で示寂《じじゃく》した。禑が九歳、忠寧大君に冊封されて翌年のことである。無学大師は、李成桂の孫の中でも特に禑を可愛がり、その死に際して、己の従僕だった金懐良を彼に授けたのだ。

『大君、この者を従者としてお使いなされませ。不思議の術を心得ておりまするゆえ、何かと重宝いたしましょう』

そう遺言して――。

金懐良は、しかし人前で不思議の術を誇示するような男ではなかった。禑も、彼にそれを求めなかった。金懐良はあくまで忠寧大君の忠実な従者であり、周囲もそのように認識していた。ただ、時として――落馬のような危急の場合にのみ、金懐良は術者としての本領を発揮して、禑の窮地を救ってみせるのだった。

「しかし、麟趾。こたびの一件、わたしという一個人に関わることではない。国の命運をかけた大事なのだ。いくら金懐良が不思議の術を能《よ》くするからとて――」

「殿下はただの一個人ではございませぬ。朝鮮の国王――朝鮮そのものにございます。朝鮮の危機、輒《すなわ》ち殿下の危機」

八

金懐良は、一見して忠実謹篤《きんとく》な従者を絵に画《か》いたような男だ。年の頃は五十代の半ばだろうか。農夫然とした朴訥《ぼくとつ》な風貌で、術者には迚《とて》も見えない。

「――よいか、これから話すことは国家の一大秘事ゆえ他言を憚《はばか》る。もし誰かに洩らすことあらば、その首を――」

「いいんだ、麟趾。わたしが話そう」

裪は鄭麟趾の前置きを遮《さえぎ》り、事の次第を自ら説明した。話すと決めた以上、何一つ隠さず、すべてを明かした。父と戦うことも辞さぬ己が決意さえ。

「――得《う》べくんば対馬征伐を取り止めさせたい。叶わぬまでも征討が失敗に終わらんことを。それがわたしの願いだ」

話を結び、金懐良の反応を注視する。

驚いたことに、従者の眼には光るものがあった。年相応に萎《しな》びた肌が、感動の余りか紅潮すらしているようだった。唇が微《かす》かにわなないている。

「答えを聞こう」

裪は促した。

金懐良は意外な言葉を口にした。

「――なぜ、忠寧大君に仕えよと？　十四年前、わたくしはそう訊ねたのでした。すると、病床に臥《ふ》されていた無学大師は、こうお答えになられたのです。忠寧大君は三男なれど、必ず王になられるお方。それも唯《ただ》の王に非《あら》ず、王の中の王、非凡なる名君として、その偉大なる御名が後世まで永く語り継がれる大王におなりであろう、と」

「何と。無学大師は、太祖のみならず殿下の即位も予言されたと申すか」

鄭麟趾が驚きの声を上げた。

金懐良はうなずいた。

「よって、おまえはその不思議な術を以て大君をお守り申しあげるのだ。そう大師は仰せになりました。非凡なる名君に――そのお言葉を、わたくしはもはや疑いませぬ。何よりも戦争を忌《い》み、平和を願う御心、この国の民のみならず、海を越えた日本国の民も、殿下の徳を慕うでありましょう」

「それは我が願いが叶ってのことだ。できるか、懐良」

「殿下のお望みに適《かな》う大秘術、慥《たし》かに心得てございます。不肖《ふしょう》金懐良、謹《つつし》んで拝命つかまつりましょう」

従者は深々と頭を下げた。

裪の顔に喜色が弾けた。

「おお、やってくれるか!」

「ただし――」

と金懐良は続けた。

「ただし?」

「対馬征伐の取り止め――これは時間的に間に合うかどうか自信がございません。征討を失敗に――こちらは間違いなく実現させてご覧に入れましょう」

「最も望ましいのは遠征中止だ。しかし、次善として征討失敗であってもかまわぬ」

「孰《いず》れも執行いたします。殿下にもお力添えを仰がねばなりませぬが」

「わたしにも？　よい、何でもするぞ」

「待て、どのような秘術だ」

禑の性急さを危ぶんで、鄭麟趾が口を挟んだ。危険な目に王を巻き込むことになっては臣下の面目が立たない。しかも、自分で推挙しておきながら、いざ金懐良が実行を肯《がえ》んずると、鄭麟趾は冷静に立ち返り、懐疑せずにいられなかった。果たして一人の人間の秘術程度で、一大遠征軍の発動を中止に追い込めるのか、あるいは征討の結果を敗戦に持ち込むことができるのか、と。

金懐良はゆるゆると首を横に振った。

「これぱかりは――。人知れず行なってこその秘術でございますれば」

「しかし――」

「かまわぬ」

禑はそれ以上を鄭麟趾に云わせず、

「ともかく事態は急を要するのだ。一刻も早く執行してくれ、その大秘術とやらを。必要なものは遠慮なく申し出るがいい。すべて用立てる」

「では、さしあたって馬三頭と、馬牌《ばひ》（通行証）を——いや、通常の馬牌ではなく、殿下の手になる特別通行許可証の発給を賜《たまわ》りますれば幸甚《こうじん》です」

「特別通行許可証だと？」

金懐良は唇を引き締めて答えた。

「旧都開京に行って参りまする」

九

「当分の間、王の動きから目を離すな」

李芳遠は命じた。

「国王殿下を監視せよと？」

問い返す趙末生の顔に驚きの色はない。

「うむ、厳重にな。禍のやつめ。かかる小癪《こしやく》な面構《つらがま》え、初めて見たわ。わしに叛《そむ》くつもりだ。名ばかりの王に、如何なる手立てのあろうはずもないが、ともかく見張れ。

必要とあらば掣肘《せいちゅう》を加えよ。密使が放たれれば躊躇なくこれを拘束するのだ」

「密使が抵抗いたしましたならば？」

念のため、という口調で趙末生は訊いた。

上王は間髪を入れず即答した。

「かまわぬ、斬れ」

十

午後晩《おそ》く、篠突《しのつ》く雨となった。

折りからの夕闇が加わり、咫尺《しせき》も弁じ難い雨の中を、笠をかぶった人影が三つ、それぞれの手に馬の手綱《たづな》を引いて、王都の小門から密やかに忍び出た。笠の幅広のつばに、馬の鞍《くら》に、雨が烈しい勢いで飛沫をあげる。

「おまえたちをこれまで育ててきたのは、今日この時のためじゃ。その若さで不憫《ふびん》を禁じ得ぬが、これも運命と思うて、どうか父に命を捧げてくれ」

金懐良の声であった。

残る二つの影は無言で二度うなずいた。まず金懐良にうなずき、尋《つ》いで互いにうなずき合った。

「参ろうか」

雨以上に凄愴《せいそう》とした金懐良の声で、三人は馬上の人となる。三騎は馬首を北へ向けて走り始めたが、それはまるで陰鬱《いんうつ》な影絵でも見るような寒々しい光景であった。

北——開京へ。開京は高麗王朝四百七十余年に及ぶ王都である。李朝の建国によって打ち捨てられ、壮麗な王宮は忽《たちま》ち廃墟と化し、今や亡霊たちの都、死に絶えた高麗人たちの広大にして荒涼たる墓地といってよかった。

まもなく雨が上がった。寂しい星明かりが三つの馬影を薄く街道に映し、遅く昇った下弦の月も、旧都への道筋を辛《かろ》うじて微弱に示すばかりである。

「追手じゃ！」

それまでも幾度となく後ろを振り返って警戒を怠らなかった金懐良が、今度ばかりは覚悟の叫びをあげた。

月影を浴びて、猛然と追撃をかけてくる十数騎の馬影が遠望される。

三人は必死に馬腹を蹴り上げ、速度を増した。左右の水田に揺れる青い稲穂が、高波のように次々と後ろへ飛び去ってゆく。

だが、追撃隊の姿はみるみる大きくなって背後に迫った。

軈《やが》て――。

「止まれ！　その三人、馬を止めよ！」

恫喝の響きを帯びた太い声は、蹄《ひづめ》の音よりも大きく明瞭に聞こえた。

「止まってはならぬぞ。全速力で馬を駆れ」

金懐良が連れの二人を励ます。

追撃隊は疾風《はやて》のように追い縋《すが》ってきた。水田の間を縫う一本道である。どこにも逃げ場はない。気がつけば三騎は彼らの中に呑み込まれ、前後左右を挟まれていた。こうなっては万事休す、であった。騎馬の集団は徐々に速度を落としてゆき、三人は彼らに包囲された形で夜の街道に立ち往生した。

「我ら兵曹の追捕隊である。かかる深夜、どこへ行く」

隊長らしき髯面《ひげづら》の男が剣を抜き、金懐良に突きつけた。

「王命を授かって開京へ。国王殿下直々の通行許可証も帯びている。急ぎの任務じゃ、道を開けよ」

王の使者なのである。臆せず金懐良は昂然と云い放つ。

「やはり王使であったか。漢城から付かず離れず尾《つ》けて参った甲斐があったというもの。こちらは上王殿下直々の勅命である。王使は悉《ことごと》くこれを捕らえよ、と」

金懐良は素早く周囲を見回した。追撃者の数は、遠望した時よりずっと多く、三十騎近い武装騎兵に包囲されていた。

「馬を降りろ」

髯面の指揮官が命じた。

「抵抗は無益と心得よ。その場合は、容赦なく斬れと命じられ——」

余裕の声は突然途切れた。彼の喉笛《のどぶえ》に、奇怪な形状の武器が突き刺さっている。五つの鋭い刃が五芒星《ごぼうせい》を成す、直径三寸ほどの平たい金属片だ。

頸動脈《けいどうみゃく》からびゅうと噴《ふ》き迸《ほとばし》った血流が、月明かりに深紅の虹を大きく描き、指揮官の身体は仰《の》け反《ぞ》って落馬した。

そのわずかな間にも、金懐良の手は素早く動き続ける。ひゅ、ひゅ、ひゅという小さな音が夜気を切り裂き、そのたびに五芒星の金属片が彼の手元から流星の如く飛んで、武装騎兵たちの咽喉《のど》を縫った。血流が次々と噴き上がり、兵士たちは馬の背からバタバタと落下してゆく。

包囲網の一角が崩れた。

「行け、おまえたち」

金懐良は叫んだ。

連れの二人がその一角に馬首を乗り入れようとした。だが、二人は揃って馬の扱いに不慣れなようであった。しかも馬は怯《おび》えて、これを能《よ》く御《ぎよ》し得ない。

その隙《すき》に、気を取り直した兵士たちが殺到した。二人は鐙《あぶみ》をすくわれ、馬から落とされる。馬上の兵士たちから、すかさず槍が、剣が林のように突きつけられた。ために二人は倒れたまま立ち上がることすら叶わない。落馬の衝撃で、どちらも笠が外れ、月光がその白い顔を冴《さ》えざえと照らし出した。

「おおっ」

兵士たちは口々に叫び声を放った。意《おも》わざりき、露わになった顔は、女――しかも若く美しい女の顔だったのである。姉妹であろうか、顔立ちは驚くほど似通っている。だが姉と思われるほうは、楚々《そそ》として無垢清雅《むくせいが》、優美さの烟《けむ》るが如き叙情的な美貌であるのに対し、妹とおぼしきは、どこか奔放《ほんぽう》で、誘うような淫蕩《いんとう》さを秘めた、妖《よう》艶《えん》極まりない魔性の麗貌《れいぼう》であった。

「――お、お、女だ」

兵士の一人が放った云わずもがなの言葉がその場の空気をやや弛緩《しかん》させたが、二人の女に突きつけられた刃《やいば》は、月の雫《しずく》を冷たく滑らせて、微動だにする気配も見せない。

「父上、申し訳ありませぬ」

姉のほうが柳眉《りゆうび》をたわめ、無念げに声を絞り出した。

「馬を降りろ」

「手の中のものを捨ててからだ」

兵士たちが口々に命じた。

金懐良は動かない。いや、その眼のみは忙しげに左右を窺《うかが》っている。彼が五芒星の秘具で倒したのは七人であった。まだ二十人を超す兵士が残っていた。

「娘たちの命がどうなってもいいのだな」

兵士の一人が、姉の肩に手をかけ乱暴に揺すぶった。麻衣が裂けて、まろやかな乳房がこぼれ出る。兵士たちの眼に、好色な光が点灯した。

金懐良は、胸元で合わせていた両手を開いた。掌《て》の中に重ねられていた五芒星の金属片が、雪崩《なだ》れるようにこぼれ落ちる。

その時であった。

「――や、誰か来る」

「――何者ならん」

何人かの兵士が慌ただしく首をめぐらして口々に叫んだ。

漢城の方角から、凄まじい速度で駆けてくる一騎あり――。駆けるというより、翔《かけ》ると表記したほうが適切と思われる驚異のそれは疾走ぶりであった。

「変だ、蹄の音が聞こえぬ！」

一人の兵士が悲鳴のような声をあげた。そも道理、黒衣の騎士を乗せた馬の足は、地面を蹴ることなく進み向かってくるのだ。魔界の天馬の低く空を翔るが如く。

次の瞬間、彼らの顔に恐怖の色が噴き奔《はし》った。見よや、夜風に陰々と黒衣を翻す騎士の三角形に突き立った頭巾《ずきん》の中の貌《かお》は――髑髏《どくろ》であった。

髑髏騎士――。彼は長柄《ながえ》の鎌を垂直に掲げて馬を駆っていた。

「く、来るぞお」

恐慌の叫びの一瞬後、兵士たちの間を髑髏騎士は真っ黒い旋風となって駆け抜けた。狭い街道にそんな余裕などなかったにもかかわらず、確かに髑髏騎士は彼らを抜き去ったのである。しかも、得物《えもの》の鎌を一閃させて。

兵士たちの首が一斉に肩を離れ、高々と星空に飛んだ。その数七つ。

髑髏騎士は馬首を返した。再び向かってくる。直立した鎌から鮮血が飛び散る。

動揺しつつも兵士たちは、金懐良と二人の女に突きつけていた槍、剣を引き、髑髏騎士に向け直した。

だが、それは何の役にも立たなかった。刃は空《くう》を斬り、髑髏騎士の鎌は確実に彼らの首を刈っていた。

再び七つの首が夜空を舞い、さらに三人が腹や胸から血煙を噴いて落馬した——これは、恐慌が結果として招いた同士討ちの犠牲者である。

残るは数人——その彼らも、髑髏騎士が三度駆け抜けた時、身を二つにして、僚兵たちを黄泉路《よみじ》に追いかけていった。

夜の街道には、三十に垂《なんな》んとする死体が無惨に散乱していた。首の大半は、宙を飛んで両側の水田に落下している。乗手を失った馬たちは、狂ったように嘶《いなな》き、主《あるじ》であった死体を憚らず馬蹄にかけ、群れをなして走り去っていった。

生き残っているのは、金懐良と二人の美しい娘だけであった。

黒衣の髑髏騎士は馬を降りた。

と、不思議なことが起きた。頭巾の中の髑髏がふっと歪《ゆが》み、渾沌《こんとん》の渦に呑み込まれたのである。渾沌は高速で渦を巻き、ほどなく回転をゆるやかに止めた時、髑髏は変じて美しい青年の顔となっていた。美しい——この世のものならざる妖しさを帯びた、幽玄《ゆうげん》典雅なる美貌であった。

青年は黒衣を翻して近づいてくると、優しい仕種《しぐさ》で手をさしのべ、二人の女を相継いで引き起こした。それから、馬上の金懐良を見上げて、

「国王殿下の従者、金懐良どのとお見受けいたします」

甘やかな声で云った。

金懐良は警戒するように美青年を見つめて答えない。

美青年は、足元から五芒星の鉄片を一つ拾い上げた。

「我が朝鮮に存在しない秘具ですね。海を越えた異国には、このような武器があると聞いたことがあります。それを操るのは、刃の下に心と書く、異能の——」

その先を遮るように金懐良は口を開いた。

「何者か」

「安巴堅《あんはけん》と申します」

金懐良は小さく呻《うめ》き声をあげた。

「その名前、聞いたことがある。慥《たし》か、上王直属の妖術師だとか」

「太祖、太上王《たいじょうおう》、上王と三代の王に仕えて参りました。今の国王殿下には、未だ拝謁も許されてはおりませぬが」

「おまえが殺したのは上王の兵士だ。上王の妖術師ともあろう者が何としたことか」

「このところ上王は、わたしをお見限りのようで——」

と安巴堅は片頬に哀愁を淀ませ、

「久しく遠ざけられております。思えば高麗の大亀獣《きじゅう》を仕留めたのが最後の華々しい出番でした。あれも、もう六年も前になりましょうか。懐良どの、あなたならお分かりのはず、わたしたち術客は所詮《しょせん》、権力者の寄生虫です。権力者にとっては、一個の道具の如き存在でしかないのです。重宝されはするものの、彼が権力の頂点に登りつめ、もはや思い通りでないものがなくなると、途端にお払い箱だ。自分の汚れた過去など見たくもないというわけです。そんなこんなで、わたしは新王への引き継ぎもしてもらえず——」

「ならば自分の力で、というわけか。国王殿下に仕えるわしに恩を売り——」

「ご明察」

安巴堅は微笑してうなずいた。媚《こ》びる色は微塵《みじん》もなく、春の宵《よい》のような華やいだ笑顔であった。

「断る、と申したら？」

「その時は、あなたがたを殺し、それを手土産《みやげ》に上王にお目通りを願い出て、返り咲きを図ろうか——などと考えております」

これまた恫喝たるを少しも匂わせず、寧《むし》ろ困惑したような口調で答えるのである。

金懐良は娘たちに視線を向けた。姉妹は互いを庇《かば》うように身を寄せ合っていた。その姿は月影に朧《おぼろ》に烟るかの如く見えた。

「開京までは遠く、追手もこれ限りとは思えぬ。寄座《よりまし》の身に、もしものことがあってはならず……されば、是非もなし――」

その呟きが答えだった。

「護衛いたしましょう」

安巴堅はにっこりと笑い、姉妹に優雅に頭を下げて、馬の鐙に足をかけた。

十一

対馬征伐の準備は着々と進行していった。

――六月一日、禁議府ニ命ジテ倭俘四人ヲ斬ラシム。

――六月二日、曹洽《そうこう》ヲ左軍都摠制《とそうせい》、李春生《りしゆんせい》ヲ左軍摠制、李蔵《てん》ヲ左軍同知摠制《ちそうせい》、尹《いん》得洪《とくこう》ヲ左軍僉摠制《せんそうせい》ト為シ、対馬島征討ニ従ハシム。

――同日、兵曹啓《けい》シテ曰《いわ》ク、諸道ノ兵船往《ゆ》キテ対馬島ヲ征スルニ因《よ》リ、各浦ノ防禦ノ虚疎トナルヲ以テ、留防ノ兵船ヲ要害ノ処《ところ》ニ分運屯泊セシメ、陸地モ亦《ま》タ下番甲士、別牌、侍衛牌、鎮属及ビ才人、禾尺、日守、両班ノ防禦ヲ為スベキ者ヲシテ四番ニ分ケ、防ニ赴カセンコトヲ請フ。上王、之ニ従フ。

そして六月九日、竟《つい》に上王李芳遠は宣戦の詔勅を国民に布告した。

――対馬ハ、本《も》ト我国之地ナリ。但ダ阻僻隘陋《そへきあいろう》ナルヲ以テ、倭奴ノ拠ル所ト為ルヲ聴《ゆる》スノミ。

――乃《すなわ》チ狗盗鼠窃《くとうそせつ》ノ計《はかりごと》ヲ懐《いだ》キ、歳ハ庚寅《かのえとら》（高麗忠定《ちゅうてい》王二年、西紀一三五〇年）ヨリ始メテ辺徼《へんきょう》ニ跳梁ヲ肆《ほしいまま》ニス。

――予（李芳遠）ノ大統ヲ承リテ位ニ即キテ（西紀一四〇〇年）以後モ、或ハ漕運《そううん》ヲ奪ヒ、兵船ヲ焼キ、萬戸《まんこ》ヲ殺シ、衆ヲ殺傷シテ其ノ暴ヲ極ム。神人共ニ憤《いきどお》ル所ナリ。

――予、尚ホモ荒《こう》ヲ包ミ、垢《はじ》ヲ含ミテ、之《これ》ニ校《むくい》ヲ与ヘズ。其ノ飢饉ヲ賑ハシ、其ノ商賈《しょうこ》ヲ通ジ、凡《すべ》テ厥《そ》ノ需《もと》メ索《もと》ムルニ、称《かな》ヘテ副《そ》ハザル無ク、並ビニ生クルヲ期ス。

――シカルニ意《おも》ハザリキ、今又タ虚実ヲ窺覘《きてん》シテ、庇仁乃浦ニ潜ミ入リ、人民ヲ殺掠スルコト幾三百余、船隻ヲ焼焚シ、将士ヲ戕害《しょうがい》セントハ。

――其ノ恩ヲ忘レ義ニ背キ、天常《てんじょう》ヲ悖乱《はいらん》スルコト、豈《あ》ニ堪ヘザランヤ。

「何ということだ！」

裲は上王教書に目を通すや、思わず唸《うな》り声をあげていた。暗澹《あんたん》たる声音《こわね》であった。父の下した教書の、何と偽りに満ち満ちていることか。これほど恥知らずで、不潔極まりない文辞を、彼は一度も目にしたことがない。読むだけで目が汚れそうだった。苟《いやしく》もこれが朝鮮王朝の上王の名で出された教書であるということに、裲は国王として憤怒を抑えきれず、憤怒以上に、たまらない恥ずかしさを覚えてならないのだ。

対馬は朝鮮のもの？　そのようなこと、未だかつて聞いた覚えもない。いったいに、他国を侵略する時、その地は本来、おれのものだったと強弁するのは、古今東西を問わず侵略者の厚顔な方便である。詭弁《きべん》である。かの隋《ずい》の煬帝《ようだい》は高句麗《こうくり》に出兵するにあたり「高句麗は元来、中国の郡県であった」として「小醜《しょうしゅう》で昏迷《こんめい》して不敬な高句麗を討つ」と宣戦布告したが、父の教書は、その煬帝の詔勅の卑しくも浅ましい焼き直しだった。

しかも高句麗が漢《かん》、晋《しん》の郡県から独立したことは史実であって、煬帝の強弁には一点の論争の余地が認められるが、対馬が新羅《しらぎ》、高麗に領有されたことはなく、抑《そもそも》、対馬という名は『三国志・魏志《ぎし》』東夷伝《とういでん》倭人の条に、

――狗邪韓国《くやかんこく》ニ到ル七千里。始メテ一海ヲ度《わた》ル千余里、対馬国に至ル。

とあるのが初出で、遡るに千百年以上も前のこれは史実である。翻って裲の祖父李

成桂が建てたこの国は、僅々《きんきん》二十七年の歴史しかない。二十七歳の若い国が、千百余歳の対馬を、どうして自分のものだと云い張れるのか。三歳の童子でも笑うだろう。

〈到底、正気の沙汰《さた》とは思われぬ……〉

禍は、父の目に宿っていた狂気の光を思い返し、身震いした。

彼自身、鄭麟趾に過日説いた如く、倭寇は蒙古・高麗による日本侵略への復讐戦として自然発生したものだ。仇《かたき》を討ちたいという人間本来の基本的な感情の発露である。それを父は「狗盗鼠窃」と貶《おとし》めるのだ。前王朝とは云え、同じ民族が犯した過去の侵略行為を省みることなく、倭寇の暴虐をあたかも日本人の本性と断じ、弾劾誹謗《ひぼう》することが、果たして許されるのだろうか。

〈わたしたちは対馬で何をしたのか？　そして、それを忘却し去り、今また何をなそうというのか？〉

教書に言及された即位以後の倭寇被害、今回の庇仁県都豆音浦《つちうら》の事変とは、その実、高麗残党の仕業であるにも拘《かかわ》らず、対馬の倭寇によると濡れ衣を着せ、浴びせるに「忘恩背義」「悖乱天常」の罵詈を以てしている。これを卑劣と云わずして、他にどんな卑劣があろうか。しかも許し難いのは、国民を欺いているという一事である。

〈おのれ！　父上は民を欺き、無益な侵略戦争に駆り立てようとしているのだ。朝鮮

の民を、このわたしの民を！〉

怒りが全身を満たし、なおおさまらず毛穴から噴き迸《ほとばし》るようだった。敵意——そう、この感情は敵意といってよかった。父を敵にまわしても、と鄭麟趾を前に覚悟を誓ったつもりだったが、それでもその時はまだ、父を諌めたいという孝の気持ちが多分にあったのである。しかし、今あるのは、もはや敵意のみ。

〈父……李芳遠を許してはおけぬ。わたしは朝鮮の国王なのだ。守らねば、李芳遠からこの国を、この国の民を〉

だが、宣戦布告がなされた以上、対馬遠征軍の出撃は間近であろう。

——まだなのか、金懐良！

祹は胸中に絶叫を放った。

金懐良が戻ってきたと秘書官から告げられたのは、それから間もなくのことだった。

旅装も解かず入室してきた彼らを、祹は意表を衝《つ》かれた表情で見つめた。送り出した時は金懐良のみであったが、彼は今、姉妹らしい二人の美しい娘と、一人の美青年を伴っていた。

「この者たちは？」

「わたくしの娘と――」

「娘！　娘がいたのか！」

禍は唖然とした。しかし、考えてみれば彼は従者と個人的な話を交わしたことは一度もない。殆ど毎日のように接しながら、王と従者の身分的懸隔《けんかく》はそれほど絶対的なものだった。従者とは生ける道具に過ぎないのである。

「――姉の春蘭《しゅんらん》と」

楚々として無垢清雅、優美さの烟るが如き叙情的な美女が頭を下げた。

「――妹の紫蓮《しれん》にございます」

奔放で、誘うような淫蕩さを秘めた、妖艶極まりない魔性の美女が頭を下げた。

「そして、これなるは――」

美青年が期待の目で金懐良を――その口元を見つめた。

「妖術師安巴堅どの」

「妖術師？」

「仔細《しさい》は後ほどお話しいたしますが、彼なくして今回の開京往復は叶わず。殊勲の大半は安巴堅どのに帰す、と報じ奉る次第です」

金懐良は告げた。

　安巴堅の目に喜びの光が灯《とも》った。

　禑は首をひねりつつ、

「安巴堅……そういえば、六年前、巨大な亀獣に王都が襲われようとした時、慥《たし》か、そのような名の父上お抱えの妖術師が……」

　安巴堅の頬が薔薇《ばら》色に輝いた。彼は王の前にがばっと身を伏せ、

「身にっ、身に余る光栄にございますっ。まさしく、このわたくしが上王殿下の命により高麗の大亀獣を討ち取りましたる安巴堅にございます。されど今は、上王の好戦非情ぶりに疑義を覚え、平和を希求する殿下の崇高な理念にこそ深く感じ入って、殿下の下で働かんと――」

「後で聞く」

　禑はぴしゃりと云った。

「それで、大秘術は成ったのか？」

　そう訊いた瞬間、禑は不思議なものを覚えた。これは――亡《ほろ》びの霊都にて如何なる秘儀を執行してきたためか――金懐良が別人のように見えたのだ。いや、容姿はそのままながら、農夫然とした雰囲気は消え、それも初めからそうではなかった如くに消え失せ、代わって高貴な血筋とでも呼ぶしかない気品が備わっているのである。

〈これが彼の本当の姿で、今までは仮の貌《かお》を見せていた?〉

天啓のように禑はそう思った。

金懐良は一歩、進み出た。

「秘術の第一段階は遺漏《いろう》なく成し得ました」

「よし」

禑は手を打った。それが何か、とは訊かない約定《やくじょう》である。

「して、第二段階は?」

「第二段階とは——春蘭、これへ」

と金懐良は姉娘を手招いた。

目の前に楚々としてやって来た娘の、馥郁《ふくいく》たる美しさに禑は瞬時に魅せられた。何ということか、下腹部に妖しい疼《うず》きさえ覚える。

「娘を——殿下、お抱きくださいませ」

金懐良は云った。春蘭と呼ばれた娘が、恥じらいを見せつつも、するすると着衣を脱ぎ捨て、清らかな裸身を晒《さら》した。

鄭麟趾が王宮の執務室に駆けつけた時、すべては終わった後だった。休憩用の簡易寝台には美しい娘が全裸で横たわり、李禑はその傍らに寝そべって、長い黒髪を優しく撫でていた。入室した鄭麟趾を見ても、己が半裸の姿を隠そうともしない。つい数日前まで、その顔に輝いていた繊細さと純粋さは影をひそめ、肚《はら》を据え直したようなしたたかで、不屈の――一言で云えば大人の男に変貌した主君がそこにはいた。

「これは何としたことです、殿下」

鄭麟趾は顔を顰《しか》めた。室内には、牡《おす》と牝《めす》とが愛欲を貪り合った後の生々しい残り香が濃厚にたちこめていた。しかも、なお信ずべからざることには、禑と娘以外にも人が――それも、三人も同室しているのであった。金懐良と、見知らぬ男女が。よもや殿下は、彼らの見守る前で……。

「うろたえる勿《なか》れ、麟趾よ」

禑は悠然とした声で云った。その手は娘の黒髪を撫でる動きを止めようとしない。娘は剝き出しの乳房を汗ばませ、うっとりと目を閉じていた。

「これで、よいのだな」

禑が金懐良に向かって訊いた。

「秘術の第二段階、これにて遺漏《いろう》なく成し得ました」

金懐良はうなずいた。咽喉の奥が詰まったような声で、その目に涙が光っているのを奇異に思いつつ、鄭麟趾は声を尖《とが》らせた。

「いったいどういうことだ、金懐良。従者の分際で殿下に何をした？」

「喚《わめ》くな、麟趾。懐良は己の娘をわたしに嫁《く》れただけだ」

「む、娘ですとっ？」

禑は鄭麟趾を無視して、

「で、妹娘は誰に嫁れてやるのだ。それが第三段階なのだろう」

「その通りでございます。急ぎ紫蓮を出立させねばなりませぬ。行く先は――」

「わたくしが巨済島まで紫蓮どのの護衛役をつかまつります」

見知らぬ美青年が云った。

鄭麟趾はなおも声を荒らげんとしていた口を閉じ、耳を欹《そばだ》てた。巨済島――それは対馬遠征軍の最終集結地にして出撃基地に指定された島ではないか。

金懐良が云った。

「この第三段階で秘儀は完成いたします。無謀なる対馬遠征は、必ずや失敗に帰すでありましょう。最後に、殿下のお手を煩《わずら》わしたき儀が一つ」

「申せ」

「対馬遠征軍最高司令官――三道都体察使李従茂将軍宛てに、殿下お手ずから書翰《しょかん》をお綴《つづ》りいただきたく――」

十二

「やんぬるかな！」

安巴堅は海を望んで歎息した。

金懐良の次女紫蓮を伴った彼が、巨済島の遠征軍基地である周原防浦《しゅうげんぼうほ》に着いたのは、上王の宣戦布告教書が下された日から八日後の六月十七日午後であった。

しかし、一足遅かった。対馬遠征軍は已《すで》にその日早朝、発していたのである。

「大丈夫よ」

と紫蓮が沖合いを指差して、案ずる色もなく、歌うように云った。水平線にかけて黒い帯状の塊《かたまり》が発生していた。雷雲であった。

果然、彼女の言は的中した。

「三道都体察使李従茂、九節制使ヲ率キテ巨済島ヲ発ス。海中ニ至リテ風逆ラヒ、還リテ巨済ニ泊ス」（『世宗実録』元年六月庚《かのえとら》寅条）

その夜、李従茂将軍は不機嫌であった。上王の意志を体現すべく威風堂々と出撃した遠征軍が、逆風に遭って出戻ったとは、面目丸潰《まるつぶ》れである。一艘も失わなかったのが、せめてもの幸いと自分を慰めるよりなかった。

彼は周原防浦の指揮官宿舎に籠もり、酒盃を重ねて鬱屈をまぎらわせていた。そこへ国王からの宣旨が届けられた。風逆還泊《ふうぎゃくかんぱく》の報が漢城に達したはずもないが、それでも一瞬、叱責の文面かと身構え、震える指でおそるおそる封を切った。

「──ほうっ」

一読した彼の目に好色の光が灯った。

「……瑞々《みずみず》シキ果実ヲ食シ、男児タルノ精気ヲ養フベシ、か。書生のような王さまとばかり思っていたが、これはなかなか味なことをなさるではないか。よし、殿下からの賜り物、何ぞ戴《いただ》かざるべけんや、だ。これへ通せ」

……一目見るや将軍は、下腹部に妖しい疼きを覚えた。入ってきたのは、彼の想像を遥かに超えた美女だったのである。奔放で、誘うような淫蕩さを秘めた、妖艶極まりない魔性の──。

二日後、遠征軍は再度出撃した。今度は順風であった。

「是日《この》巳時《みどき》、李従茂、巨済島南面ノ周原防浦ヨリ船ヲ発シ、復《ま》タ対馬島ニ向カフ」
（『世宗実録』元年六月壬辰《みずのえたつ》条）

兵船は——、
京畿道十艘、
忠清道三十二艘、
全羅道五十九艘、
慶尚道百二十六艘、
——総計二百二十七艘である。

兵力は——、
王都より赴征した諸将以下官軍および従人合わせて六百六十九人、
各道の甲士、別牌、侍衛、営鎮属および自募強勇雑色軍、元騎船軍合わせて一万六千六百十六人、
——総計一万七千二百八十五人である。

対馬という一島を相手に、これは何とも空前の大軍であり、さらに注目すべきは、六十五日分もの糧食が積み込まれたことであろう。対馬までは僅か一日の距離。かかる膨大な量の糧食は、上王李芳遠が対馬征服を目論《もくろ》んでいた何よりの証拠である。

「——途方もない数だ」

海に突き出た岬の先端に、安巴堅と紫蓮は立っていた。色とりどりの旗や幟《のぼり》を靡《なび》かせた夥《おびただ》しい軍船の群れが、眼下の大海原を埋めつくし、きらめく海面に白い航跡を引いて進んでゆく。

「獅子《しし》は鼠一匹捕らえるのにも全力を竭《つ》くすというが、まさに鎧袖一触《がいしゅういっしょく》——対馬はひとたまりもないだろう」

「いいえ、そうはならないわ」

紫蓮は静かに首を横に振って、歌うように云った。そして一歩、前に踏み出した。

「では、もう行きます」

その先は、目も眩《くら》む高さの断崖だ。視線を下に向ければ、海中の岩礁が、白く泡立つ波間から牙のように鋭い先端を無気味に尖らせている。

「紫蓮」

と安巴堅は彼女の手を取った。

「漢城から巨済島までの道行き、これほど楽しかったことはない。いや、開京へ行く街道で初めて目にした時から、紫蓮、貴女こそ、わたしが巡り逢うべき運命の人と

──稀代《きたい》の妖術師の、これは少年のような告白であった。

紫蓮の頰が薔薇色に紅潮した。

「わたくしも……いつか、人ならざる人と出会って、この身体に幼い頃から脈打つ淫らな血を燃えあがらせたいと……でも、寄座《よりまし》が死ななければ、父の術は完成しません。これがわたくしの運命、どうかお諦めください」

安巴堅の手を振りほどくと、さらに一歩進んで、その姿は虚空に消えた。

「運命か……」

妖術師は、ひどく真面目な顔をして、索寞《さくばく》と呟いた。

その夜、景福宮の奥苑に広がる原生林の中に、春蘭は一人、入っていった。王の女となって以来、彼女は王宮に留め置かれていたのである。

「……わたしには分かる……紫蓮は今日、死んだわ……ああ、不憫《ふびん》な妹……姉のわたしは貴人に抱かれたけれど……あなたは、寄座に使われて……でも、寂しがらないで……すぐに行くわ……」

吸い寄せられるように、一本の巨木の前で足を止めた。ケヤキだろうか。いい枝振りだった。頑丈そうで――。腰帯を解いて、枝にかける。輪の中に首を差し入れた。
自ら縊《くび》れて春蘭は死んだ。

遠征軍は、巨済島を発した翌日の六月二十日正午、対馬の豆知浦（浅茅《あそう》湾の土寄《つちより》崎《ざき》）に上陸した。島民は島の船が帰ったものと、歓迎の宴を準備して待っていた――。
「既に朝鮮との間に平和なる貿易をつゞけ、かゝる大事変が起ることに対して夢想だにしなかつた対馬では、之を以て対馬よりの船が利を得て帰還したものと思ひ、酒肉を用意して待つてゐたのであつた」（秋山謙蔵『日支交渉史話』所収「朝鮮史料に遺《のこ》る応永《おうえい》の外寇」）

朝鮮軍の大襲来と知るや、彼らは仰天して山中に遁走《とんそう》した。五十人ほどが抵抗したものの、遠征軍は軽くこれを粉砕した。直ちに島主都都熊丸（宗貞盛《さだもり》の幼名）宛ての降伏勧告文を送りつけようとしたが、その姿はどこにもない。そこで島内の捜索を開始したのだったが、それは捜索とは名ばかりの、掠奪を擅《ほしいまま》にする蛮行となった。輒《すなわ》ち朝鮮軍は、大小の船百二十九艘を奪い、二十艘を残して後はすべて焼却。民家千九百三十九戸に火を放って抵抗する者百十四人を斬殺し、二十一人を捕虜にした。そして訓乃串《くんだいかん》（船越《ふなこし》）に砦《とりで》を築き、道路を封鎖して、ここに征服の一手を進めたのである。

「置柵於訓乃串、以遏賊往来之衝、以示久留之意」（『世宗実録』元年六月癸巳《みずのとのみ》条）

二十六日、李従茂は豆知浦から海路を進んで尼老《にろう》郡（仁位《にい》郡）に至った。三軍を分かって進撃せんとし、まず左軍、右軍から上陸した。

朴実将軍の率いる左軍は、しかし峻険に拠る伏兵に遭い、麾下《きか》の各将軍を失って敗走、さらにその最中を追撃されて、結局のところ百数十人の戦死者を出して船に逃げ戻った。対馬側の反撃が開始されたのである。右軍は対馬兵を撃退したが、この慮外の果敢な抵抗により、中軍は最後まで船から上陸することができなかった。

その夜、対馬島主都都熊丸から撤退勧告文が朝鮮軍に届けられた。その中にある十二文字が、総司令官の李従茂を震え上がらせた。

「七月之間、恒有風変、不宜久留」

——七月になれば常に風変が多いから、久留してはならない。

李従茂の顔色は蒼ざめた。かつて、蒙古と高麗が二度に亘って日本を攻めたが、二度とも無惨な失敗に終わった。その原因は何であったか——。

俄《にわか》に恐慌に駆られた如く、彼は全軍に号令を下した。

「撤退！」

幕下《ばくか》の将軍たちは挙《こぞ》って猛反対した。当然であろう。

第一、遠征軍は已《すで》に上陸し、橋頭堡《きょうとうほ》を確保している。船に乗っているならば知らず、陸にいて台風を恐れる必要などあろうか。

第二、我兵の数は対馬の兵を圧倒的に上回っている。一度の敗戦が何だというのだ。衆寡《しゅうか》敵せず。虱《しらみ》潰しに敵を叩いてゆけばよい。輒《すなわ》ち、戦いはこれからである。

第三、そのための糧食はまだまだ充分残っている。五十日分以上の糧食を積んで、どうしておめおめと帰れるのか。

しかし、なぜか李従茂は応じなかった。断乎として撤退を唱え続けた。かくて――。


「李従茂等、舟師ヲ引キ、還リテ巨済島ニ泊ス」（『世宗実録』元年七月丙午《ひのえうま》条）

韓国史において喧伝される「対馬征伐（己亥東征《きがいとうせい》）」、日本史で云うところの「応永の外寇」は、こうして何ら目的を達し得ず、元寇の矮小《わいしょう》な物真似、朝鮮軍の残虐という汚点のみを日韓の歴史に残して、無惨かつ滑稽《こっけい》な失敗に終わったのである。

当初、上王李芳遠は、対馬上陸当日の戦果を以て捷報《しょうほう》とし、李従茂に宛てて占領政策の指示を出したほどだった。対馬を征服するどころか遠征軍がすぐに戻ってきたと知って激怒し、直ちに再征を命じた。しかし結局、第二次遠征軍の派遣はなかった。

中近世日朝関係史研究の第一人者である中村栄孝博士は、その理由について次のように述べておられる。

「朝鮮においては、諸道の軍丁のなかに、東征の再挙を忌避《きひ》して、続々と流亡者が出るほどで、すこぶる国民の意気がふるわなかった」(『日鮮関係史の研究』所収「朝鮮世宗己亥の対馬征伐」)

対馬が倭寇の巣窟であったなら、民は勇躍して征討に向かったはずだ。自分たちの生命に直結する切実な問題だからである。愛する家族を守るためにも――。

しかし、民は忌避した。彼らは見抜いたのだ、対馬が実は倭寇の巣窟でないことを。そして上王李芳遠の野心を。対馬征伐は侵略戦争であり、一片の大義だにないことを。

日本との関係は、当然のことながら冷え込んだ。時の室町《むろまち》幕府を統《す》べていたのは、四代将軍足利義持《よしもち》であったが、彼は翌年、李祹が回礼使《かいれいし》の名目で派遣した釈明の使節団(正使宋希璟《きけい》)を徹底的に冷遇した。とはいえ両国の関係が決定的な破局にまで至らなかったのは、遠征が短時日で終わり、しかも無惨な失敗だったればこそである。

それでも李芳遠は対馬征服の野心を捨てず、機あるごとに再征を起こさんとして、祹との間に水面下で権力闘争を繰り広げた。父と子の暗闘は、しかし長くは続かなかった。対馬征伐の失敗から僅か三年後、輒《すなわ》ち西紀一四二二年五月十日、上王李芳遠は五十六歳を以て死んだ。

かくて障碍物は除かれた。霽《は》れて親政を開始した裪は、直ちに対日関係の改善に乗り出した。使者を送って日本側の疑いを解き、竟《つい》に善隣友好の使節たる「通信使」の派遣に成功する。彼が通信使を日本に送ること、都合三回を数えた。

中村栄孝博士の言葉を援《ひ》けば、

「日本と朝鮮の円満な関係は、ただちに回復せず」にいたが、「東征の中心人物となり、宿志を果たして己亥の遠征を決行し、その後の交渉には、つねに強硬論を持してゆずらなかった上王」が歿《ぼっ》したことによって、裪の「もとに親日的国論が統一され」て「朝鮮の対日政策は転回期に入り」、かくて「両者のあいだに修好が復旧し」たのである——と。

裪は、その長からざる生涯に数々の輝かしい業績を残し、後世、朝鮮王朝最高の聖君という評価を得たが、就中《なかんずく》、不滅の功績というべきは、訓民正音《くんみんせいおん》——輒《すなわ》ち民族文字ハングルを創製したことである。これは、通信使という文化交流によって日本で平仮名、片仮名が使用されていることを知り、それに倣《なら》ったものである。

十三

李裪は五十四歳を以て死んだ。命旦夕《たんせき》に迫った時、彼は病床に金懐良を呼んだ。このかつての従者は、娘二人を喪《うしな》った後も、ひっそりと生き続けていたのである。裪は云った。

「わたしは間もなく死ぬだろう。冥土《めいど》の土産に教えてくれぬか、如何にして対馬遠征を失敗に終わらせ得たのかを」

「承《うけたまわ》りました」

金懐良は点頭した。齢《よわい》八十を超え、その頭髪は雪のように白かった。

「まず、わたくしの素性から申し上げましょう。出自を隠して無学大師のもとに弟子入りしましたが、わたくしは日本人です。父の名は懐良《かねよし》という親王で、祖父は後醍醐《ごだいご》という諡《おくりな》の天皇です」

「日本天皇の孫だと？」

死期の迫った顔に、さすがに驚きの色がかすめた。

「天皇と申しましても、時の皇統は南北に分裂、祖父は南朝天皇として、北朝天皇を担《かつ》ぐ足利尊氏《たかうじ》と敵対し、志《こころざし》虚《むな》しく行宮《あんぐう》の地で歿しました。父懐良は、祖父の命で征西大将軍として九州の地に覇を唱え、京都に攻め上るはずが、やはり利あらず、職を我が兄良成《よしなり》に譲って、僻遠《へきえん》の地に無念の死を遂げました。わたくしは父の末子として九州に生まれ育ちました。父は、忍者、あるいは単に忍びなどと呼ばれる異能の遣い手たちを伊賀《いが》、甲賀《こうが》の地から呼び寄せ、護衛役を務めさせておりましたから、わたくしも彼らと交わって育つうち、その異能の術――忍法を幾つか習得したのです」

「忍法とな？」

「忍法は修錬によって習得するもの。安巴堅の遣う妖術と厳密には似て非なるものです。しかし、わたくしも一つだけ妖術を――父は、祖父の後醍醐天皇より一子相伝したるその秘術を以て、かつて高麗国に何かの力を行使したようです。それがどのようなものであり、如何なる結果を招いたか、わたくしは何も聞かされておりません。ただ、父は臨終に際し、わたくしにその術を相伝して、懐良を襲名するを許し、高麗の行末を見届けよと言い残したのでした。父の願いは足利幕府を倒し、南朝天皇が皇位に返り咲くことでしたのに、なぜ異国にかくも拘《こだわ》るのか、わたくしには理解できませんでした。が、ともかく父の遺志です。皇族たるの身分も捨てて、海を渡り、無学大師の従者としてこの国の民となるを得たというわけです。その後は、殿下もご存知の通りです。——扨《さて》、わたくしが相伝した秘術の名は、さだめうつしと申します」

「さだめうつし？」

「死せる者の運命を、生ける者に転移するという秘術。ただし、死者を招魂《しょうこん》して、その運命を媾合《まぐわい》により媒介する寄座《よりまし》が必要で、寄座は清純無垢な処女でなくてはなりません。何かの時に備え、わたくしは我が寄座を得るべく妻を娶《めと》って二人の女児を生《な》しました。妻はまもなく死に、わたくしは男手一つで春蘭と紫蓮を育てて参りました。しかし、いつ使うか、いいえ、使うかどうかも知れぬ秘術のために、美しい娘を寄座としておくのは余りに不憫。そこで、わたくしは娘たちに約しました。紫蓮が十七歳の誕生日を迎えた日、おまえたちを寄座から解放しようと。つまり、さだめうつしの秘術を自ら封印しようと。その日がいよいよ明日に迫った時、殿下はわたくしをお呼びになられたのでした」

「……そうだったのか。それは可哀想なことをした。あの世で詫《わ》びるといたそう」

「いいえ、わたくしは感動いたしました。朝鮮と日本——その二国の間を平和たらしめんとする殿下の御心に。そして、わたくしをこの地に送った父の深慮に」

禑は瞑目するように眼を閉じていたが、やがて肝心な問いを発した。

「それで、誰の運命を移したのだ？」

「李従茂将軍には、紫蓮を媒介して、金方慶《ほうけい》将軍の運命を」

「成程、そうか」

禑は愉快そうに笑った。金方慶は、蒙古高麗連合軍による日本侵略の高麗側総司令官を二度ともに務めた武将である。

すぐに禑は笑いを止めた。

「それが対馬征伐を失敗に帰すための運命というわけだ。では、遠征を中止にするための運命とは？　時間的には間に合わぬかもしれぬと云い、事実、間に合わなかったが、長い目で見れば、しかし間に合ったと云えなくもない。上王が薨去《こうきょ》したのだからな。さあ、聞こう。春蘭を媒介して、わたしに誰の運命を移したのだ？」

「それは……」

「当ててみせようか。李義旼《ぎびん》だろう」

李義旼は、高麗時代中期、武臣たちの叛乱によって譲位に追い込まれ、上王となった第十八代高麗王王徹《おうてつ》を殺害した武将である。

「殿下――」

金懐良はゆっくりと首を左右に振った。

「わたくしも最初はそのつもりでした。しかし、お考えになってもみてください。李義昡は憎むべき叛逆の徒であり、同じく叛徒の崔忠献《さいちゅうけん》に殺されました。かような者の墓が残されておりましょうや。墓がなければ、死者を招魂することは叶いませぬ」

「では――」

「李義昡の墓は、竟《つい》に探し当てられませんでした」

「ならば、なぜ春蘭をわたしに？」

「仲のよい姉妹でした。紫蓮が死ねば、春蘭も死を決意するほどに。事実、そうなりました。しかし、それでは春蘭は男の愛を知らず死ぬことになる――」

「――親心か。だが、なぜわたしなのだ」

「殿下、春蘭は皇統の女、皇女なのです。皇女たる者、皇女に相応しい相手に嫁がせてやらねばなりません」

死期を目前にした裯の顔に感慨の色が浮かんだ。だが、金懐良の告白への関心は徐々に、彼の意識から薄れてゆくようであった。

裯は暫《しばら》くの間、押し黙っていた。やがて心からの笑い声をたてて云った。

「そうか。わたしはわたしの意志で手を下したのだな。誰の運命も借りることなく、わたし自身の手で。――我が最大の功績、それを知る者は誰もいない。よい、満足だ」

満足だ——その言葉を最後に、静かに目を閉じた。後は誰の呼びかけにも答えず、眠るようにしてこの世を去った。

朝鮮王朝第四代王世宗《せいそう》、死す。明暦景泰元年（一四五〇）二月十七日のことである。

〔付記〕李従茂の指揮する対馬侵略軍が出撃した六月十九日は、現在、韓国馬山《マサン》市により「対馬の日」に制定されている。

（この作品は平成十九年七月、小社より四六判で刊行されたものです）

忍法さだめうつし

一〇〇字書評

切り取り線

購買動機（新聞、雑誌名を記入するか、あるいは○をつけてください）	
□（　　　　　　　　　　　）の広告を見て	
□（　　　　　　　　　　　）の書評を見て	
□ 知人のすすめで	□ タイトルに惹かれて
□ カバーがよかったから	□ 内容が面白そうだから
□ 好きな作家だから	□ 好きな分野の本だから

●最近、最も感銘を受けた作品名をお書きください

●あなたのお好きな作家名をお書きください

●その他、ご要望がありましたらお書きください

住所	〒				
氏名		職業		年齢	
Eメール	※携帯には配信できません		新刊情報等のメール配信を 希望する・しない		

あなたにお願い

この本の感想を、編集部までお寄せいただけたらありがたく存じます。今後の企画の参考にさせていただきます。Eメールでも結構です。

いただいた「一〇〇字書評」は、新聞・雑誌等に紹介させていただくことがあります。その場合はお礼として特製図書カードを差し上げます。

前ページの原稿用紙に書評をお書きの上、切り取り、左記までお送り下さい。宛先の住所は不要です。

なお、ご記入いただいたお名前、ご住所等は、書評紹介の事前了解、謝礼のお届けのためだけに利用し、そのほかの目的のために利用することはありません。

〒一〇一-八七〇一
祥伝社文庫編集長　加藤　淳
☎〇三（三二六五）二〇八〇
bunko@shodensha.co.jp

祥伝社ホームページの「ブックレビュー」からも、書き込めます。
http://www.shodensha.co.jp/bookreview/

祥伝社文庫

上質のエンターテインメントを！　珠玉のエスプリを！

祥伝社文庫は創刊15周年を迎える2000年を機に、ここに新たな宣言をいたします。いつの世にも変わらない価値観、つまり「豊かな心」「深い知恵」「大きな楽しみ」に満ちた作品を厳選し、次代を拓く書下ろし作品を大胆に起用し、読者の皆様の心に響く文庫を目指します。どうぞご意見、ご希望を編集部までお寄せくださるよう、お願いいたします。

2000年1月1日　　祥伝社文庫編集部

忍法《にんぽう》さだめうつし　時代伝奇小説

平成22年4月20日　初版第1刷発行

著者　荒《あら》山《やま》徹《とおる》
発行者　竹内和芳
発行所　祥《しょう》伝《でん》社《しゃ》
東京都千代田区神田神保町3-6-5
九段尚学ビル　〒101-8701
☎ 03(3265)2081(販売部)
☎ 03(3265)2080(編集部)
☎ 03(3265)3622(業務部)
印刷所　図書印刷
製本所　図書印刷

造本には十分注意しておりますが、万一、落丁、乱丁などの不良品がありましたら、「業務部」あてにお送り下さい。送料小社負担にてお取り替えいたします。
ISBN978-4-396-33570-0　C0193
祥伝社のホームページ http://www.shodensha.co.jp/